危情十日

〔美〕斯蒂芬·金 著　柯清心 译

MISERY

STEPHEN KING

人民文学出版社
PEOPLE'S LITERATURE PUBLISHING HOUSE

著作权合同登记号　　图字 01-2017-0934

Stephen King
MISERY
Copyright © 1983 by Stephen King
This edition arranged with The Lotts Agency, Ltd.
through Andrew Nurnberg Associates International Limited
Simplified Chinese edition copyright © Shanghai 99 Readers'
Culture Co, Ltd. , 2017

图书在版编目(CIP)数据

危情十日/(美)斯蒂芬·金著;柯清心译.—北
京:人民文学出版社,2017
ISBN 978-7-02-012374-2

Ⅰ.①危… Ⅱ.①斯… ②柯… Ⅲ.①长篇小说-美
国-现代 Ⅳ.①I712.45

中国版本图书馆 CIP 数据核字(2017)第 027875 号

出 品 人　黄育海
责任编辑　甘　慧　张玉贞　任　战
封面设计　陈　晔
封面插图　张　乐

出版发行　人民文学出版社
社　　址　北京市朝内大街 166 号
邮政编码　100705
网　　址　http://www.rw-cn.com

印　　刷　上海利丰雅高印刷有限公司
经　　销　全国新华书店等

字　　数　252 千字
开　　本　890 毫米×1240 毫米　1/32
印　　张　8.625
版　　次　2015 年 8 月北京第 1 版
印　　次　2017 年 4 月第 1 次印刷

书　　号　978-7-02-012374-2
定　　价　35.00 元

如有印装质量问题,请与本社图书销售中心调换。电话:010-65233595

谨致斯蒂芬妮及吉姆·伦纳德，
个中原因心照不宣……哈！

我想向三位医疗人员致谢，感谢他们提供给我本书的实际素材。他们是助理医生拉斯·多尔、护士弗洛伦斯·多尔与医学博士兼精神病学医生珍妮特·奥德威。

　　跟往常一样，读者不特别注意之处，都有这三位人士的协助。读者若看到重大错误，必是因为笔者的不慎。

　　当然，拿威力这种药物并不存在，但确实有几种与拿威力相似、以可待因①为基底的药物。可惜的是，医院的配药处和医疗诊所在药物看管和清点工作上，时有把关不够严密的情形。

　　本书之地点与人物纯属虚构。

S. K.

---

① 可待因是一种药物，用于镇痛、镇咳和催眠等。

目录

非洲女神
Goddess

Africa

第一部　　　　　　　　　安妮

你在探索深渊时，深渊也在探索你。

尼采

1

呼噜呼呼

呼噜呼呼

嘻哈

即使在昏沉中,他还是不断地听到这些声音。

2

可是这些声音跟疼痛一样,有时也会消失淡去,接下来就只剩下一片昏沉。他记得有一大片墨黑,但那是在他陷入昏沉之前的事。这表示他的情况在好转吗?就像《圣经》里说的"神说要有光,就有了光(即使光的明暗不一)。神看光是好的"等等之类的吗?那些声音是夹在黑暗中的吗?答案他一概不知,但是问这些问题有意义吗?他还是不知道。

他只知道一件事,他的疼痛被压在声音底下,夹在意识层与潜意识之间。

感觉上有好长一段时间,外边的世界就只剩下那些声音了(实际上时间确实拉得很长,因为他只能感觉到疼痛与昏沉这两件事而已)。他完全不知道自己是谁、置身何处,也全然不在乎。他好想死,可是混沌的痛楚却如夏日暴风般占据他所有的心思,他连自己想死都不知道。

时间一点一滴地过去了,他渐渐意识到自己也有不痛的时候,而且痛与不痛,会周而复始地循环。打从他渐次挣脱全然的黑暗,进入昏沉以后,最先想到的竟是一件与目前处境完全不相干的事——他想到里维尔海滩那根突起的残桩。小时候爸妈常带他去里维尔海滩,他总是坚持要爸妈把毯子铺在能让他看见桩子的地方。那残桩像怪兽的獠牙,半掩在沙中。他喜欢静静坐着,看海水慢慢涌上来,将残桩淹没。几小时后,三明治和土豆沙拉都吃光了,爸爸保温瓶里的饮料也喝得一滴不剩,妈妈表示该收拾东西回家时,残蚀的桩头就会又开始浮露出来——一开始

只是在涌浪之间乍隐乍现,然后便越露越多。等垃圾被他们统统塞进写着"维护海滩清洁"的大圆桶,保罗的海滩玩具都收拾完毕,

(保罗是我的名字,我叫保罗,今晚妈妈会在我晒伤的皮肤上涂强生婴儿油,他头昏脑涨地想)

而且毯子也都折好时,桩子就差不多又整根露出来了,泡沫般的碎浪围绕着发黑黏滑的桩子。爸爸努力地跟他解释说,桩子的隐露是潮汐造成的,但他总认定是桩子本身的关系。潮水来了又去,残桩依旧在,只是有时看不见罢了。没有残桩,就没有潮汐。

这回忆在他脑中萦绕不去,像一只缓缓飞动的苍蝇,而且越来越清晰。他摸索着其中的含意,却一再被那些声音打断。

呼噜呼呼

一──切──都──是──红的

嘟噜呼呼

有时声音会停住,有时却是他自己停摆了。

他对这个当下,这个处于昏沉之外的当下,第一个清楚的意识是他突然没办法吸气了。无所谓,其实也蛮好的,小事一桩;他挺能忍痛的,可是忍耐也得有个限度吧,如果他能死掉,不痛了,应该会挺开心的。

接着有张嘴盖到他嘴上,那对唇虽然又涩又硬,但绝对是女人的。女人用嘴对他灌气,气冲入他喉咙,灌进他肺里,接着女人的嘴唇往后移开,保罗第一次闻到她的味道。他在那股强灌到自己体内的气息中闻到对方的气味,那是一股混杂着香草饼、巧克力冰淇淋、鸡汁酱及花生奶油糖的恶臭。保罗有种被强暴的感觉。

他听到有个声音在尖叫:"吸气,快呀!吸气,保罗!"

女人的嘴再度罩上来,臭气一股脑灌了进来,那恶气像尾随在地铁后、卷起一堆垃圾纸屑的冷风。接着,嘴唇又往后移开了。保罗心想,我的妈呀,千万别再让恶臭钻进我鼻子里啦,可是他控制不了,天哪,好臭,真要命。

"吸气,妈的!"那个不知从何而来的声音尖厉地喊道。保罗心想,我会努力吸气,求你别再灌气,别再碰我了。他努力想吸气,可是还没开始动作,对方的嘴唇又压了上来,那唇干涩死硬,简直跟盐渍的生肉

一样。她用她的恶臭再次彻底地强暴了保罗。

这一回女人把嘴唇移开后，保罗抵死不让她再灌气进来了。他用力将气堵回去，然后自己吸进一大口气，再吐出来，等待着胸腔跟以前一样，不用帮忙，便能自行鼓胀。保罗发现胸口没动静时，又奋力吸了一大口气。等到终于恢复呼吸后，保罗迅速喘着气，拼命想将女人的气味从身上驱走。

平凡的空气啊，竟可以如此香甜。

保罗又陷入昏迷中了。他在昏沉前，听见女人喃喃地说："好险！好险！"

还不够惊险哪，保罗心想，然后便睡着了。

他梦见那根残桩，梦中的残桩真实得伸手可及，可以用手触摸它墨绿色的裂缝。

当保罗又回到先前半昏半醒的状态时，总算把残桩跟眼前的处境串联起来了——那好像是很自然的事。原来他身上的痛楚并不是时有时无，他的梦就是在告诉他这件事。他的痛只是看起来去而复返而已，其实跟忽隐忽现的残桩一样，一直都在。当他陷入昏沉的云团而不再疼痛时，他默默称谢，但是他不会再受骗了——因为痛楚仍在，只是在伺机而动罢了。而且实际上，残桩不止一根，而是两根；令他痛苦不堪的，正是那两根残桩。保罗在发现碎裂的残桩其实就是他自己的双腿之前，心里其实已经有底了。

不过他又昏沉了好长一段时间，才终于有办法张开那干得黏住的双唇，声音嘶哑地问坐在他床边、手里拿着书的女子："我在哪里？"那本书的作者是保罗·谢尔登，他认出自己的名字，但并不讶异。

"科罗拉多州的塞温德。"听到保罗终于能发问了，女人答道，"我叫安妮·威尔克斯，我是——"

"我知道，"他说，"你是我的头号书迷。"

"没错，"她说着微微一笑，"我就是。"

3

一片漆黑，接着是痛楚与昏沉。然后他意识到，疼痛虽然不曾稍歇,有时却会钝化,那应该算是一种解脱吧。保罗第一个真实的记忆是:他快挂了,后来女人的口臭强暴了他,硬将他拖回人世间。

他的第二个真实的记忆是:每隔一段时间,女人就会用手把某种像感冒胶囊的东西塞进他嘴里,可是因为没有水,所以胶囊会卡在喉头,溶化时极苦,味道有点像阿司匹林。如果能把那苦味吐掉就好了,可是保罗知道最好别那么做,因为就是那苦味将潮水引来,淹没那根残桩,

(残桩有两根残桩好吧有两根乖乖安静哟你知道就好了嘘安静了)

使残桩暂时遁形的。

这些事都相隔好长一段时间。后来疼痛渐渐不再去了又来,而是慢慢减退时(保罗心想,里维尔海滩的桩子一定也逐渐销蚀掉了,因为没有什么是永远的——幼时的他必然会嘲笑这种说法),外界的事物也冲撞得越来越频繁了,直到整个真实世界与各种回忆经验再次浮现为止。他是保罗·谢尔登,他只写两种类型的小说——好小说及畅销小说。他结过婚,也离过两次婚。他是个老烟枪(或者应该说,在这之前是个老烟枪,不管"这"指的是什么)。他遭逢大难,不过小命还在。那片深灰色的云雾消散得越来越快了。虽然他的头号书迷还要隔一阵子才会把那台咧着嘴、露出狞笑、声如鸭叫、跟破铜烂铁无异的皇家打字机带过来,但保罗早在打字机出现之前,便知道自己已身陷万劫不复的境地了。

4

保罗在亲眼看到安妮之前,心中早已勾勒出她的形象;在真正了解她之前,其实已经了解她了——否则为何他会不自觉地把她想象成阴沉邪恶的女人?每次她进房间,保罗就想到哈格德①的小说中,非洲部落崇拜的那些神偶啦石头啦,还有悲惨的厄运。

把安妮·威尔克斯跟《所罗门王的宝藏》里的非洲神偶联想在一起,真的很滑稽,却又恰如其分。安妮是个壮硕的女人,虽然她那件一成不变的灰色开襟羊毛衫下拱着一对臃肿的奶子,但身材实在毫无曲

---

① 亨利·赖德·哈格德(H. Rider Haggard, 1856—1925),英国作家,代表作为探险小说《所罗门王的宝藏》。

线可言——她没有浑圆的臀线；家居长裙下，连小腿的弧度都看不出来（安妮外出处理杂事时，会回房间换牛仔裤）。她身材胖壮，全身痴肥笨重，毫不灵巧。

更重要的是，保罗觉得这个女人冷漠严峻得令人毛骨悚然，仿佛她身上没有半条血管甚至内脏，好像她从头到脚就是一个坚硬的固体。保罗越来越觉得安妮的眼睛看起来虽然会动，却是画上去的，就如同那些挂在房里的肖像画一样，眼睛似乎会随着观看者移动。如果他用两根手指比出 V 字，插进她的鼻孔里，搞不好会碰到硬邦邦的固体（如果还塞得进去的话）；就连她的灰羊毛衫、难看的家居裙，以及褪色的牛仔裤，也都是她那僵硬身体的一部分。保罗会觉得安妮像小说里的神偶一点也不奇怪，因为安妮跟神偶一样，只给人一种感觉：把人的不安慢慢转化成恐惧，并把其他的一切都夺走。

不对，等一等，这种说法有失公允。安妮其实还给了他别的，她给他药，给他将潮水引来淹没残桩的药。

那药就是潮水；安妮·威尔克斯是月亮的引力，将药像漂流物般引入他嘴里。她每六个小时为他送来两粒药，一开始保罗只能感觉安妮的两根手指插入他口中（尽管药非常苦，但保罗不久便学会用力对着探进来的手指吸吮了），后来保罗能睁眼看到安妮穿着开襟衫和裙子（共有六条，换来换去地穿），通常腋下还夹着一本他的小说，进来帮他喂药。到了晚上，安妮会换上毛茸茸的粉红色长袍，脸上的乳液涂得油亮（保罗虽然没看到乳液瓶，却能轻易猜出乳液的主要成分：强烈的绵羊油味一闻即知），掌心放着药，在窗外那轮明月的照射下，将他从深沉的昏睡中摇醒。

过了一阵子——当保罗再也不能不理会这个问题，他终于明白安妮喂他吃什么了。那是一种加了强力镇静剂的止痛药，叫"拿威力"。安妮之所以很少帮他送便盆，一来是因为他只吃流质和胶质食物（之前他还如坠五里雾时，安妮曾帮他做静脉注射），二来拿威力常造成患者便秘。拿威力另一项较严重的副作用是会造成过敏患者的呼吸抑制现象。保罗虽然已当了十八年的烟枪，却不是特别敏感的人，饶是如此，他的呼吸还是至少停止过一次（也许在昏迷中还发生过几次吧，但保罗都不记得了），就是那一次安妮帮他做了嘴对嘴人工呼吸。或许那只是意外，但保罗不免怀疑，事实是因为安妮粗心大意，让他服药过量，差点害死他。安妮以为自己懂，其实并不清楚自己在做什么，而这只是安妮令他心惊肉跳的其中一项而已。

保罗从黑暗中挣脱出来后的十天内，搞清楚了三件事情：第一，安妮·威尔克斯有一大堆拿威力（事实上，她手上有各种药品）；其次，他对拿威力上瘾了；第三，安妮·威尔克斯是个危险的疯子。

5

黑暗之后是疼痛与昏胀；当安妮告诉他事情原委时，保罗渐渐想起坠入黑暗前的事了。他一醒来，便跟所有从昏迷中苏醒的人一样，问安妮现在是何时、在何地，安妮说这儿是科罗拉多州的塞温德小镇，还说保罗的八本小说她至少都看过两遍，而她最爱的"苦儿系列"则读过四五回，也许六回了。她说真希望保罗能写得快一点，她虽然检查过他皮夹里的身份证，但还是几乎无法相信，她的患者竟然真的就是大名鼎鼎的保罗·谢尔登。

"对了，我的皮夹呢？"他问。

"我已经帮你收好了。"她说，原有的笑容突然一敛，化为满脸的戒备。保罗很不喜欢这样——就像是在繁花遍布的夏日草原上，发现一道沟隙一样。"你以为我会偷你皮夹里的东西吗？"

"不是，当然不是，只是——"只是我剩下的那半条命都在皮夹里啊，他心想，我在这房外的半条命，远离疼痛的半条命，远离时间、一如孩童口中拉展的粉色泡泡糖一样没完没了的那半条命啊。因为在服药前的一小时，在药送达之前，时间真的是漫无止境。

"只是什么，先生？"她执意问道，保罗觉察到安妮的脸越拉越长。刚才那道沟隙逐渐撑开了，她眉毛下仿佛发生了地震。保罗可以听见风在外头呼号，他突然想到安妮一把将他抓起，像扛粗麻袋似的将他扛到外头，然后丢弃在雪堆里的情景。他会冻死，可是在死掉之前，会因腿痛而哀号不止。

"只是我老爸一向要我看紧自己的皮夹。"保罗很诧异自己可以说谎说得这么溜。他老爸能不看他就绝不多瞄一眼，而且就保罗记忆所及，老爸这辈子只给过他一次建议。十四岁生日那天，老爸拿了一个锡箔纸包的红魔牌保险套给他。"把这玩意儿放到你的皮夹里，"罗杰·谢尔登说，"万一你在露天电影院里发情，记得在开始冲动和太冲动间的空当里，把这玩意儿套上去。这个世界已经有太多私生子啦，老子可不想看到你十六岁就当爸爸。"

保罗接着说："大概是他千叮咛万嘱咐地要我看紧皮夹吧，这话已经烙在我心里了。如果我有冒犯你的地方，请多见谅。"

安妮放松下来，微微一笑，沟隙填上了，夏日的花朵再次愉快地点着头。他很想推推那朵微笑，却只触到一片黑暗。"我不会生气的，皮夹放在很安全的地方，等一等——我有东西要给你。"

安妮端了一碗热腾腾的汤来，汤上漂浮着蔬菜。保罗无法多喝，但已经比预期喝得多了。安妮似乎颇为开心，保罗喝汤时，她把发生的事告诉他，保罗边听边回想。知道自己怎么会落到双腿伤残的下场也许不算坏事吧，但是那知道的过程实在令人心惊——仿佛他是故事或剧本里的人物一样，而且角色的遭遇不是平铺直叙地说出来，而是像小说一样充满了悬疑。

安妮开着她的四驱车到塞温德买饲料和一些杂物……顺便去威尔逊药店看书——那差不多是两周前的星期三了。通常平装版新书会在周二送到。

"我当时正在想你呢。"她说着把汤舀进他嘴里，然后熟练地抓着餐巾一角帮他把汤汁拭净，"好巧啊，对不对？我以为《苦儿的孩子》平装版已经上架了，可惜没有。"

安妮说，当时暴风雪快来了，可是当天一直到中午，气象预告都还斩钉截铁地说暴风会往南折向新墨西哥和桑格雷-德克里斯托。

"是啊，"保罗回忆道，"他们说暴风会转向，所以我才会去那里。"他试着移动双腿，结果换来一阵剧痛，让他忍不住呻吟。

"别乱动，"安妮说，"保罗，你的腿要是痛起来，可是止不住的……我两小时内不能再给你药了，我已经喂你吃了太多药。"

为什么我没有在医院里？保罗很想问，可是又不确定现在是否可以问，所以还是决定暂时别问。

"我去饲料店时,托尼·罗伯茨叫我最好在暴风雪抵达前赶回家,我说——"

"我们离塞温德多远?"他问。

"蛮远的。"她含糊其辞地说,眼光飘向窗口,两人一阵沉默,气氛诡谲。接着保罗被眼前的景象吓着了,他看到安妮脸上一片空茫:黑黝黝的沟隙横在高山的草原上,那里寸草不长,深不见底。从她的表情看来,女人仿佛忘掉了自己,她不仅忘了自己正在描述一件事,连记忆本身似乎也都忘了。保罗曾经参观过精神病院——那是多年前,他为苦儿系列的《苦儿》找资料去了一次。《苦儿》是构成他过去八年来主要收入来源的四部曲中的第一部——保罗看过这种表情……或者更确切地说,看过这种"面无表情"。这种表情有个专有名词,叫紧张症,但令保罗畏惧的东西却无以名状:在那个瞬间,保罗以为安妮的心智跟她的肉体一样,变得坚硬如石、百箭不穿,且毫无通融余地了。

之后,安妮的脸又慢慢转亮,心思似乎又流回来了。保罗发现"流"这个字并不恰当,安妮其实更像池子或潮汐造成的滩地一样,慢慢地注入水;她是在暖身。是的……她在暖身,像烤面包机或电热毯等小家电在慢慢加热一样。

"我跟托尼说,'暴风雪会往南移。'"一开始安妮说得极慢,慢得近乎羸弱,然后渐渐以正常语调说话,并洋溢着一般对谈的轻快。不过现在保罗已经戒心大起,觉得她说的每件事都有点怪,有点不寻常。听安妮说话,很像在听一首走调的歌。

"可是他说'暴风改变心意了'。

"'惨了!'我说,'我看最好上车回家。'

"'可以的话,你最好留在镇上,威尔克斯小姐。'他说,'收音机广播说,风雪会很大,而且大家都没准备。'

"'可是我非回去不可——除了我之外,没人能帮忙喂牲口。离我最近的是雷德蒙,可是他们离这里好几英里,何况那家人不喜欢我。'"

说到最后,安妮机警地瞄了保罗一眼,看他没反应,她突然用汤匙敲起碗缘。

"吃完了吗?"

"是的,我饱了,谢谢,很好喝。你养了很多牲口吗?"

保罗在心中盘算,如果养了很多牲口,她就非得请人帮忙不可,至少得雇个人吧。"帮忙"在这里是个有行为主体的词,而且保罗发现安妮没有戴婚戒。

"不多。"她说,"六只蛋鸡,两头牛,还有苦儿。"

保罗眨眨眼。

她放声大笑:"你大概觉得我这人很差劲吧,用你笔下的勇敢美女给母猪命名。可是她真的叫苦儿呀,我绝对没有冒犯的意思。"她想了一会儿又说,"苦儿很友善。"她皱起鼻子,一时间竟仿佛变成母猪,甚至连下巴都有几茎粗毛。她学猪叫道:"呼噜噜!呼噜噜!呵呵——噜噜噜!"

保罗睁大眼睛望着她。

安妮没理会,她的心思又飘走了,双眼无神地陷入沉思。床头灯在她瞳仁里闪了两下,除此外,安妮的眼中不见任何反光。

最后她终于开口,幽幽说道:"我开了约五英里路后,天开始下雪了。雪来得很急——这边只要一下雪,就会下得很大。我打开车灯慢慢行驶,然后我看到你的车翻倒在路边。"她责备地看着他说:"你竟然没开车灯。"

"事情出乎我意料。"他说,想起那瞬间的惊愕,却忘了当时他喝得烂醉。

"我停下车,"她说,"如果当时是上坡路的话,也许我就不会停了,我知道这样有违基督徒精神,可是地上的雪已经积了三英寸厚,即使是四驱车,只要失去推进力,还是很难再往前跑。我如果告诉自己'唉呀,车上的人说不定已经下来搭便车走了'之类的,倒还省事些。可是车子停在从雷德蒙家过去的第三个大坡上,而且倒卧好一阵子了,所以我便把车停下来。我一下车就听见呻吟声。呻吟的人就是你呀,保罗。"

她投给保罗一朵诡谲而充满母爱的微笑。

保罗·谢尔登第一次清清楚楚地意识到:我惨了,这个女人有病。

6

接下来约二十分钟的时间里,安妮一直坐在保罗身边说话,他躺的这个房间原本大概是客房。保罗喝汤时,腿又痛起来了。他强迫自己专心听那女人说话,可惜力有未逮,心神无法集中。他一边听安妮描述她如何将他从撞毁的一九七四年款科迈罗跑车中拖出来,一边感觉疼痛如退潮中的残桩一样忽隐忽现,而且他还看见自己在波多雷度旅馆中写作新小说的情形。这部小说里——上帝保佑——并不包括苦儿·查斯顿这号人物。

他不写苦儿的理由很多,但其中最重要且无可撼动的一点,就是苦儿已经死了——感谢上帝的大恩,苦儿终于在《苦儿的孩子》的最后五页挂掉了。她死得赚人热泪,包括保罗自己在内——但他是因为笑得太厉害才掉泪的。

保罗写到新书的结尾时——那是一本关于偷车贼的现代小说——想起自己在写《苦儿的孩子》最后一句话"于是伊安和杰弗里悲伤地离开小邓瑟堡教堂墓园,二人相互扶持,决心重新寻回自己的人生"时,因为笑得太狠,连字都打不好,结果重打了好几次(感谢老天赐给咱们修正带)。他在书尾写上"全书完"后,在房里跳来跳去——也是在波多雷度旅馆的同一间房里——高喊着:"自由了!终于自由了!全能的上帝啊,我终于自由啦!那个愚蠢的臭婊子终于翘辫子啦!"

新小说叫《快车》,写完时保罗并没有笑,只是静静坐在打字机前,心想,老兄啊!也许你刚刚写出能得明年美国图书奖的作品哩。然后他拿起——

"……你的右太阳穴有点淤伤,不过不碍事,问题是你的腿……当时天色虽然暗了,但是我一眼就看出来,你的腿没……"

——拿起电话叫侍者送一瓶顶级香槟王来。记得他在房中来回踱步,等酒送来。自一九七四年以来,保罗所有的作品都是在这个房间里完成的。他赏了侍者五十美元小费,问他听了气象预报没,记得侍者眉开眼笑地告诉他说,暴风应该会南行往墨西哥走;他记得冰凉的酒瓶、打开瓶塞的声响、第一杯酒的那种辛辣过瘾,接着他打开行李袋,看着飞往纽约的机票;保罗记得自己一时兴起,决定——

"……我最好立刻送你回家!我费了好大劲儿才把你搬到车上,不过我很壮——这点你大概已经注意到了——而且我车子后边有一堆毯子。我把你弄上车用毯子包好,当时虽然天色慢慢暗了,我还是觉得你看起来很面熟!我想也许……"

——决定去车库把跑车开出来,不搭飞机,改往西走。纽约有啥好?屋子空荡阴暗毫无人气,搞不好还被闯过空门呢。去他的!他心想,又灌了一口香槟。往西边去吧,小伙子,往西走!这念头实在很无厘头,他只带了换洗的衣物和他的——

"……袋子我找到了,也一并放到车上,可是其他东西就没看见了,我怕你会死在我手上,于是便发动车,然后把你的……"

——《快车》原稿,然后开往拉斯维加斯或雷诺或甚至天使城。最初他还觉得这样做很可笑——这不像一个四十二岁男人会做的"壮举",他若是二十四岁的小鬼,刚卖掉第一本小说,也许会干这种事。又灌了几杯香槟后,他就不觉得这点子可笑了,事实上他还觉得挺酷的,一场大冒险能让他从小说的幻境中抽离,与现实重新接轨。于是他出发——

"……车开得跟飞一样!我看你快死了……我是说,我相信你快死了,所以把你的皮夹从口袋里抽出来,查看你的驾照,结果看到保罗·谢尔登几个字,我心想,'噢,一定是巧合。'可是驾照上的照片看起来也很像你,后来我好怕,只好坐到厨房桌边。一开始我还以为自己会昏倒,过会儿我又想,也许照片只是凑巧而已——驾照上的照片常常跟本人有出入——可是接着我找到你的作家公会会员卡、笔会俱乐部会员卡,我才知道你……"

——遇到麻烦了,因为开始下雪了。可是早在飘雪前,他又跑到波多雷度的酒吧,塞给乔治二十美元小费,跟他要了第二瓶香槟,在暗灰的天色下,从高速公路往落基山脉,一面开车一面畅饮美酒。他在艾森豪威尔隧道东边下高速公路,因为那边路面干爽又没什么车。反正暴风雪会往南移嘛,怕啥!而且那个要命的隧道令他神经紧张。车子一路飞奔时,他都在听波·迪德利①的老歌录音带,没开收音机。一直到后来车子开始严重打滑,他才意识到这不是普通的内陆风雪,而是真正

---

① 波·迪德利(Bo Diddley, 1928~2008),美国创作型歌手和吉他手。

的暴风雪。暴风根本没有转南，也许正冲着他扑来，看来他要倒大霉了。

（就像现在一样）

可是他醉得自以为能战胜天气，不肯认命在卡纳停下来找地方躲雪，反而继续向前挺进。他记得下午天色转成暗灰，记得香槟的效力开始减退，记得自己身体往前倾，从仪表板上拿烟，接着车子就开始打滑。他努力稳住车，却稳不住；他记得车子用力一撞，接着天旋地转、乾坤挪移，然后——

"……惨叫！我一听到你在惨叫，就知道你会活下去了。快死的人很少会那样叫，因为他们没力气了。这点我很清楚。我决定让你活下去，便拿了一些我的止疼药让你吃。后来你睡着了，醒来后又开始大叫，我再喂你吃药。你发了一阵子烧，不过我也让你退烧了。我给你吃抗生素，你有一两次情况很危险，不过现在都没事了，我跟你保证。"她站起来说，"你该休息了，保罗。你得恢复体力。"

"我的腿好痛。"

"是啊，当然会痛。再过一小时你就可以吃药了。"

"我现在就要，拜托。"他觉得向人哀求很丢脸，却又不由自主。潮水退尽了，残桩裸露出来，既躲不掉，也无法对付。

"再过一小时。"没有商量的余地，她用一只手拿起汤匙和碗向门口走去。

"等一等！"

她转过头，用既严苛又温柔的眼神看着他。保罗很不喜欢她的表情，一点都不喜欢。

"你把我拖出来至今，已经有两星期了吧？"

她又露出暧昧的表情，而且还不太高兴，这个女人的时间概念应该不怎么样。"差不多吧。"

"我一直都昏迷不醒吗？"

"几乎都是。"

"那我吃什么？"

她瞅着他。

简短撂下一句："注射。"

"注射?"保罗十分吃惊,安妮以为他听不懂。

"我帮你用静脉注射喂食,"她说,"用针筒,你手臂上的疤就是针孔。"她的眼神变得坚定又关切,看着他说,"你欠我一条命,保罗。希望你能记住这点。"

安妮说完便走了。

<h1 style="text-align:center">7</h1>

时间总算熬过去了。

保罗躺在床上,又是盗汗又是打战,另一间房里先是传出电视剧《外科医生》的谈话声,接着是辛辛那提 WKRP 电台主持人的声音。那电台真是够了,保罗听见广播员提到高级料理刀组,报上免费电话,然后告诉那些有意购买的科罗拉多听众,接线员已在等候他们来电。

保罗·谢尔登也在等候。

另一个房间的时钟敲了八下时,安妮又准时拿着两颗胶囊和一杯水出现了。

安妮一坐到床上,保罗便急忙用手肘撑起身体。

"我两天前终于拿到你的新书了。"安妮告诉他,水杯里的冰块叮当作响,令人闻之抓狂。"《苦儿的孩子》,我真爱那本书……跟其他所有书一样好看,而且更精彩! 简直是最棒的!"

"谢谢。"他勉强挤出话来,感觉汗水从额头渗出,"拜托……我的腿……很痛……"

"我就知道她会嫁给伊安。"她带着梦幻般的微笑说,"而且杰弗里和伊安最后一定又会把手言欢,再度成为好朋友,对吗?"不过她立即又说,"不,你别说! 我要自己读。我要慢慢看,因为每次都要等好久才出下一本。"

疼痛在他腿里抽搐,像钢刺般在胯下戳。保罗摸过自己的胯下,觉得骨盆应该没受伤,不过好像扭到了,感觉怪怪的。他的膝盖以下似乎没一个地方对劲,他不敢往下看,光看到床单下那扭曲变形的轮廓,就够他受的了。

"拜托你,威尔克斯小姐,我好痛——"

"叫我安妮,我的朋友都这么叫我。"

她把杯子递给他,冰凉的杯子上满是水珠。胶囊还在她手里,胶囊就是潮水,安妮是月亮,她会引来淹没残桩的潮水。当她把药送到保罗嘴边时,保罗立即张开嘴……可是她又把药抽回去了。

"我擅自看了一下你的小袋子,你不介意吧?"

"不会不会,当然不会。药……"

他额上的汗珠忽凉忽热,他会惨叫出声吗? 有可能。

"我看到袋子里有一本原稿。"她说,同时将右掌心的胶囊缓缓倒入左掌心里。保罗的眼睛紧盯着胶囊。"书名叫《快车》,我知道那不是苦儿系列的小说。"她略带谴责地看着他——不过眼神跟之前一样掺杂着爱意。那是一种母性的眼神。"因为十九世纪时没有车,不管快的或慢的都没有!"她哧哧笑着地开玩笑说,"我还擅自瞄了小说一眼……你不介意吧?"

"拜托你,"他呻吟着,"我不介意,可是求你——"

她把胶囊从左手滚到右手,发出轻微的声音。

"如果我去读呢? 你不介意我读你的稿子吧?"

"不会——"他的骨头在打战,两腿如千刀万剐。"不介意……"他努力挤出像微笑的表情,"我当然不介意。"

"如果没征得你的同意,我绝不会贸然去读原稿。"她热切地说,"我太尊敬你了。事实上,我爱你呀,保罗。"她突然脸一红,变得异常腼腆。其中一颗胶囊从她手里掉到被单上,保罗伸手去抓,但安妮的动作更快。保罗发出呻吟,安妮却不理会。拾起胶囊后,她望着窗子,又继续说:"我是指你的思想,你的创意。我爱的是这些。"

他急忙说:"我知道我知道,你是我的头号书迷。"他实在想不出别的话了。

现在安妮不只是暖身而已,她整个人都受到了激励。"没错!"她大叫,"一点都没错! 你不会介意我以这种心态去读吧? 以书迷的心态去看稿? 虽然我对你的其他作品,不像对"苦儿"那么喜爱。"

"没关系。"他说,然后闭上眼睛。没关系,你想的话,把稿子折成纸帽子都无所谓,只要你……求求你啊……我快死了……

"你人真好,"她柔声说,"我就知道你会是个好人。看你的作品,我就知道你是好人,一个能想到苦儿·查斯顿,创造她,并赋予她血肉的人,绝对不会是坏人。"

她的手指突然伸入保罗口中,动作亲密得令人害怕,却又再好不过。保罗用力吸入胶囊,等不及喝水,便将胶囊咽下去了。

"像宝宝一样。"安妮说。但保罗看不到她的表情,因为他还闭着眼睛,眼泪刺痛了他的双眼。"不过这样很好,我有好多事想问你……好多事想知道。"

安妮站起来时,弹簧床垫跟着嘎吱乱响。

"我们在这里会非常愉快。"安妮说。保罗听了心中一沉,但依然不肯张开眼睛。

8

他漂漂荡荡的,随着漫上来的潮水漂浮。隔壁房间的电视开了一会儿,然后又悄无声息了。当时钟敲响时,他试着去数,却总也数不清。

静脉注射,用针筒,你臂上的疤就是针孔。

保罗用手肘撑起身体,伸手去抓台灯,终于把灯打开了。他看着自己的手臂,看到手肘关节处有层层褪淡的淤青,每片淤青中间,都有个带着褐色血迹的针孔。

保罗躺回去,瞪着天花板聆听风声。他想到自己在隆冬时节的山岭附近,跟一个脑袋坏掉的女人在一起,这个女人在他不省人事时用静脉注射喂他,而且她手边似乎有一堆用不完的药,也没跟任何人提到他在这里。

这些事固然重要,但保罗发现还有一件更重要的事:潮汐又退了。他等待着安妮楼上的钟响。钟还要一阵子才会响,但他已经开始期盼了。

安妮是疯子,但他需要她。

*天哪,我麻烦大了,*保罗茫然地望着天花板,任汗珠再次由额上冒出。

9

翌日早晨，安妮为他端来更多汤，并告诉他说，她已经读完四十页的"原稿书"了。她觉得这本书没有他的其他作品好。

"很难看懂啊，时间跳前跳后的。"

"那叫写作技巧。"保罗说，他的疼痛稍微缓和，所以还听得进安妮的话。"只是技巧罢了，主题……主题决定形式。"他觉得安妮或许对写作技巧感兴趣，甚至喜爱。年轻时，保罗三不五时会去写作班演讲，学员都很喜欢听这一类的主题。"你要知道，这男孩非常困惑，所以——"

"是啊！他非常困惑，所以这个角色不那么吸引人，其实他也不是毫无魅力——我相信你不会创造一个没有魅力的人物——可是他挺没意思的。还有那些粗话！他每一句都要加三字经！实在——"她边想边机械式地喂食，不用多看一眼地帮保罗喂汤擦嘴，就像打字老手无需多看字键一样，于是保罗知道安妮一定当过护士。她不是医生，噢，不是的，因为医生不会知道患者何时泼洒汤汁，也无法精准无误地预测汤汁会溅到哪里。

要是天气预测员的准确度有安妮·威尔克斯的一半，我就不会他妈的遇到暴风雪然后被卡在这里了。保罗气结地想。

"没有一点贵气优雅可言！"安妮突然跳起来叫道，差点把牛肉汤洒在保罗苍白的脸上。

"是的。"他耐着性子解释，"我懂你的意思，安妮。托尼·博纳萨洛的确没有贵气可言，他只是个想挣脱恶劣环境的穷孩子。你要知道，他说的那些话……所有贫民区的人每天都在用——"

"乱讲！"她瞪他一眼，"你以为我去城里的饲料店做什么？你以为我会说那种话？'托尼，给我一包××猪饲料和一袋干××的牛谷，还有一些操××的药粉'吗？你以为托尼会怎么回答我？'×你妈的没问题，安妮，我马上×××拿来'吗？"

她看着保罗，脸色有如随时要刮龙卷风的天空。保罗畏惧地躺回去。安妮手里的汤碗微微倾斜，汤汁一滴、两滴……落在被单上。

"还有，我会到街上银行跟博林杰太太说'这里有张××支票，你最好他妈的尽快给我××五十美元'吗？你以为他们要我在丹佛出席法——"

一勺褐色的牛肉汤溅到被单上,安妮看着汤,然后看看保罗,脸色一变:"你看,都是你害我把汤弄洒了!"

"对不起。"

"对不起个头!都是你!都是你不好!"她尖声叫道,把碗往角落一掼,碗摔得粉碎,汤汁泼溅在墙上。保罗倒抽一口冷气。

安妮不再说话,只是静静地坐了约三十秒,这期间,保罗·谢尔登的心脏似乎也跟着停止跳动了。

然后安妮慢条斯理地站起来,冷不丁窃笑起来。

"我脾气很暴躁。"她说。

"对不起。"他喉咙干哑地说。

"你是该道歉。"她的脸又一垮,然后定定看着墙。保罗以为她的魂又飘走了,却听到她长叹一声,将庞大的身躯从床上移开。

"你在苦儿系列里并不需要用脏字,因为那个时代的人不讲那种话,那些脏话甚至还没出现。我想,禽兽的年代大概需要用禽兽的字眼吧,还是以前的年代比较美好。你真该只写苦儿系列的,保罗。身为你的头号书迷,我说的是肺腑之言。"

她走到门边,回头望着保罗:"我会把原稿放回你的袋子里,然后把《苦儿的孩子》读完。也许稍后等我读完,我会回头再去看《快车》。"

"你如果会生气就别读,"保罗试着挤出笑容说,"我宁可不要惹你生气,你知道我全都得靠你啊!"

安妮没有报以微笑。"是的,"她说,"你是得靠我,不是吗,保罗?"

她走了。

10

潮水退了,桩子又露出来了,他开始等待钟响。钟声响了两下,他靠在枕上,看着门口。安妮走进来了,开襟羊毛衫及裙子上罩了条围裙,手上提着水桶。

"你应该想吃药了吧。"

"是的,麻烦你。"保罗努力对她露出谄媚的笑容,心头再次涌上羞耻感——他对自己感到既奇怪又陌生。

"我带药来了,"她说,"不过我得先把角落里那堆东西清干净,那都是你弄出来的,你得等我打扫完。"

保罗躺在床上,双脚像残桩一样蜷缩在被单下,冷汗从他脸上缓缓淌下。他看着安妮走到角落,放下水桶,将碗的碎片捡起来拿出去,然后回来跪在水桶边,捞出一条沾着肥皂水的抹布,拧干,开始擦拭墙上的汤汁污渍。他躺在床上看着,身体开始发抖,颤抖使疼痛更加剧烈,他却无计可施。安妮转头发现他在打战、床单都被汗水浸湿后,竟露出狡猾的微笑。保罗真想把她宰了。

"汤干掉了,"她说着将头转回角落,"恐怕得花点时间,保罗。"

她擦呀擦,墙上的污渍慢慢消失了。不过她又继续洗抹布,拧干,擦拭,重复整个过程。保罗看不到她的脸,想到安妮八成又走神了——这点他很确定——且可能因此花几小时去擦墙壁,他就煎熬难耐。

最后——就在时钟即将敲响两点半之前——安妮终于站起来,把抹布扔进水桶里。她提起水桶离开房间,半个字也没说。保罗躺在床上,听到木板被她踩得嘎吱响,听她穿过走廊,泼掉水桶里的水——然后,没想到安妮竟然又打开水龙头盛水了。保罗开始无声地哀号,潮水从未退得如此遥远,除了逐渐干涸的泥滩和映着灰影的破旧木桩外,什么都看不见了。

安妮回来,在门口站了一会儿,用既严肃又慈爱的表情瞅着他汗湿的脸,然后瞄向半点汤汁不剩的屋角。

"我现在得清洗一下,"她说,"否则汤汁会留下污斑。我一定得彻底清洗,得把每件事做好。我虽然一个人住,但不能因此偷懒。我妈有句座右铭,而且她一向身体力行。她总是说:'一朝脏,日日脏。'"

"求你了。"保罗呻吟道,"求求你,好痛,我快痛死了。"

"不会,你死不了的。"

"我要尖叫了,"他说着开始放声大叫。呼叫令他疼痛,他的腿好痛,心也在痛。"我受不了啦。"

"要叫就叫吧。"她说,"别忘了,把汤弄洒的人是你,不是我,要怪只能怪你自己。"

最后保罗还是忍下哀号,看着安妮浸抹布、搓抹布、泡了又拧干,然后清洗墙壁。就在时钟敲三下时,她站起来提起水桶。

她要出去了,她要出去了,我会听见她把水倒进水槽。安妮搞不好要好几个小时后才会回来,因为她还没把我惩罚够。

可是她没离开,反而走到床边,从围裙口袋里掏出三颗胶囊,而不是以往的两颗。

"喏。"她轻声说。

保罗含住药。当他抬起眼时,看到安妮提起黄色塑料水桶朝他走来,水桶像下沉的月亮般逼到他眼前。灰色的污水从桶缘倾倒在被单上。

"用水把胶囊吞下去。"她说,声音十分温柔。

保罗睁大眼瞪着她。

"喝呀,"她说,"我知道你吞药不必喝水,不过相信我,我真的可以让你把药吐出来。这只是清洗用的水而已,不会要你命的。"

她像巨石般地朝他压下来,水桶微微倾斜。保罗看到抹布像溺水者般在深处浮沉,还看见浮在水面的一层肥皂薄沫。他虽然万般不愿,却毫不迟疑地快速喝下水,将药吞下去,那味道就像被母亲逼着用肥皂刷牙一样。

他的肚子抽了一下,差点呕出来。

"可别把药吐出来哟,保罗,因为你得到今晚九点才能再服药。"

安妮面无表情地望了他一会儿,然后脸上仿佛一亮,笑道:

"你不会再惹我生气了吧?"

"不会。"保罗喃喃地说。把带来潮汐的月亮惹毛?他哪敢?他哪有那种天大的胆子?

"我爱你。"安妮说,然后吻吻他的脸颊,走了,头也不回地走了。她用村妇提牛奶桶的姿态拎着塑料桶离去。她没让桶贴近身体,以免水洒出来。

保罗躺回床上,嘴巴喉咙全是沙子和灰泥的味道。还有肥皂味。

我不吐……不会吐出来……不会吐!

这股强烈的念头终于停止了。保罗知道自己快睡着了,他强抑住一切,让药发挥功效。他赢了。

赢了这一回。

11

保罗梦见鸟在啄他。那不是什么美梦,他听见砰的一声,心想,好,太好了!射死它!射死那王八蛋!

然后他就醒了,意识到那声音其实只是安妮·威尔克斯将后门关上罢了。安妮出去工作了,他听见她踩在雪中窸窣的脚步声。安妮经过他窗前,身穿连帽雪衣,头上戴着帽子,呼出的气团在脸庞散开。安妮没去看屋里的保罗,大概是一心想到畜棚工作,去喂牲口,清理鸡舍,也许还哼点小曲——这点保罗不会觉得太奇怪。天色渐渐变成深紫——那是夕阳的色彩,时间大概五点半或六点了吧!

潮汐还在,保罗本来可以再睡的——他也还想睡——但是他必须趁自己脑筋清楚时,想清楚目前的处境。

保罗发现最糟的是,他虽然还能思考,却不愿多想,即使他知道自己得仔细盘算,才有可能结束这场噩梦。保罗的脑子就像明知饭没吃完不准离桌却仍执意推开食物的孩童一样,拼命抗拒思考。

他不愿去多想,因为光是现在这样就够他受了。他不愿多想,因为每次一想,就会看到丑恶的景象——安妮空茫的神情,那些神偶,现在又有个扑面而来的黄色塑料桶。思考那些并不会改变他的现状,事实上,想比压根儿不想更糟,不过保罗一旦开始转动心思后,脑子里就再也挤不下其他的念头了。他的心脏开始因恐惧而狂跳,但有部分原因却是出于羞耻。他看见自己的嘴对着黄色塑料桶的边缘,看到漂着抹布的脏肥皂水,他虽然都看在眼里,却还是毫不迟疑地牛饮而下。如果他能逃离这里,打死也不会把这件事告诉任何人。他也许会骗自己没这回事,可惜他永远骗不了自己。

没错,管他可不可悲(他的确很可悲),他还是想活下去。

快想呀,妈的!拜托,你已经懦弱到连试都不想试了吗?

才没有——可是也差不多了。

接着保罗生出一个奇怪而愤怒的念头:安妮不喜欢他的新书,因为她太笨,理解不了书的内涵。

这个念头实在无聊透顶,而且就目前的处境来看,安妮喜不喜欢《快车》根本不重要。不过思索她说过的话,至少是个新方向,生安妮的气总强过怕她吧。于是保罗继续循线往下思考。

太笨吗? 不对,是太固执。安妮不仅不愿改变,而且压根儿抗拒改变!

是的。这个女人虽然疯了,但她对作品的看法,跟全国其他成千上万的读者真的有那么大差别吗? 那些读者百分之九十都是女性。这些成天泡在柴米油盐里的妇女,总是引颈期盼他的下一部作品。不,她们的想法都一致,她们只想看苦儿、苦儿、苦儿。每次保罗跳开一两年去写其他小说——进行他的"艺术创作",而且从最初的壮志盈怀,继而抱持希望,最后却失望不已——就会收到无数女性读者的抗议信,其中许多人都以"你的头号书迷"自居。这些信的语气从困惑(不知怎的,这种语气总是最伤人)、谴责到愤怒,不一而足,但她们想说的都一样:这不是我预期的,不是我要看的,拜托你再回去写苦儿。我想知道苦儿在做什么! 他可以写现代版的《火山下》《德伯家的苔丝》《喧哗与骚动》①,结果都一样,读者还是要看苦儿、苦儿、苦儿。

艰涩难懂……角色呆板……而且粗鄙!

保罗又来气了,气安妮的冷酷无情;气她竟然将他绑架,囚禁在此处,逼他喝桶里的污水,要不就得忍受疼痛;而且更过分的是,她竟然还有脸批评他这辈子最得意的作品。

"我操你妈的祖宗八代。"保罗骂道,心里突然好过一些,好像自己又活过来了,虽然他深知自己的咒骂十分可悲无聊——因为安妮在畜棚里,听不到他的声音,而且潮水也已淹没残桩了,不过……

他记得安妮进到房里,拿着胶囊,逼他让她读《快车》的初稿。他羞

---

① 这三本书分别是英国作家马尔科姆·劳瑞、托马斯·哈代和美国作家威廉·福克纳的作品。

惭得脸都热了,可是这会儿还混着一股怒意。那怒气从星星之火演变成熊熊怒火,他从来不曾在亲自校稿并重新打字之前,让任何人看他的初稿。从来没有,就连他的经纪人布莱斯也从来没读过。他甚至不曾——

保罗的思绪一时被打断了,他听到隐隐传来牛哞声。

他一向等到第二校稿子看完后,才会去影印一份。

安妮·威尔克斯手上的这份《快车》初稿,其实是世上唯一的一份。保罗已经把他的笔记烧掉了。

两年辛苦的笔耕,安妮竟然不喜欢,而且她是个疯子。

她喜欢的书是苦儿;她喜欢的人是苦儿,而不是某个来自西班牙贫民区、满口脏话的小偷车贼。

他记得自己当时心里想:如果你愿意,把初稿拿来折纸帽子都行,只要……安妮,拜托……

保罗再次感到恼羞成怒,这唤醒了腿上的第一道痛楚。是的,每次他痛到无可忍受时,他的作品、他对作品的自豪、作品本身的价值……所有这些,全都化成了泡影。安妮可以将他踩在地上,让他放下一切身段,抛下长大后赖以自居的作家身份,使得保罗视她如洪水猛兽,避之唯恐不及。她的确是神啊,就算安妮没将他杀死,还是有可能扼杀他的心灵。

现在保罗听见猪仔兴奋的叫声了——安妮以为他会不高兴,可是保罗觉得苦儿这名字挺适合给猪用。他记得安妮学猪叫的样子,她噘起上唇挤着鼻子,连脸颊似乎都变扁了,看起来果然很像猪:呼噜噜!呼噜噜!

保罗听见安妮的声音从畜棚传来:"呼咿——猪仔仔,猪仔仔!"

他躺回去,用臂膀遮住双眼,并努力汇聚心中的怒气,因为愤怒赐给他勇气。勇敢的男人会去思考,懦夫只会逃避。

安妮当过护士,这点他相当确定。她还在当护士吗?应该没有,因为她没去上班。为什么她不再当护士了?理由似乎很明显,因为她太脱线了,行为、思路都不大正常,这点如果连痛得昏头涨脑的保罗都能一眼看出来,她在医院的同事们就更甭提了。

而且他还多了一条线索,知道安妮的神经有多么不对劲。这婆娘把他从撞毁的车里拖出来,没报警也没叫救护车,反将他搬到家中的客房,又在他臂上插针,打进一堆乱七八糟的药,害他差点挂掉。安妮没把他在这儿的事告诉任何人,如果她到现在还没告诉人,就表示她不打算让人知道了。

如果她从车里拖出来的是某个印度阿三,她还会这样做吗? 不,不会的,保罗不这么认为。安妮会囚禁他,只因为他是保罗·谢尔登,而她——

"她是我的头号书迷。"保罗喃喃说着,用臂膀遮住眼睛。

保罗在黑暗中忆起一件不愉快的往事:妈妈带他去波士顿动物园,他正在看一只巨鸟,巨鸟的羽毛美艳无比——红、紫、深蓝交相辉映——他从没见过那么漂亮的鸟……以及那么忧伤的眼神。他问母亲巨鸟从哪里来,母亲回答说非洲,保罗知道鸟儿注定会远离上帝要它栖住的地方,老死在牢笼中,便哭了起来。母亲帮他买了冰淇淋后,他暂时不哭了,可是后来想起,又开始哭。母亲只好带他回家。路上妈妈还骂他跟女孩子一样,是个爱哭鬼。

它的羽毛,它的眼神。

他的腿又开始胀痛了。

不,不,不。

他屈着手臂紧压住自己的眼睛,他听见畜棚隐隐传来喧闹声。他当然分辨不出那是什么声音,却可以想见

(我指的是你的思想,你的创意)

安妮从阁楼上用靴后跟将一捆捆干草踹下来,还可以看见它们滚落在地面上。

非洲,那只鸟来自非洲,来自——

接着,安妮愤怒的吼声像利刃一般飞来:你以为他们叫我到丹佛出——

出庭。当他们叫我到丹佛出庭。

你愿意向上帝发誓,一切据实以告,毫不欺瞒吗?

("我不知道他怎么会有这种天分。")

愿意。

（"他老是爱写东写西。"）

请说出你的姓名。

（"我娘家那边没有人有他那种想象力。"）

安妮·威尔克斯。

（"多么生动逼真啊！"）

我的名字叫安妮·威尔克斯。

他希望她多说一些，但她不肯。

"快想啊。"保罗低声说，手臂仍遮住眼睛——保罗用这种姿势时，思路最清晰，想象力也最活跃。他妈妈喜欢隔着栏杆对马尔瓦尼太太夸赞儿子丰富生动的想象力，以及他常写的精彩小故事（当然了，除了她在骂儿子爱哭、像女孩儿的时候）。"快想啊！加油，加油。"

保罗看见丹佛的法庭，看见席上的安妮·威尔克斯，她穿的不是牛仔裤，而是一条紫黑色的裙子，头戴一顶难看的帽子。他看到法庭上挤满听众，秃头的法官戴着眼镜，留了一嘴的白胡子，白胡子下露出一块胎记，胡子虽然将胎记掩去大半，却还是隐隐可见。

安妮·威尔克斯。

（"保罗三岁就会看书了！你能想象吗！"）

那种……书迷的狂热……

（"他总是在写，总是在编故事。"）

现在我得去清洗了。

（"非洲，那鸟是从非洲来的。"）

"快想啊。"他喃喃地说，可是他再也想不下去了。法警要求她报上姓名，她一再表示自己叫安妮·威尔克斯，其他便不肯多说了。她丑怪结实的身躯占据着座位，一再重述自己的姓名，其他不再多说半句。

保罗努力想象这位囚禁他的离职护士为什么会跑到丹佛出庭，渐渐沉入梦乡。

12

保罗躺在医院病房里，如释重负，开心得差点哭了。他不知道自己睡着时出了什么事,大概是有人来过,或者安妮改变心意了吧。无所谓,反正他在那怪女人的房里睡去,醒来时人已经在医院了。

可是他们应该不会把他放在这么高、这么长的病房里吧?这病房大得跟停机棚一样!里头躺着一排排一模一样的人(床边都立着同样的点滴架,上头挂着一样的点滴瓶)。保罗坐起来,看到那些患者也都长一个样子——全都是他。接着,他听到远处钟响,发现声音来自梦境的彼端,这是一场梦。一股油然升起的悲伤取代了原有的如释重负。

巨大病房另一端的门开了,安妮·威尔克斯走进来——这回她穿着长长的围裙,戴着头巾式的女帽,跟《苦儿的爱》中的女主角扮相如出一辙。她手上拎着柳条编篮,篮上盖着毛巾。保罗看到她掀开毛巾,伸手从篮子里拿出一把东西,撒到第一个睡着的保罗·谢尔登脸上。保罗发现那是沙子——苦儿在书中假扮睡眠精灵,而安妮·威尔克斯就是在学苦儿,扮成睡眠女妖。

接着他看到沙子刚落到第一个保罗脸上,患者的脸色就立即变成了死灰。恐惧将他从梦中惊醒,拉回卧房里。而安妮·威尔克斯正站在他面前,手里拿着一本厚厚的《苦儿的孩子》平装本,从书签的位置判断,她差不多已经读了四分之三。

"你刚才在呻吟。"她说。

"我做了噩梦。"

"什么样的噩梦?"

保罗闪过的第一个念头不是实情,但他还是脱口而出:

"梦见我在非洲。"

13

第二天早晨,安妮进来得很晚,脸上沾满了灰。正在打盹的保罗立刻惊醒,努力用手肘撑起身体。

"威尔克斯小姐,安妮,你还好吗?"

"不好。"

妈的,她心脏病发作啦,保罗心中大喜,不过很快就起了戒心。让她心脏病发作吧!严重的最好!让她狠狠地胸绞痛!他会不顾疼痛,满心欢喜地爬到电话旁,就算地上都是碎玻璃,他也会爬过去。

安妮的确是心绞痛……可惜类型不对。

她走向保罗,举步摇摆近乎蹒跚,就像水手在长途航行后刚下船的模样。

"怎么……"他想从她身边躲开,却无处可去,旁边只有床头板,再往后就是墙壁了。

"不!"她往床边一撞,身子晃了晃,几乎就要摔到他身上了。然而安妮只是站在那儿,惨白着脸俯望他,脖子上青筋暴露,额中央一条血管搏动不已。她突然张开手,握成拳头,然后又快速张开。

"你……你……你这个卑鄙无耻的鸟人!"

"怎么了——我不——"可是他突然明白了,只觉得上腹一空,好像整个消失掉了。他想起昨晚安妮的书签夹在书本四分之三处,安妮把书看完了,她知道了所有内容,也知道无法生育的人不是苦儿,而是伊安。安妮该不会坐在那间他还没见过的客厅里,跟苦儿终于了解真相因而痛下决心溜到杰弗里身边时一样瞠目结舌吧?当她知道苦儿和杰弗里并非蓄意背着他们所爱的伊安偷情,而是想尽己所能,送伊安一份绝佳的礼物——生下一个孩子,假冒是他的骨肉——时,是否感动得热泪盈眶?当苦儿告知伊安怀孕的消息,伊安眼中闪动泪光,一把将她揽住,一遍又一遍地喃喃说"我亲爱的,噢,我亲爱的"时,安妮的心是否跟着飘飘然?他相信在那几秒钟里,安妮的内心必然澎湃激荡。然而看到苦儿产下男婴后死去,留下孩子让伊安和杰弗里合力抚养后,她非但没哭,反而变得怒不可抑。

"她不能死!"安妮·威尔克斯对他尖叫,她的手张合得越来越快,"苦儿·查斯顿不能死!"

"安妮——安妮,你别这样——"

桌上有个玻璃水杯,她扬起杯子向他挥来,冰冷的水泼在他脸上,一颗冰块落在他左耳边,滑下枕头,掉在他肩上。保罗脑海中映出一个画面:

("多么生动逼真!")

安妮把水杯砸到他脸上。他看到自己头壳碎裂,生命垂危,脑部喷出的血与冰水齐流。那景象令保罗臂上起满鸡皮疙瘩。

安妮想把杯子砸到他头上,这点是毋庸置疑的。

就在最后一刹那,安妮转身把水杯掷向门边,水杯跟几天前的汤碗一样,登时摔得粉碎。

她回头望着保罗,用手背将脸上的头发拨开——雪白的脸此时已经冒出两小朵红晕。

"鸟人!"她喘道,"你这个卑鄙下流的鸟人,你怎么可以这样!"

他睁大眼盯着安妮的脸,急切地说道——保罗知道自己能否保住性命,全赖接下来二十秒里,他的狗嘴里能蹦出什么象牙了:

"安妮,一八七一年的妇女经常死于生产,苦儿为她的丈夫、至友和孩子而死,苦儿的灵魂将永远——"

"我不要她的灵魂!"她尖叫着握拳对保罗挥舞,仿佛想把他的眼球挖出来。"我要她!你把她害死了!你把她谋杀了!"她的手又握成拳头,接着拳头像活塞一样向他脑袋两边击来,并深深陷入枕头里,保罗像布娃娃一样弹起来,双腿剧痛,大声哀叫。

"我没杀死她呀!"他尖声说。

安妮当场僵住,用那种高深莫测的神情瞅着他。

"没有才怪。"她挖苦说,"保罗·谢尔登先生,你若没杀她,那是谁杀的?"

"没有人,"他语气略为平静,"她反正就是死了。"

他知道这是实话,假如苦儿真有其人,客气点说的话,他大概会"被警方约谈",毕竟他有杀人动机——因为他恨苦儿。自从出了苦儿系列的第三本书后,保罗就开始恨她了。四年前的愚人节,保罗还私自印了一本小书,寄给十几位熟朋友。那本书叫《苦儿的嗜好》,书中苦儿在乡间度过了一个愉快的周末,逗弄伊安的爱尔兰猎犬吠吠。

保罗本可将苦儿谋杀掉的……但他没有。他虽然越来越讨厌这个角色,但最后苦儿的死还是颇出乎他的意料。保罗秉持了艺术应效仿人生的理念——不管模仿得多么差劲——直到苦儿平庸的生命结束为止。她死于最意想不到的地方,而雀跃万分的保罗,绝不会去改变这个事实。

"你说谎。"安妮低声说,"我还以为你是好人,可是你很坏,你只是个卑鄙无耻满口谎言的鸟人。"

"苦儿只是悄悄离开人世罢了,就么回事,有时就是会这样,人生不就是这样吗,人就是会——"

她将床边的桌子翻过来,桌子的小抽屉滑了出来,保罗的手表和零钱纷纷从中掉落。他根本不知道那些东西放在抽屉里。保罗缩着身子躲开安妮。

"你当我是白痴吗?"她咬着牙说,"我在工作时看过几十个人死亡——其实有好几百人。有的人在惨叫中死去,有的在睡梦中亡故——你说苦儿只是悄悄离开人世? 才怪。

"小说人物不会悄悄离开人世! 上帝要咱们走,咱们就得走,作家就是小说人物的上帝,作家跟创造人类的上帝一样创作人物。没有人能找到上帝要他解释,那就算了,但至于苦儿,我有一点要告诉你这个鸟人,你这个上帝不巧刚好有两条断腿,而且刚好困在老娘家里,吃老娘的……还有……"

说着安妮又开始面无表情了。她直起身体,双手软软地垂在两侧,望着墙上一幅凯旋门的照片。她静静杵着,保罗躺在床上看着她,头侧的枕上凹了两个洞,耳里听见刚才水杯洒出的水滴滴答答地滴在地板上。保罗心头一震:他真的可以杀人哪。他有时也会动这种念头,不过都仅限于理论阶段,但眼前的情形并非理论,且大权就握在他手中。如果安妮没对他扔水杯,他就可以亲手将水杯摔在地上,趁安妮像雨伞架似的呆立在那儿时,把碎玻璃刺进她喉咙里。

保罗低头看着抽屉里掉落的东西,却只看到零钱、一支笔、梳子和他的手表,没见到皮夹;更重要的是,也没看到瑞士刀。

安妮慢慢回神了,至少她怒气已消。她凄然地看着保罗。

"我想我最好先离开,暂时别待在你身边,那样不……不太好。"

"离开? 你要去哪儿?"

"无所谓,去一个我知道的地方。我若留下来,怕会做出不智的举动,我需要思考一下。再见了,保罗。"

她大步走过房间。

"你会回来喂我吃药吗?"他小心地问。

安妮抓住门把,半句话不回地将门关上。保罗第一次听见钥匙的叮当声。

他听到安妮的脚步沿廊而去,听到她大声咆哮,嚷些他听不懂的话,然后有东西掉落碎裂。门轰然关上,车引擎噗噗发动,积雪上传来车轮压过的声音,车声似乎行走渐远,由呼呼声变成嗡嗡鸣,最后了无声息。

只剩下他独自一人了。独自被锁在安妮·威尔克斯的房子里,困在这张床上。这里跟丹佛的距离就像……嗯,就像波士顿动物园跟非洲一样遥远。

保罗躺在床上盯着天花板,喉咙干涩,心跳有如擂鼓。

片刻后,客厅时钟敲响,是正午时刻,潮水又开始退了。

14

五十一个小时。

幸好撞车时,他口袋里还插了支笔,保罗才知道时间过去了多久。他勉强弯下身捡起笔,时钟每敲一回,他就在臂上画一道——画满四道纵线后,再画斜线。安妮回来时,保罗已经画了五组外加一道线了。那些小小的线组,一开始还画得整齐有序,后来手开始颤抖,便越来越歪斜了。他确信自己没有错过任何一个钟头。他打过瞌睡,但从未真的睡着。当每个整点时刻来临时,钟声会叫醒他。

安妮离开一阵子后,保罗即使身上剧痛,还是觉得又饿又渴。这几种感觉像赛马一样,最初"疼痛"遥遥领先,"饥饿"落后两英里,"口渴"垫后。等安妮走后的第二天破晓,"饥饿"已经差不多赶上"疼痛"了。

他整晚盗汗,在睡睡醒醒中辗转反侧,相信自己离大去不远矣。等了一段时间后,他开始巴望自己快快死去,愿意不计一切代价,只求脱离苦境。他从来不知道疼痛可以达到这个程度,那两根残桩长个不停,他可以看到附着在桩上的藤壶,看到它们黯然无力地垂在木头的缝隙间。它们算运气好的,因为对它们而言,痛苦已经结束了,而乏人闻问的他,到了凌晨三点已经痛得呼天抢地了。

翌日中午前，也就是安妮离开的第二十四小时，保罗发现，除了双腿和下腹疼痛难耐之外，还有另一件事令他痛彻骨髓，那就是停药。它算是半途杀出来的黑马吧，他真的太需要胶囊了。

保罗动过下床的念头，但想到重重摔在地上及伴随而至的剧痛，他便裹足不前。他真的可以想见

（"多么生动逼真啊！"）

会有什么感觉。其实他还是想试试，但安妮把门锁上了，他除了像蜗牛一样地爬到门口，然后躺在那里，还能怎么样？

保罗万念俱灰地推开毛毯，这是他第一次这么做，他祈祷情况不会像"看起来"那么糟。情形果然不糟——而是很惨。保罗骇然地瞪着膝盖下方，仿佛听见里根在电影《金石盟》中的惨叫："我剩下的腿呢？"

他膝盖下的腿还在，假以时日说不定能恢复原状，技术上应该有可能吧！但他觉得似乎非常遥不可及……或许他再也没办法走路了——除非打断两条腿，甚至打断好几处，再以钢钉固定，仔细反复检查，经过无数痛苦的折磨，或许还有转圜的余地。

安妮帮他把腿固定住了，这点他从硬邦邦的毛毯形状上已经看出来了，可是直到此刻，保罗还是搞不清安妮是用什么固定的。他的下肢圈着细细的铁棒，看起来像锯剩的铝杖。那些铁棒牢牢地绑住，因此他膝盖以下的地方，看来有点像刚从陵墓挖掘出来的印和阗①。他的腿歪七扭八地朝膝盖蜿蜒而上，这边拐一下，那里扭一点。他的左膝——也是他的主要痛点——似乎已经不存在了。小腿与大腿间，夹着一团被捆成盐丘状的恐怖玩意儿。大腿肿得厉害，而且似乎有些外弯。他的大腿、胯部，甚至他的老二，全都青紫斑斑。

保罗还以为自己的小腿断了，结果发现不是断掉，而是撞成粉碎。

保罗在呻吟与哀号声中拉回毛毯，看来也甭下床了，他最好躺在这里，死在这里，接受这锥心的痛，直到所有的痛苦结束为止。

第二天四点左右，"口渴"后来居上。他知道自己喉咙干涩很久了，但此时已变得难以忍受，保罗觉得舌头肿得都快突出来了，连吞咽都有

---

① 古埃及第三王朝祭司。

困难。他想到那个被安妮扔掉的水杯。

他睡了又醒，醒了又睡。

白天过去了，夜晚悄悄降临。

他必须尿尿了。保罗把上层的被单盖到那话儿上头，做成滤网，让尿液通过被单，射到用颤抖的手圈成的手杯中。他告诉自己这是在做环保，并喝下勉强留住的尿液，舔舐自己尿湿的手心。这件事他死也不会跟别人讲——如果他还能活着告诉别人任何事情的话。

保罗以为安妮死了，她情绪很不稳定，而情绪不稳的人经常闹自杀。他看到她

（"多么生动逼真啊！"）

把车停到路边，从座位下拿出手枪塞入嘴里，然后开枪自尽。"苦儿一死，我也不想活了。再见了，残酷的世界！"泪如雨下的安妮大叫道，然后扣下扳机。

他咯咯笑出声，接着又痛苦地呻吟起来，继而高声惨叫。屋外的朔风伴他一同呼号……却未与之同悲。

或者来场意外事故？有可能吗？当然可能喽，先生！他看见安妮冷冷地开着车，速度超快，接着

（"我娘家这边没有人有他那种想象力！"）

她脑子一空，车子飞出路面往下急冲，车子撞了一下，顿时烧成火球，安妮便这样不为人知地死掉了。

如果安妮死了，他也会像陷阱里的老鼠一样干死在这里。

保罗一直希望自己能陷入昏迷，摆脱疼痛，可是他怎么也昏不过去，只能一小时一小时地熬。三十个小时过去了，四十个小时过去了，现在"疼痛"和"口渴"已合并成一匹马了（而且将"饥饿"远远抛在后方），他觉得自己是躺在显微镜下的一片活体组织，是鱼钩上的虫饵，不断地蠕动扭转，等待死亡到来。

15

乍见安妮进来，保罗还以为自己在做梦。但他马上回到现实——或是求生本能启动了吧——开始呻吟哀求，一反常态地竭尽低声下气

之能事。保罗倒是看清了一件事,安妮穿了一袭深蓝色的裙装,头戴饰有细枝花纹的帽子——跟他想象安妮出庭时的打扮一样。

她气色红润,眼神炯亮,朝气焕发。安妮·威尔克斯大概从来不曾如此漂亮过吧。保罗事后回想这一幕时,唯一还能清晰记得的,只有她泛红的双颊和那顶细枝花纹帽了。保罗·谢尔登固执地守着最后一丝理性与清醒,心想,她看起来像守寡十年后初尝鱼水之欢的寡妇。

安妮手里拿着一杯水——一大杯水。

"喝吧。"她说,然后把刚从外头进来、依然冰凉的手伸到保罗颈后扶起他,免得他呛着。保罗又急又猛地吞了三口水,舌上那些久旱的味蕾被突来的甘霖激起一阵骚动,有些水流到下巴,滴在T恤上。安妮把水杯从他嘴边拿开。

保罗伸出微微颤抖的手,哀求着还要喝。

"不行,"她说,"不行,保罗。一次只能喝一点,否则你会吐。"

过了一会儿,她递上杯子让保罗再喝两口。

"那个……"他咳着,一边吸着唇,用舌头去舔,又去吸自己的舌头。他模模糊糊地想起自己那又温又咸的尿,"胶囊——好痛——求求你,安妮,求求你,看在上帝的分上,帮帮我,我好痛——"

"我知道你很痛,可是你得听话。"安妮用严厉又疼爱的表情看着保罗,"当时我必须离开去思考,我想了很多,也希望我已经想清楚了。我还不确定,因为我经常很糊涂,这点我自己知道,也接受了现实。所以他们问我话时,我才会老忘记自己讲到哪里。我去祷告,你知道上帝会答复人们的祈求吧,他向来如此。于是我就祈祷说:'亲爱的主啊,等我回去时,保罗·谢尔登也许已经死了。'可是上帝说:'他不会死的,我已经饶过他了,所以你该祖引他方向。'"

她把"指"说成"祖"了,可是保罗几乎听而不闻,只是死盯着水杯。安妮又让他喝三口,保罗像牛一样地狂饮。他打了个嗝,接着因突如其来的抽筋而大叫起来。

安妮只是慈爱地看着他。

"我会给你药,帮你减轻疼痛。"她说,"不过你得先做一件事,我马上回来。"

她站起来朝门边走。

"你别走啊!"保罗大叫。

安妮理都不理。保罗躺在床上,痛得身体缩成一团。他极力忍住不呻吟,却怎么也按捺不住。

16

一开始他还以为自己精神错乱,因为眼前的景象实在太诡谲了。安妮推着一个烤肉架进来了。

"安妮,我真的很痛。"两行清泪从他面颊淌下。

"我知道,亲爱的。"安妮亲亲他的脸,双唇像羽毛般轻轻落下。"快好了。"

她离开了,保罗呆呆地望着烤肉架,这个应该摆在夏日户外院子里的玩意儿,此时竟然立在他房里,让他莫名其妙地想到种种神偶和献祭的画面。

安妮当然不是想拿他当祭品。她回来时,一只手拿着他两年来仅有的创作成果——《快车》的原稿,另一只手上拿着一盒火柴棒。

17

"不!"他浑身发抖地喊着,一个念头像强酸一样烧蚀着他:他本来可以花不到一百块的钱,在博尔德市影印他的原稿。亲友们——布莱斯、他两位前妻,甚至他老妈都不断数落他,劝他好歹先影印一份原稿收起来。谁能担保他住的旅馆或纽约的房子不会失火,何况还有飓风、水灾或其他自然灾害等等。可是保罗死也不肯,固执地认为影印原稿会带来坏运气。

现在厄运真的发生了,而且所有天灾齐聚一堂,刮起前所未有的安妮飓风。安妮天真的脑袋显然没想到某处也许还有一份《快车》的影印稿,要是保罗当时肯听话,要是他肯投资那天杀的一百块钱——

"要。"安妮递出火柴对保罗说。那份用哈默密尔牌纸张打成的原稿就躺在她腿上,原稿首页上还印着书名。安妮依然一脸闲适平静。

"不行。"保罗怒不可遏地把脸扭向一边。

"我要烧。这书很下流,而且很烂。"

"再好的书捧到你鼻子前你也闻不出个屁!"他嚣出去地吼道。

安妮轻声笑了,她的坏脾气显然去度假了。可是根据保罗对安妮·威尔克斯的了解,这婆娘随时都有可能出其不意地大发雷霆。煮熟的鸭子已经到手了,她怎能放着不吃呢? 你还是把皮绷紧一点吧!

"首先,好书是闻不出屁的,烂书倒有可能,但好书不会;其次,我遇到好书时,绝对能一眼认出来。你可以写出好作品的,保罗,你只是需要一点协助罢了。好啦,拿住火柴吧!"

他执拗地摇头说:"不。"

"拿着。"

"不!"

"拿着。"

"妈的,就是不!"

"你爱怎么骂就怎么骂吧,我三字经听多了。"

"我不烧。"他闭上眼睛。

保罗睁开眼时,安妮正拎着一片方形的卡纸,卡纸顶端横印着艳蓝色的"拿威力",底下有红色的"样品"字样,以及"未经医生许可,请勿出售"的警语。文字底下躺着四颗放在透明塑料盒里的胶囊。保罗伸手去抢,安妮将纸板抽到他抓不到的地方。

"等你烧了原稿再说。"安妮表示,"四颗都给你,那样应该就不会再痛了。等你安静下来后,我再帮你换床单——你把床单尿湿了,一定很不舒服——也会帮你换衣服。到时你一定饿了,我可以喂你喝点汤或少许没涂奶油的吐司。不过,这些得等你把原稿烧了再说,否则我啥也不会做,保罗。很抱歉。"

保罗的舌头很想说,好! 好的,没问题! 只好咬住自己的舌头。他扭开身子,远离那个诱惑得令人发狂的纸板,以及包在菱形透明塑料盒里的白色胶囊。"你这个恶魔。"他说。

他以为安妮会发脾气,但安妮只是一阵轻笑,仿佛一切尽在意料之中。

"是呀! 就是这样! 小孩子在妈妈走进厨房并看到他拿出水槽下

的清洁剂在玩的时候,也会觉得妈妈像恶魔。小孩子不像你读过那么多书,自然不会骂得那么毒,他只会说:'妈咪,你好凶哦!'"

安妮伸手把保罗的头发从他发烫的眉上拨开,她的手指滑到他脸上,越过颈侧,充满感情地轻轻捏一下他的肩膀后才抽回去。

"孩子骂母亲太凶,或像你一样因为东西被拿走而哭闹,都会让母亲难过。不过妈妈知道自己做得没错,所以该做的还是要做,就像我现在这样。"

安妮用指节快速敲着原稿,发出三声闷响——那里面有十九万字和他健康无恙时倾力培育的五个人哪。时间一分一秒过去了,保罗越来越觉得它们可有可无。

胶囊,胶囊啊,他非吃那救命的胶囊不可。那几个人虚如幻影,胶囊却不然,它们是具体而真实的。

"保罗?"

"不行!"他哭道。

安妮摇摇胶囊,接着,晃动手中的火柴盒。

"保罗?"

"不!"

"我在等你回答,保罗。"

哎呀,拜托,你干吗跟自己过不去,你想撑给谁看?你以为这是在拍电影或电视剧,观众会为你的英勇打分吗?你可以照她的话去做或选择硬撑。如果你要硬撑,只有死路一条,到头来安妮反正还是会烧毁稿子。那你该怎么办呢?躺在这里,为一本销售量连苦儿系列卖得最差的一本的一半都不到的书吃苦受难吗?《新闻周刊》的书评家看到这本书时,怕只会嗤之以鼻吧?得了,得了,放聪明点!就连伽利略碰到安妮这种狠角色,恐怕也只能放弃!

"保罗?我在等呢,我可以等一整天,不过我怀疑你过不了多久就会陷入昏迷了,我看你已经快了,但我的时间多得很……"

她的声音变模糊了。

好吧!把火柴给我!把喷灯给我!给我一桶固态汽油!要我在稿子上扔原子弹也行,你这个恶毒的臭婆娘!

保罗的求生意志发声道,可是另一股虚弱得近乎昏厥的念头却在冥冥中向他泣诉:十九万字啊!五条人命哪!两年的呕心之作!更重要的是:真理!你写下的你所知道的他妈的真理!

床的弹簧随着安妮起身发出嘎吱声。

"唉,你真是个固执的小孩,我虽然很想陪你,但没办法在你床边坐一整晚!我可是开了近一小时的车赶回来的,我待会儿再过来看你改变心意了没——"

"要烧你自己去烧!"他对安妮吼道。

安妮转头看他。"不成,"她说,"我不能那么做,虽然我真的很想把书烧了,也省得你'天人交战'。"

"那你干吗不烧?"

"因为,"她一本正经地说,"你必须出于自愿。"

保罗开始放声大笑,安妮的脸色跟着一沉,这是她回来后头一次露出这种神色。她将原稿夹在腋下,离开房间。

18

一个小时后,安妮回来了,保罗接下火柴。

她把书名页摆在烤架上,保罗试着点火柴,却点不着,因为火柴头一直擦不燃,要不就是从手上掉下去。

于是安妮接过火柴盒,擦亮火柴棒交给保罗。保罗点燃纸角,任火柴跌进架子里。他痴迷地看着火焰慢慢燃起,将纸页吞噬。安妮这回还带了根烤肉叉进来,等纸一卷,安妮就把纸塞入架子的缝隙里。

"这得烧好久,"保罗说,"我没办法再——"

"不会的,我们很快就会烧完了。"她说,"不过你得自己先烧几页,保罗,表示你明白为什么要这么做。"

安妮将《快车》的首页放到烤架上,上面是保罗两年前在纽约公寓里写的文字:"我没车。"托尼·博纳萨洛说着迎向走下阶梯的女孩,"而且我学东西很慢,不过我很会飙车。"

那些字就像收音机里播放的经典老歌一样,勾起了当年的回忆。他记得自己在公寓各个房间中来回走动,无时无刻不想着书,简直像怀胎一样，而这些文字就是他阵痛后的成果。保罗记得那天稍早，他在沙发垫下找到一件琼的胸罩，而琼已离开整整三个月了，可见清洁公司的人打扫得有多么马虎。他记得听见纽约市的汽车喧嚣，听见召唤信徒参加弥撒的杳杳钟声。

他记得自己坐下来。

跟以往一样，一种开始进入状况的幸福感自他心底升起，感觉有如坠入一个充满祥光的洞穴中。

跟以往一样，他知道自己写得可能不若期望中好。

跟以往一样，他担心自己会陷入瓶颈，无法完成作品。

他看着安妮·威尔克斯，用清晰平稳的声音说："安妮，请你别逼我这么做。"

安妮定定地将火柴举到他面前，说："随你怎么选。"

于是保罗放火烧掉了自己的作品。

19

安妮要他烧掉第一页、最后一页，以及原稿前后各九页，因为她说九代表能量，能使运气加倍。保罗看到安妮已经用奇异笔把她读过的部分的脏话都涂掉了。

"现在，"等那几页纸烧完后，安妮说，"你表现得很好，真是个乖孩子。我知道烧掉作品让你很难过，就像面对你的腿一样，所以我不会再拖了。"

她移走烤肉架，把剩下的原稿放进架子里，盖在被保罗烧黑的纸页上。房中飘着火柴和烧纸的臭味。闻起来像魔鬼的衣帽间，保罗昏沉地想。如果他那皱得跟核桃壳一样的胃还装着东西的话，八成早就呕出来了。

安妮点燃另一根火柴放到他手里，他竟然也主动靠过去，把火柴丢进烤架中。反正无所谓，他豁出去了。

安妮用手肘推他。

保罗疲惫地睁开眼睛。

"火熄了。"她擦亮另一根火柴塞进他手中。

保罗再次勉强前倾,腿上的绷带跟着扯动。他用火柴点燃一大沓原稿的边缘,这次火焰沿着书舔开了,没有变弱熄掉。

保罗靠回床上,闭上眼睛,聆听纸页的燃烧声,感受火焰的热气。

"天啊!"安妮惊恐地大叫起来。

保罗睁开眼,看到片片纸灰顺着升腾的热气从烤架飘开。

安妮大步踏过房间,保罗听见水龙头的注水声,他无力地望着焦黑的稿子飘过房间,落在纱帘上。他看到微弱的火光闪了又灭,像烟头一样在纱帘上留下一个小窟窿——保罗好奇,不知房间会不会因此着火。烟灰落到床上,有些掉在他手臂上,但他反正也不在乎了。

安妮回来了,企图一眼将房间瞄遍,她四下看着片片忽起忽落的焦纸。火光在架子边缘摇曳明灭。

"天哪!"她又说了一遍。她拿着水桶东张西望,似乎在思考该往哪里泼,或到底需不需要泼水。安妮的嘴唇在发抖,保罗看她不断伸出舌头舔着。"天哪!天哪!"好像她只会说这句话了。

保罗虽然疼痛难当,却觉得很爽——原来安妮·威尔克斯害怕的时候就是这副德性啊,那模样挺逗的。

又一张纸页飞起来了,上头还卷着一道黯淡的蓝焰,安妮终于下定决心,再次呼喊:"天哪!"然后小心翼翼地把水倒入烤肉架里。瞬间一阵滋滋乱响,烟雾腾起,湿呛的味道里竟还飘着一股奶骚味。

等安妮离开后,保罗勉强用手肘撑坐起来。他看到烤肉架里有坨东西像烧焦的木条在池塘里漂。

一会儿,安妮·威尔克斯回来了。

而且还哼着歌。

安妮扶他坐起来,将胶囊塞入他口中。

保罗吞完药躺回去,心想:我非宰了她不可。

20

"吃。"她的声音从远处传来,保罗全身刺痛。他睁开眼看到安妮坐在旁边——这是他第一次平视这个女人。他诧异地发现,这么长的时间以来,他终于也坐起来了……真正地坐起来了。

管他呢！他想着，又闭上眼睛。潮水漫上来淹没了木桩。潮水终于来了，下回潮退时，也许再也不会涨回来了，他要趁潮水尚在时好好享受，坐起来的事，以后再想吧……

"吃！"安妮又说了一遍。紧跟着，他一阵刺痛，左边头部嗡嗡作响，痛得他叫出声来，不由蜷缩起身体。

"吃啊，保罗！你得醒醒吃点东西，要不然……"

嗡——他的耳垂！安妮在掐他耳垂。

"凯，"他喃喃地说，"凯！别把我耳垂扯掉，拜托。"

他逼自己睁开眼睛，眼皮像挂了水泥块一样沉重。紧接着，有把汤匙塞进他嘴里，热汤灌入他喉中。保罗只得勉强吞下，免得被呛死。

突然之间，"饥饿"不知从何处杀进视线里——各位先生女士，笔者从没见过如此戏剧性的大反攻。第一匙汤仿佛唤醒了保罗被催眠已久的五脏六腑，他急急地将安妮喂进口中的汤吞下去，肚子却似乎更加饥饿。

保罗隐约记得安妮把还冒着烟的烤肉架推出去，又在昏昏沉沉中看她将一辆像购物车的东西推进来。保罗一点也不觉得惊讶，对方毕竟是安妮·威尔克斯啊。烤肉架、购物车，说不定明天她就会搬来计时器或核弹头。住在游戏屋里，乐趣可真是层出不穷。

他刚才睡着了，这会儿他才发现所谓的购物车其实是折叠起来的轮椅。他就坐在椅子上，两条残腿僵硬地伸在面前，他的骨盆部位肿得难受，坐得极不舒服。

保罗心想，安妮八成是趁我睡着时，把我搬到轮椅上的，她竟然能把睡死的我抱上轮椅。妈呀，这女人实在够壮。

"都喝光啦？"安妮问，"很高兴看到你喝汤喝得那么带劲，保罗，我想你快要好起来了，虽然不至于跟以前一样，但如果我们不会再有……再有这些不愉快……我相信你会恢复得不错。现在我要帮你清理脏得发臭的床喽，等床清理好，我再帮脏得发臭的你换衣服，到时候你如果没那么痛，而且肚子还饿，我再让你吃点吐司。"

"谢谢你，安妮。"他谦恭地说，心想：如果可以的话，我真想咬你的喉咙，我会给你机会舔舔嘴唇，说句："天哪！"不过我只会让你说一遍,安妮。

只有一遍。

21

四小时后,保罗回到了床上。他宁可烧掉所有作品,只求换一粒拿威力。他刚坐着时并不觉得痛——因为当时药力还很强——可是此时他却觉得下半身有一大群蜜蜂在蜇。

他叫得凄厉万分——八成是因为吃了东西的缘故,因为他不记得从昏迷中醒来后,自己的叫声曾经这么响彻云霄。

他知道安妮在卧室外的走廊站了很长一段时间才进屋。她静静地走进来,茫然站着,眼神呆滞地盯着门把和自己的手纹。

"喏。"她把药给保罗——这回有两颗胶囊。

保罗吞下胶囊,抓着她的手腕拿稳水杯。

"我在镇上帮你买了两样礼物。"她说着站起来。

"哦?"他哑着嗓子说。

安妮指指堆在角落的轮椅,椅上的托脚架直直地伸着。

"明天我再让你看另一样,快睡吧,保罗。"

22

可是保罗熬了半天还是睡不着,他被药弄得飘飘然仿若腾云。保罗衡量着自己的处境——现在他似乎比较能够思考了。思索,比创作那部被他摧毁的作品来得容易。

一件件的事情……像布块一样单独存在,却可能缝缀成拼花布的事件。

安妮的邻居远在数英里之外,而且据她说,邻居们并不喜欢她。她的邻居是叫波因顿吗?不对,是雷德蒙。没错,她的邻居姓雷德蒙。镇上离这儿有多远?应该不会太远。也许只在方圆十五英里之内,最多四十五英里?安妮·威尔克斯的房子就在这片区域之内,还有雷德蒙家及塞温德镇中心——不管那镇多么小得可怜……

还有我的车,我的科迈罗也在这区域某处,警方找到车子了吗?

应该没有。他是名人,警方若找到登记在他名下的车子,只要稍做调查,就会知道他去过博尔德后便失踪了。警方看到他的车毁成那样,车里又没人,一定会展开搜寻,消息也会见报……

安妮从来不看电视新闻,从来不听收音机——除非她的收音机装了耳机。

保罗的处境有点像福尔摩斯书里的那条狗——那条不吠的狗。他的车还没被人发现,因为警方还没找上门。如果车子找到了,警方会去查访他设定范围内的每户人家,对吧?在西峰顶端的这片区域里,能有多少人?雷德蒙家、安妮·威尔克斯,也许还有其他十或十二个人?

车子还没被发现,不表示将来就不会被人发现。

保罗开始发挥他那无边的想象力(这绝不是从他妈妈那边的家族遗传来的)。那警察生得高大英挺且冷静自若,鬓角比一般人稍长。他戴着黑色太阳眼镜,镜片上映出受访者的影像。他的声音带着单调的中西部鼻音。

我们在汉布吉山的半山腰发现一部翻落的车子,车主叫保罗·谢尔登,是位知名作家。车子的座位及仪表板上有一些血迹,可是车主却不见了。他一定是爬到车外,甚至走开——

想到自己的腿伤成那样,保罗就觉得这种说法很可笑,可是警方当然不会知道他伤得多重。他们只能假设,他若不在车里,大概至少还能走点路。警方的推论当然不会往绑架这类不可能的情形推想,至少一开始不会,或许永远都不会。

你记得暴风雪那天,在路上看到过任何人吗?一个四十二岁、个头高大、黄棕色头发的男人?也许他穿着牛仔裤、法兰绒格子衫和连帽外套?看起来或许受了伤?也许他连自己是谁都弄不清楚了?

安妮会请警察到厨房喝咖啡;她会把客房与厨房的门都关上,以免传出他的呻吟声。

出什么事了,警官?我半个人都没瞧见哪,老实说,托尼告诉我暴风雪绝对不会转南时,我就从镇上赶回来了。

警察放下咖啡杯站起来:如果你看见任何符合以上描述的人,麻烦尽快跟警方联络。他是个相当知名的人,上过《人物》及其他杂志。

44

我一定会的,警官。

说完警察就走了。

也许诸如此类的事已经发生过了,只是他不知情罢了。也许想象中的警官或类似的人物在他昏迷时已经造访过安妮了,因为他真的昏迷了很久。不过保罗又仔细一想,觉得可能性甚低。他又不是印度来的阿三,不是没名没姓的小人物。他上过《人物》杂志(卖出第一本畅销小说时)跟《我们》(第一次离婚时)。电视节目访问过他,警方一定会反复查问,或通过电话,或亲自查访。名人失踪时——即使是像作家这样的名人——通常会闹得沸沸扬扬。

你只是在猜测而已,老兄。

也许是猜测,也许是推演,无论如何,总比啥也不干地躺在这里好吧。

那么路边的护栏呢?

保罗试图回想,却怎么也想不起来,他只记得自己伸手去拿香烟,接着一阵天旋地转,然后就一片漆黑了。不过按照他的推演(或者说难听点,是受过训练的臆测),保罗比较倾向相信警察没来过,因为道路修护工看到撞毁的护栏和折断的长索,一定会心生警觉。

那么当时的情形究竟如何?

他在一个不算太陡的地方失控——但斜坡的斜度足以令车子翻转。如果当时的坡度更陡些,路边应该会有护栏。如果坡度更陡些,安妮·威尔克斯便很难或根本不可能挨到他车边,更别提一个人独力将他抬回路面了。

那他的车子跑到哪儿去了? 当然是埋在雪里喽。

保罗用臂膀遮住眼睛,他看到镇上的铲雪车来到他两小时前撞车的地方,在大雪纷飞的薄暮时分,铲雪车看起来有如一坨黯淡的橘斑。司机的整个脸包得只露出眼睛,头上顶着蓝白相间、运务人员戴的老式军帽。右侧浅坡底下,离司机不远的峡谷内侧,躺着保罗·谢尔登的科迈罗跑车。那里最显眼的东西,大概就是贴在车后保险杠上,那片写着"哈特当总统"的蓝色贴纸了。铲雪车的司机没看到跑车,贴纸的颜色褪淡了,无法吸引他的目光。车侧的铲子几乎遮去司机的眼角余光,何况天色已近全黑，司机也累了，他只想开完最后一趟，把车子交还回去，轻松地喝杯热咖啡。

司机驾车快速通过，铲雪车将成堆的雪铲入山谷里。原先快埋到科迈罗窗口的雪，这会儿没到了车顶。之后在风雪肆虐的昏暗中，就连近在眼前的东西，看起来都不真切极了。第二批铲雪人员朝反方向开车经过时，跑车已经被雪彻底埋掉了。

保罗睁开眼睛，看着灰泥天花板，上面有几道细细的裂缝，看似由三个相接的 W 串成。保罗自从醒来后，几个漫漫长日躺下来，已经看得很熟了。现在他又瞄着它们，天马行空地想着几个 W 开头的词，如邪恶（wicked）、撞车（wretched）、阴毒（witchlike）和扭动（wriggling）等等。

是的。

可能就是像他想的那样，很有可能。

安妮有没有想过，他的车被找到时会如何？

也许有吧。安妮是疯子，却不是呆子。

但安妮从没想过，也许他还有《快车》的副本。

妈的，她没料错，那贱货一点都没料错，我确实没有副本。

想到纸灰飞扬的画面，想到燃烧的火焰、声音和气味——保罗就咬牙切齿，他努力不去回忆那情形；生动逼真有时未必是好事。

你没有留副本，十个作家有九个会留副本——人家要是有你赚得多（即使销售量跟苦儿系列之外卖得较差的书一样），一定都会留一份影印稿。安妮却从没考虑到这一点。

安妮不是作家。

也不是笨蛋，这点我想我们都同意了。看来她心里只想到自己——安妮既自我，又自以为是。烧书对她来说，似乎是理所应当做的。安妮的理所当然，只消一台影印机和几卷稿纸就可以推翻了……可是啊我的朋友，她的脑袋瓜里从没闪过这种念头。

保罗的其他推论大概跟筑在流沙上的房子一样靠不住，不过他对安妮·威尔克斯的判断，倒是跟直布罗陀的巨岩一样坚实。由于保罗在写苦儿时做过不少研究，因此比一般人更了解神经衰弱症和精神病。

保罗知道濒临精神病的人，会时而陷入深度沮丧，时而激进亢奋。患者会自我膨胀，认定所有焦点都汇聚在自己身上，自以为是戏里的大明星，千万观众都在屏息等待那未知的结局。

这种自我膨胀会阻绝一些想法，可想而知，这些想法都跟患者无法控制的事物、情况或人有关（或幻想，神经衰弱症患者的幻想跟精神病患者的也许稍有不同，但状况都是一样的）。

安妮·威尔克斯想毁掉《快车》，因此她认定《快车》只有一份原稿。

当时我若骗她还有一份备稿，说不定能救下原稿，因为安妮会觉得烧了也没屁用，她——

就快睡着的保罗突然屏住渐沉的呼吸，睁大眼睛。

是啊，安妮会觉得烧了等于白烧，被迫看清自己无法掌控的事实。她会觉得受伤，生气——

我的脾气很坏！

如果安妮能清楚地面对事实，知道自己无法毁掉保罗的“下流作品”，她该不会毁掉创造那部下流作品的作者吧？保罗·谢尔登可没有别的分身了。

他吓得心头乱跳。隔壁的钟开始敲，保罗听见安妮的脚步声越过顶上的天花板，听见她细细的小便声、冲马桶声，然后是她拖着沉重的步子走回床边，将弹簧压得嘎吱响。

你不会再惹我生气了吧？

他的思绪突然开始奔驰，像娇生惯养的马儿想迈步疾奔一样。他那套粗浅的心理分析，若用来分析他的车子，能分析出什么来？车子找到后会如何？对他有什么意义？

“等一等。”黑暗中的保罗低声说，“等一等，等一等，别急，慢慢来。”

保罗再次以手遮眼，幻想那位戴黑色太阳眼镜、留着长鬓的警官。我们在汉布吉山的半山腰发现一部翻落的车子，警官说，然后又讲了一堆话。

只是这一次，安妮没请警官进来喝咖啡，这回安妮要等到警官远远离开她家之后才放下心来。即使在厨房里，即使客房和厨房间隔了两道门，即使保罗昏睡了过去，警官还是有可能听见呻吟声。

如果他的车被找到,安妮·威尔克斯就知道她麻烦大了,不是吗?

"是啊。"保罗喃喃说,他的腿又开始痛了,但他却害怕得未予留意。

安妮会有麻烦,不是因为带他回家。何况安妮家比塞温德近(保罗是这么相信的),说不定她还会因此荣获勋章及苦儿书友会的终生会员奖哩(令保罗气恼的是,真的有这么一个书友会)。问题在于,安妮把他带回家,关在客房里,而且没有告诉任何人。她没打电话给当地的急救中心:"我是住在汉布吉山路的安妮,这里有个家伙好像刚被金刚踩过。"问题在于,安妮喂他吃了一堆非法取得的药,还害他上瘾;问题在于,安妮喂了药后,还胡乱医治他,把针插进他手臂里,用锯下来的铝质拐杖固定他的双腿;问题在于,安妮·威尔克斯曾经上过丹佛法庭……而且八成不是以证人的身份出席,保罗心想,这点老子可以打包票。

最后安妮目送警察驾着崭新的巡逻车离开(车子崭新,只是轮圈及保险杠下沾了一坨坨的雪块和盐),再次安下心来……不过她不会太掉以轻心,因为现在她就像一头蓄势待发的野兽。

警方会一找再找,因为他不是印度来的阿三,而是文学界的宙斯保罗·谢尔登。苦儿,这个在超市便能买到的小说人物,就是从他眉宇间蹦出来的。警方找不到他,也许会放弃,或到别处去找。可是那天晚上,说不定雷德蒙家有人看到安妮开车经过,车后载了用拼花布包着、有点像人的奇怪玩意儿。就算他们什么都没看到,安妮也不会跑去雷德蒙家讲些有的没的,给自己惹麻烦,因为他们并不喜欢她。

警方可能会再度拜访,而下一次,她的客人也许不会再那么安静了。

保罗记得烤肉架的火势快失控时,安妮仓皇失措、眼神慌乱的模样。他可以想见安妮舌头猛舔嘴巴、来回踱步、双手张了又合、不时窥望睡在客房里的他、偶尔对着空无一物的房间说"天哪!"的情形。

安妮偷到一只羽毛华丽的珍贵禽鸟——一只从非洲来的稀有的鸟儿。

万一东窗事发会怎么样?

安妮当然又会被抓去审判,再次出席丹佛法庭。这次她可能不会再被无罪开释了。

保罗把手从眼上移开,瞪着天花板上纵横交错的 W。他不必用手遮眼,也能想象后续的景况。安妮可能让他苟活一天或一星期,警方或许再打个电话,或再来一趟,就能让安妮决定放弃她的爱鸟了。最后安妮横竖都会下手,一如野狗追赶猎物一阵后,便开始撕咬它们一样。

她会给他五颗药,而不再是两颗,或拿枕头将他闷死;也许她会直接用枪干掉他。屋里一定有来复枪——荒野的居民几乎人手一枪——这样问题就解决了。

不——不是枪。

那太脏了。

而且可能留下证据。

这些事之所以还没发生,是因为车子还没被找到。警方也许在纽约或洛杉矶搜寻,但还没有人在科罗拉多州的塞温德找他。

可是到了春季——

W 在天花板上纠缠,保罗想到清洗(washed)、擦拭(wiped)、丢弃(wasted)几个词。

他的腿越来越疼了。下次钟响,安妮便会过来,可是保罗很担心安妮会从他脸上猜中他的心事。故事太可怕,便令人不忍往下多想。保罗将眼神往左瞥,墙上有幅月历,上面是男孩驾雪橇滑下坡的图片。从月历上看,应该是二月份,但若保罗没数错的话,现在应该已经三月初了。安妮·威尔克斯忘记翻页了。

积雪何时才会融化,露出他那辆挂着纽约车牌的科迈罗,以及放在车厢里、写着保罗·谢尔登名字的车籍登记? 警察还要多久才会找上门来? 安妮还要多久才会看到消息见报? 雪还要多久才会融化?

六个星期? 还是五个星期?

搞不好我只能活那么久了,保罗想到这里,便浑身战栗。他的止痛药药效都退了,除非安妮进来喂他吃药,否则他是甭想睡了。

23

第二天晚上,安妮送来一台皇家牌打字机给保罗。那是办公用的机型,来自那个电动打字机、彩色电视和按键式电话都还只是科幻小说产物的年代。打字机长得跟黑色高跟鞋一样乌黑保守,两边镶着玻璃板,可以看到里头的控制杆、弹簧、棘齿和杆子。翘在一边、像搭便车时竖起的大拇指一样的钢质回流杆,因经久不用而显得晦暗。滚筒上沾满了灰,上头的硬橡胶凹凹坑坑,刮痕累累。"皇家"的字样呈半圆形横在机器前头。安妮举着打字机,让保罗审视一会儿后,咕咕哝哝地将打字机放到他两腿间的床尾。

保罗望着机器。

那打字机是在对他狞笑吗?

天啊,看起来真的是。

总之,那打字机一脸灾星相。打字带是褪了色的黑红双色带,他都忘了以前曾有这种带子了。保罗并不觉得看到这玩意儿能引发他浪漫的怀旧情绪。

"怎么样?"安妮微笑着热切问道,"你觉得如何?"

"很好啊!"他立刻接口说,"是古董。"

安妮的笑容登时蒙上一层阴影。"我买的不是古董,是二手货,很好的二手货。"

保罗马上油嘴滑舌地跟进说:"哎呀! 天底下哪有古董打字机这种东西——只要能打,就不是古董。好的打字机几乎可以永久使用。那些旧式的办公用打字机,简直跟坦克车一样百捶不坏!"

保罗若摸得到打字机,一定会拍拍它,亲吻它。

安妮恢复了笑容,保罗的心跳也稍微减速。

"我是在'新二手'买的,那店的名字取得很蠢对不对? 不过那家店的老板娘南希·达特莫格本来就很秀逗。"安妮脸色一沉,保罗很快看出那不是针对他的——这种洞察力是求生者的本能。虽然只是本能,却让他得以迅速地体察她的感情。他发现自己越来越能掌握安妮的情绪、安妮的摆荡了;他聆听她的情绪起伏,有如聆听一只坏掉的时钟滴答作响。

"不但秀逗,而且还很恶劣。这个达特莫格,实在应该叫大魔格。她离过两次婚,现在跟一个调酒师同居,所以你说打字机是古董时,我才会——"

"打字机看起来很不错。"保罗说。

她顿了半晌,然后招供似的说:"打字机的 n 不见了。"

"是吗?"

"是啊——你瞧。"

她微微抬起打字机,让保罗瞥见呈半圆排列的字键,保罗看到有根键杆不见了,感觉像一排缺了臼齿、不甚齐全的牙。

"原来如此。"

安妮放下打字机,床跟着晃了一下。保罗猜那打字机大概有五十磅重。以前没有合金,没有塑料……而且也没有六位数的版权预付金、电影版权,没有《今日美国》和《今夜娱乐》,名人也不会帮信用卡或伏特加拍广告。

皇家打字机对他咧嘴而笑,预告欲来的风雨。

"她开价要四十五美元,不过因为 n 不见了,就便宜我五块钱。"安妮露出狡猾的笑容,表示自己不笨。

他也报以微笑,潮汐漫上来了,使得微笑与说谎变得相对容易。"便宜你五块钱?你是说,你都没还价吗?"

安妮有些得意地说:"我告诉她,n 是个很重要的字母。"

"干得好!干得漂亮!"保罗没想到,马屁拍顺了,竟然可以说得很溜。

安妮的笑容变得有些羞赧,进而向保罗透露了一个美好的秘密。

"我告诉她说,我最喜欢的作家名字里就有一个 n。"

"我最喜欢的护士名字里,有两个 n。"

安妮笑得更灿烂了,僵硬的脸上竟还透出两朵红晕。就是那样,保罗心想,如果你在哈格德小说里的神像嘴里塞个炉子,夜里看起来就是那个样子。

"你骗人!"她痴笑道。

"才没有!"保罗说,"我说的全是真的。"

"好吧!"安妮一时不知如何回应,她没有走神,只是纯然地高兴,得花点时间才能平定激动的心情。若不是因为那台跟这婆娘一样重的烂打字机,安妮的不知所措应该会很逗。打字机镇在床尾,用缺了牙的嘴对他狞笑，预示着灾难的降临。

"轮椅就贵多了。造口用品①都没了，自从我——"安妮停住嘴，皱皱眉，清清喉咙，然后看着他微笑道，"不过你也该坐起来了，我不在乎花多少钱，你当然不能躺着打字，对吧？"

"是啊……"

"我有一块板子……我把它裁好了……还有纸……等一等！"

安妮像个小女孩似的冲出房间，留下保罗和打字机面面相觑。安妮一扭过身，保罗的笑容便消失了，但打字机则不然。保罗大概猜得出这台打字机所为何来，就像他知道打字机会带着狞笑，发出跟漫画人物达德鸭一样的叫声。

安妮回来时，拿了一沓包好的卡洛索牌白纸和一块三英尺宽四英尺长的板子。

"你看！"她把木板放到保罗床边的轮椅扶手上。那轮椅杵在床边，像个枯瘦严肃的访客。他已经可以看到自己坐在木板后面，像个囚犯一样被钉在那儿的画面了。

安妮把打字机放到板子上，然后把那包卡洛索纸放在旁边——全世界他最痛恨这种牌子的纸张了，因为纸页只要叠在一起，打出来的字就会糊掉。安妮布置出一个临时书房。

"你觉得怎么样？"

"看起来不错。"保罗脸不红气不喘地说出这辈子最大的谎言，然后提出一个他老早就知道答案的问题，"你想，我可以在那里写什么？"

"噢，保罗！"安妮转头看他，两眼炯炯发光，"我不是想，我是知道你该写什么！你要用这台打字机写一本新小说！你最棒的小说！《苦儿还魂记》！"

24

对《苦儿还魂记》，保罗半点感觉也没有。刚刚被电锯锯断手的人，看到自己的手腕喷血时，大概也跟他一样不知道该如何反应吧。

---

① 原文为 Ostomy supplies。

"没错!"安妮的脸焕然生光如探照灯,一双有力的手紧握在胸前。"这是一本专门为我而写的书,保罗! 作为我照顾你复原的代价! 这会是苦儿系列最新的一本书! 唯一的一本! 我将拥有别人没有的东西,不管别人多么想要它! 想想看,这多棒啊!"

"安妮,苦儿已经死了。"保罗没想到自己的脑袋里已经在转着我可以让她复生的念头。这想法令他厌烦,却不诧异。一个肯喝水桶里污水的男人,应该也能照别人的意思写点东西吧。

"不,她没死。"安妮呓语般回答,"即使我在……在非常生你气的时候,我还是知道苦儿没死。我知道你不会真的杀死她,因为你是好人。"

"是吗?"保罗说,然后看着对他露齿而笑的打字机。咱们来看看你这个人有多好吧,老兄。打字机悄声说。

"是啊!"

"安妮,我不知道我有没有办法坐在轮椅上,上一次——"

"上次坐的时候会痛。当然喽,下次也会痛的,搞不好还更痛。不过总会有一天——而且不会太久,虽然感觉上还很遥远——会不那么痛,然后就渐渐不痛了。"

"安妮,你能不能告诉我一件事?"

"当然了,亲爱的!"

"如果我帮你写这个故事——"

"是小说! 跟所有其他苦儿系列一样厚的好小说——也许更厚!"

保罗闭目片刻,然后睁开眼睛:"好吧。如果我为你写这部小说,等小说完成时,你会放我走吗?"

安妮的脸上一阵阴晴不定,然后小心翼翼地看着保罗说:"你的意思好像是说,我把你当囚犯绑着,保罗。"

他没说话,只是看着她。

"我想,等你写完后,应该就会……会想再出去见人了。"她说,"你想听的是不是这个?"

"我就是想听这个,是的。"

"嗯,老实说,我知道作家都很自我,可是我没想到作家也都不懂得感恩!"

他继续盯着安妮,一会儿后,安妮移开视线,显得有些不耐和狼狈。

最后保罗开口了:"我需要所有的苦儿小说,如果你有的话请拿过来,我的索引没带在身边。"

"我当然有全套书喽!"她说,接着又问,"索引是什么?"

"是一本活页本子,我把所有苦儿的资料都放在里面了。"他说,"主要是人物表、场景,还有三四种不同方式的交叉索引、时间表、历史资料背景等……"

保罗发现安妮听得心不在焉,这是她第二次表现出对写作技巧意兴阑珊了。同样这一番话,却会令一群矢志从事写作的人心醉神迷。保罗心想,理由很简单,安妮·威尔克斯是个爱听故事,却对编写手法全无兴趣的标准读者。她是典型的维多利亚式读者,只要看故事,不要听作家的铺排方式及索引等细节。对安妮而言,苦儿和她身边的人物都是真实的。索引对安妮毫无意义,如果保罗愿意谈谈小邓瑟堡镇的村庄人口普查,她也许还有点兴趣。

"我一定会把书全部拿给你,书有点破旧折角了,不过那表示有人爱看,不是吗?"

"是啊,"保罗没必要说谎了,"的确是这样,没错。"

"我想去学书的装订,"她如梦似幻地说,"我要亲自装订《苦儿还魂记》,除了我母亲的《圣经》之外,这将是唯一一本我真正拥有的书。"

"那很好,"保罗应道,觉得有些反胃。

"我现在就出去,好让你思考。"她说,"这实在太棒了!你不觉得吗?"

"是啊,安妮,我当然也这么想。"

"再过半小时,我会拿一点鸡胸肉、土豆泥和豆子进来给你,甚至还有一点果冻,因为你真的很乖。而且我一定会准时把你的止痛药送来,需要的话,晚上甚至可以多吃一颗。你一定得睡够,因为明天要开工了,工作时一定得快些复原才行!"

她走到门边,停了一会儿,然后恶心万状地送保罗一记飞吻。

门关上了,保罗不想去看那台打字机,他抗拒了一阵子,最后眼睛还是无助地飘向打字机。那机器端坐在化妆台上对他嗤笑,看着它,就像在看一架刑具——锁扣、刑架、吊刑——此时虽静静立着,但好戏快上场了。

我想，等你写完后，应该就会……会想再出去见人了。

噢，安妮，你是在对我们两个人撒谎，我知道，而你也很清楚，我从你的眼神就看得出来。

铺展在眼前的景象十分令人心惊：整整六个星期，他在断腿的痛楚中煎熬，重新打理他与苦儿的关系，然后安妮草草将他埋到后院，或把他的残尸喂给猪仔苦儿吃——也算是一种黑色而恶心的另类平反吧。

那就别写啊，去激怒她，反正安妮已经是瓶随时会爆炸的硝化甘油了，再给她点刺激，让她暴怒，总强过躺在这里受罪。

保罗试着抬头去看那些纠葛的 W，可是没一会儿就又盯着打字机了。它坐在化妆台上，沉重而静默，里头装满了保罗不想写的文字，露着一颗缺牙对他微笑。

我才不信你会相信自己的话，老兄，你呀，就算痛，还是想活下去。就算逼你让苦儿死而复生，你也会照干。你横竖会试一试的——不过你得先对付我……老子我可不怎么喜欢你那张脸。

"老子也是。"保罗发着牢骚。

这回他试着去看窗外初降的新雪，但一会儿后他又热切地看着打字机了。保罗连自己何时将视线移过来的都浑然不知。

25

坐上轮椅并没有像他担心得那么痛，很好，因为按先前的经验，他是事后才开始大痛的。

安妮把食物托盘放到化妆台，然后将轮椅推到床边扶保罗坐起——他的骨盆突然一抽，不过痛感很快又消失了——接着安妮俯靠过来，颈子像马脖子一样贴在保罗肩上。保罗可以感觉到她的脉搏。他扭过头，安妮用右手牢牢环住他的背部，左手绕到他臀下。

"我抬你的时候，膝盖以下别乱动。"安妮说着，轻而易举地将他抱到轮椅上。她做得毫不费力，就像在切大白菜一样。这个女人真壮啊，保罗就算好手好脚地跟她开打，也未必有胜算，何况现在这种残破样，只怕更是拿鸡蛋去碰石头了。

安妮将板子放到他面前："看看合不合适。"她说，然后到化妆台去拿食物。

"安妮？"

"怎么啦？"

"你能不能把打字机掉个头，让它面对墙壁？"

她皱皱眉："干吗这么做？"

因为我不想它整晚朝着我笑。

"这是我的老迷信。"他说，"在我开始写作前，打字机一向面对墙壁。"他顿了一下，又说，"事实上，我写作期间，每晚都这样。"

"犯小忌能铸大错的。"她说，"我绝对不会去犯别人的忌讳。"她把打字机转过去，让它对着空白的墙壁呆笑。"好点了吗？"

"好多了。"

"你真神经。"安妮说，然后走过来开始喂他。

26

他梦见安妮·威尔克斯在某个瑰丽的阿拉伯宫廷，从瓶瓶罐罐中唤出各种妖怪与精灵，然后乘着魔毯飞绕在宫廷中。当魔毯从他身边经过时（她的长发拖在后面，眼神如在冰山群中领航的船长一样严峻锐利），保罗看到那片毯子原来织成了白绿相间的科罗拉多车牌。

很久很久以前，安妮高声喊道，很久很久以前，故事发生在我祖父的祖父年幼的时候，这是个穷人家男孩的故事，我从一个很久很久以前的男人那儿听来的，很久很久以前。

27

保罗醒时，安妮正在摇他，明亮的晨曦从窗口斜射而入——雪停了。

"醒醒啊，大懒虫！"安妮兴奋地说，"我帮你弄了酸奶和可口的水煮蛋，吃完后就可以开工喽。"

保罗看着安妮热切的脸庞，一股前所未有的情绪油然而生——那是希望。他梦见安妮·威尔克斯是《一千零一夜》中那个讲故事的女孩——山鲁佐德,她壮硕的身子裹在透明的长袍中,一对大脚丫塞在粉红色的饰金卷尖拖鞋里,乘着魔毯,口念咒语,开启了绝妙的故事之门。不过安妮当然不是山鲁佐德,他自己才是。如果他写得够精彩,精彩得令安妮不忍杀他,那么即使她的兽性咆哮着要她动手,逼她……

他难道不会有机会吗?

他望着安妮后面,看到她在摇醒他之前,已经把打字机掉过头了。打字机缺着牙,得意无比地对他狞笑,告诉他大可以抱存希望,努力挣扎,但重要的是,到头来他还是难逃一死。

28

安妮将他推到窗边,让阳光洒在他身上,数周以来,这是保罗第一次接触到阳光,他几乎可以感觉到卧床数周、长着斑斑褥疮的皮肤,发出了感激的欢呼。窗玻璃内侧边缘覆着薄霜,保罗伸出手,可以感觉到罩在窗上的寒气,那感觉既清新,又令人怀念,就像老友捎来的讯息一样。

熬了几个星期——感觉上有数年之久——保罗终于见到外边的景致,不必再看着房中一成不变的蓝色壁纸、凯旋门照片、漫长无尽的二月和月历上驾雪橇往下滑的男孩了(保罗心想,即使往后能够再活五十年,看尽季节的更迭,但只要到了一二月交替之际,他八成还是会看到男孩的面容和帽子)。他兴奋地望着这个新世界,如同孩提时看生平第一部电影——《小鹿斑比》一样。

地平线拉得很近,落基山看起来一向如此,因为辽阔的景观总是会被耸立的岩床切断。清晨,天际湛蓝,白云悠悠,近处山腰上的树林葱郁茂密。安妮的房子与林地之间,大约隔了一片七十英亩的空地——覆在地面上的雪洁白无瑕,保罗看不出雪下是农地还是牧草。这片广袤的土地上只有一栋建筑:一间整洁的红色畜棚。当安妮谈到她的牲口,或保罗看到她寒着脸、呼着白气迈步从他窗下经过时,便想象畜棚像儿童的鬼故事中那种摇摇欲坠的屋舍——屋顶几乎被多年积雪压垮,窗户蒙着灰尘,破了的地方仅用纸板胡乱遮住,长长的门板松脱,向外摇晃。这间深红色加乳白边条的整洁棚舍,看起来倒像是富有乡绅的大型车库改装成的。畜棚前停了一辆吉普车,车龄大概有五年了吧,不过显然保养得很好。车子旁边是靠在自制木架上的犁具,安妮若想把犁套到吉普车上,只要小心地把车子开到支架边,让架上的钩子扣住犁钩,把锁杆绕过挡泥板就成了。对缺乏邻人守望相助的独居女子来说(当然了,附近有雷德蒙那家烂人。安妮大概宁可饿死,也不会吃他们家的猪排),这种工具再适合不过了。车道很平整,证明安妮确实用犁耙过,可是保罗看不见道路——他的视线被房子挡住了。

"你好像很喜欢我的畜棚啊,保罗。"

他吓了一跳,回过头去。突然的动作唤醒原本沉睡的疼痛,痛楚在他残存的胫骨及左膝的"盐丘"下闷吼,并往骨头里钻,然后慢慢陷入沉睡。

安妮在托盘里摆了食物,那是给病人吃的轻食,可是保罗一看便觉得反胃。安妮朝他走过来,保罗发现她穿了白色的丝绸鞋子。

"哎呀,真漂亮。"他说。

安妮把板子放到轮椅扶手上,然后摆上食物盘,拉过椅子坐到保罗身边,看着他吃。

"乖乖隆地咚!漂亮的人做漂亮的事,我妈总是这么说。我鞋子保养得很好,是因为我若没弄好,邻居就会嚼舌根,他们老是挑我毛病,要不就乱传我的坏话,所以我每件事都打点得妥妥当当,维持门面是非常非常重要的。其实畜棚的工作量并不重,只要别囤积就成了。最特麻烦的工作就是清除屋顶上的雪,以免屋顶被压垮。"

最特麻烦,保罗心想,应该把这句话收录到回忆录中的"安妮·威尔克斯词库"——如果你还能活下来写回忆录的话。另外再加上下流的鸟人和乖乖隆地咚,以及其他以后必然会出现的词汇。

"两年前,我叫比利·哈弗沙姆在屋顶装电热带,一打开开关就会加热,把冰融掉。不过今年冬天应该用不到了——你瞧现在雪自己融成那样了。"

保罗一口蛋正送到半途,他望向窗外的畜棚,手中的叉子停在半空中。屋檐下有一排冰柱,冰柱尖正快速滴着水,每粒水珠都晶莹闪亮地落到畜棚边的小冰沟里。

"气温已经回升到华氏①四十五度了，而现在还不到九点呢！"安妮兀自兴高采烈地说，保罗则想象着他的跑车后挡泥板从半融的雪堆中冒出来的情形。"但好天气不会持续太久，不久气温还要骤降个两三回，说不定还会再来一场暴风雪。不过春天就快来啦，保罗，我妈以前总说，春天的希望就像天堂的希望。"

保罗把叉子放回盘上，蛋仍留在叉子上。

"最后一口不吃啦？吃饱了吗？"

"吃饱了。"他说。保罗仿佛看到雷德蒙一家从塞温德开车过来，一道强光射在雷德蒙太太脸上，她一缩身，抬手遮光——那是什么，嗯？我该不会发疯了吧。那边有东西！那光差点害我瞎掉！快倒车，我要再看一眼！

"那我就把托盘拿走了，"安妮说，"你可以开始写了。"她投来极为温暖的眼神，"我实在无法告诉你，我有多么兴奋，保罗。"

她走出去，留下保罗坐在轮椅上，看着垂挂在畜棚边缘的冰柱滴滴答答地淌水。

29

"如果可以的话，我想换别的纸。"安妮回来把打字机和纸张放到板子上时，保罗说道。

"跟这不一样的纸吗？"她拍拍纸上的泡棉问，"可这是最贵的纸啊！我去纸店时问过了。"

"你妈没告诉过你，最贵的东西未必是最好的吗？"

安妮脸一沉，原有的抗拒顿时化为不悦，保罗猜想，继之而来的将会是狂怒吧。

"没，我妈没有，自以为是先生。她只告诉我说，一分钱一分货。"

保罗发现，安妮的情绪就像中西部的春季，满载着龙卷风，等待随时狂飙。如果他是农夫，若看到天色变得跟安妮目前的脸色一样，一定会立即冲回家人身边，将他们赶到地窖避难。安妮眉头泛白，鼻孔不住

---

① 华氏温度：摄氏温度×1.8＋32。

张缩,像闻到焦味的野兽。她的手又开始快速地张开握紧,不断将空气抓到掌心里。

他需要安妮。在安妮面前,他手无缚鸡之力,他知道自己应该让步,及时安抚她——如果他还有时间的话——就像哈格德的小说中,对神偶献祭以安抚愤怒女神的部族一样。

可是他心中还有另一个更精明也较勇敢的声音提醒他,如果每次安妮发脾气,他就害怕而软语相应,便无法胜任山鲁佐德的角色了。如果他态度强硬一点,安妮会更生气吧。那声音分析道,若不是她对你有所求,应该会立即将你送到医院,或将你杀害,以免被雷德蒙发现,因为对安妮来说,世上的人全都是雷德蒙,他们躲在每一片树丛背后。保罗啊,如果你现在不跟这臭婊子周旋,我的孩子,你就永远也办不到啦。

安妮的呼吸开始变得急促,几乎要换气过度了。她的手跟着加速张合,保罗知道她很快就要失控了。

保罗鼓起仅剩的一丁点勇气,狂乱地想着如何用坚定而略带愠色的方式表达。

他说:"还有,你最好别再那样,发脾气并不能改变什么。"

安妮登时僵住,仿佛挨了保罗一巴掌,她一脸受伤地看着保罗。

"安妮,"保罗耐着性子说,"这件事没什么大不了。"

"你在要诈。"她说,"你不想帮我写书,所以你就要诈不写,我就知道你会这样,天哪,你休想得逞,这——"

"这太荒唐了,"保罗说,"我说过不写吗?"

"没……没有,可是——"

"那就对了,因为我正要写。如果你过来看一看,我会让你明白问题出在哪里。请把韦氏罐一起拿过来。"

"韦什么?"

"就是那个放笔和铅笔的小罐子,"他说,"报上有时会称这种罐子叫韦氏罐,那是以丹尼尔·韦伯斯特命名的。"这是他临时编的谎言,不过确实收到了预期的效果——安妮变得更困惑无措了,在专家面前,她显得非常无知。困惑令她的怒气扩散(因此也获得了缓和),保罗发现安妮甚至不确定自己有发脾气的权利了。

安妮拿过笔罐，重重放到板子上。保罗心想：好耶！老子赢了！不，不对，是苦儿赢了。

但那也不对，是山鲁佐德，山鲁佐德赢了。

"怎么？"她不悦地问。

"看着！"

保罗拆开纸包，拿出一张卡洛索纸，用削尖的铅笔在纸上画一条线，然后用圆珠笔在旁边又画了一道平行线，再用大拇指擦过微粗的纸面，两条线便顺着拇指擦过的方向糊掉了，而且铅笔线比圆珠笔线模糊得更厉害。

"瞧见没？"

"那又怎样？"

"色带的墨水也会模糊掉。"他说，"虽然没有铅笔线糊得厉害，可是比圆珠笔糟。"

"难道你要坐在那儿用拇指去擦每张纸吗？"

"光是纸张之间的摩擦，几星期甚至几天内，就会让很多字变模糊了。"保罗说，"作家在写初稿时，会经常翻动纸张，回头去找姓名或日期。天啊，安妮，干我们这一行的，一定要知道编辑最痛恨读手写稿和用卡洛索纸打的原稿。"

"别那样说，我最讨厌你那样说话。"

保罗一头雾水地看着她，问："说什么？"

"亵渎上帝赐给你们的创作天分，把写作说成一种行业。我最恨那样了。"

"对不起。"

"你是该抱歉，"安妮冷冷地说，"你干脆说自己是妓女算了。"

保罗突然怒由心生，不，安妮，他心想，我不是妓女。《快车》的创作就是在拒绝当妓女。现在想想，把苦儿这个人物干掉，也是在拒绝当妓女。我开着车要去西岸庆祝自己从良，而你却在我撞车后，硬把我从车子里拖出来推回火坑。干一次两块，四块钱老子就包下你了。看你的眼神，我就知道你心底其实也明白。陪审团可能会因为你是疯子而放你一马，但我不会，安妮，老子可不会。

"说得极是，"保罗表示，"好了，我们再回来谈纸张的问题——"

"我会去帮你弄那天杀的纸。"她寒着脸说，"只要告诉我该买什么，我自然会去弄来。"

"只要你明白我是站在你这一边的——"

"别说笑了，打从二十年前我妈去世后，就没人站在我这边了。"

"随你怎么想吧。"保罗说，"你若那么不放心，不信我真心感激你救我一命，那是你自己的问题。"

他细细打量安妮，再次从她眼中看到犹疑，看到她挣扎着想要相信。很好，非常好。保罗尽可能装出心诚意正的样子去瞅安妮，心中想的却是将碎玻璃刺进她的喉咙，她那疯狂脑袋里的鲜血喷溅而出的情景。

"至少你应该相信我是站在书本这一边的吧。你说过要装订书，你应该是指装订原稿？装订打好的纸稿，是吗？"

"当然了。"

是啊，当然喽。因为你若把原稿拿给印刷工人，可能会启人疑窦。你虽不懂出版，却未必无知。保罗·谢尔登失踪了，印刷工人难道不会想起作家失踪不久后，曾收过一部厚厚的长篇小说的稿子，里头有保罗·谢尔登最知名的角色吗？工人当然会记得客户的指示了，因为那太怪异了，令人印象深刻。长篇小说的稿子，对方竟然只印一本。

只要一本就好。

"她长什么样子啊？嗯，那女的块头很大，看起来有点像哈格德故事里的石像，等一等，我档案里有她的名字和住址……我去查一下收据的副本……"

"那样并没什么不好，"保罗说，"装订好的手稿看起来会很漂亮，就像好看的对开纸订本。不过既然是书，就应该能长久保留。安妮，我若用卡洛索纸打这本书，十年后，你就只剩下一堆空白的纸页了，除非你把书供在书架上不动。"

可是安妮不会只想把书供在架上，对吧？拜托，哪有可能！她会想每天拿下来，也许每隔几小时就拿下来，欢天喜地地翻看。

安妮脸上泛着一种奇异冷峻的表情，保罗很不喜欢这种近乎夸张的冷酷，因为它令他非常紧张。他可以估算安妮有多生气，但这个孩子气的新表情却让他摸不着头绪。

"你不用再说了,"安妮表示,"我说过会帮你弄纸。你要哪一种?"

"你去的那家文具店——"

"是纸店。"

"是的,纸店。跟他们说你要两令——一令有五百张纸——"

"知道,我又不笨。"

"我知道你不笨。"他越来越紧张了,疼痛又在他腿里蹿上蹿下,骨盆那边尤其痛得厉害——他已经坐了快一个钟头了,脱臼的地方在跟他大声抗议。

冷静点,拜托拜托,千万别功亏一篑!

可是我赢过什么吗? 或只是我自己的希望而已?

"要他们拿两令白色的直丝油印纸,'汉米坊'的很不错,'现代'的也不赖。两令油印纸的钱比一包卡洛索还便宜,而且应该够整本书跟重写的用量。"

"我现在就去。"安妮突然站起来说。

保罗戒慎地看着安妮,知道她打算再次抛下他,不给药吃,而且这回还让他坐着。他已经坐得开始痛了,就算安妮赶着回来,他也早痛死了。

"你不用马上急着去。"保罗慌忙说,"用卡洛索起草稿就够了,反正我会重写——"

"只有呆子才用烂工具展开工作。"她拿起那包卡洛索,一把抓起画了两道糊线的纸揉成一团,统统扔到字纸篓中,又回头看着保罗,那冷酷执拗的神情像面具般镶在她脸上。安妮的眼睛如失去光泽的钻石,闪着黯然的灰光。

"我现在就去镇上,"她说,"我知道你希望尽快展开工作,因为你跟我是站在同一边的。"她重重吐出最后几个字,语带讽刺(而且保罗认为还有着不自觉的哀怨),"所以我没时间扶你回床了。"

她微微笑道,双唇像木偶一样诡异地咧着,说完踩着白色护士鞋,悄然无声地溜到保罗身边。她用手指触摸他的头发,摸得保罗浑身哆嗦。他努力不躲,却不由自主。安妮皮笑肉不笑的表情更僵了。

"看来我们得把《苦儿还魂记》的开工日往后延一天……或两

天……甚至三天了。是的,也许你得需要三天才有办法再坐起来,因为太痛了。真可惜,我在冰箱里冰了一瓶香槟,看来我得把它放回畜棚里了。"

"安妮,真的,我可以立刻开始写,只要你——"

"不,保罗。"她走到门边,然后回头冷冷看着他,脸上只有那双失去光泽的眼睛还略有生气,"有件事我希望你搞清楚:别以为你能唬我或耍我,我知道自己看起来并不利落,但我不笨,保罗,我很灵光。"

她的表情丕变,原本的冷若冰霜化为乌有,突然变得像个暴怒的孩子一样。保罗还以为自己会被活生生吓死,他竟然以为自己占了上风?是吗?你若被疯子囚禁,还有可能扮演山鲁佐德吗?

安妮越过房间朝他冲过来,肉墩墩的肥腿踩地有声。她屈着膝,手肘像活塞似的在室闷的空气中来回摆动。她的发夹松开了,头发散乱在脸上。她咚咚踏地而来,如同歌利亚①踩在以拉谷中,墙上的凯旋门照片也跟着噼啪震动。

"嘿——呀!"她尖叫一声,举拳往保罗·谢尔登左膝上的"盐丘"夯去。

保罗仰头惨叫哀呼,青筋在脖子和额上突跳,痛楚从膝盖蹿出,刺得他全身颤抖。

安妮将打字机从板子上攫下,用力摔在壁炉架上,沉重的金属到了她手里,竟轻若空纸箱。

"你给我乖乖坐在那儿,"她咧嘴笑道,"好好想一想这里是谁在当家做主,还有你若不乖乖听话,想耍我,会有什么后果。你坐好,想叫就叫,因为没有人会听到你的叫声。我这儿不会有人来的,因为他们都知道安妮·威尔克斯是疯子,知道她干过啥事,虽然他们查不出罪证。"

她走回门边后又转身。保罗一看到安妮回头,便尖叫起来,以为她又要打过来了。安妮见状笑得更加开怀。

"再告诉你一件事,"她轻声说,"他们觉得我逍遥法外,他们想得没错。趁我去镇上帮你拿那该死的纸时,你好好考虑考虑吧,保罗。"

---

① 歌利亚是传说中的著名巨人,见《圣经·撒母耳记上》。

安妮走了,门被摔得连屋子都跟着摇晃,接着就只剩下钟声滴答响了。

保罗仰靠在椅子上,全身颤抖,这让他疼得更厉害。他极力忍住,却又无计可施。泪水止不住地流下。他不断看到安妮大步踏过房间,不断看到她举起拳头,像愤怒的醉鬼用铁锤捶打木质吧台般地痛击他仅存的膝盖,而他也一再地被痛苦吞噬。

"求求你,上帝,求求你。"他哭着,外头的车发出轰轰声,"求你,上帝,求求你——放了我或杀了我……放我脱离苦海,或杀了我吧。"

引擎声渐行渐远,上帝袖手旁观,任保罗困在泪水与伤痛中,此时痛楚已全然被唤醒,恶狠狠地折磨他的全身。

30

后来保罗觉得,接下来他所干的那些事,大概会被世人视为壮举吧。他不会反对,但说穿了,那充其量只是出于自保而做的最后一次挣扎罢了。

保罗在迷迷糊糊中,似乎听到霍华德·柯赛尔或华纳·伍尔夫,也可能是那个疯疯癫癫的约翰尼·莫斯特,在为他热烈地做转播报道。好像他在痛死之前,努力去偷安妮的药,像场奇怪的比赛似的——可以代替周一足球夜的转播节目。这种运动该如何称呼呢?夺药赛吗?

"谢尔登小子今天的表现实在勇气可嘉!"保罗脑海里的播音员兴奋地喊道,"我不相信竟然有人能在安妮·威尔克斯体育馆——或在电视观众面前——展现出如此可佩的勇气——虽然他受到重击后,几乎无法移动轮椅,可是记者认为……是的,轮椅在动了! 我们一起来看看重播镜头!"

汗水从保罗额头上冒出来,刺痛了他的眼睛。他嘴里尝到咸咸的汗水与泪水,身体抖个不停,痛得像面临世界末日。保罗心想:痛到某个程度,再讨论便嫌多余了。世上没有人知道,原来可以痛成这样;没有人知道,这简直像被魔鬼附身。

保罗会铤而走险,纯粹是因为想到胶囊,想到安妮放在屋中某处的拿威力。卧房锁住了……保罗推测,药应该不会放在楼下浴室,而是藏在某个地方……安妮回来时说不定会将他逮个正着，但这些都无所谓，没有任何事比止痛更重要。万一出现问题，他就随机应变吧，否则只有死路一条，事情就是这样。

移动的拉扯使得他腰下及双腿的痛楚更彻骨，就像有一条火烫带刺的皮带紧紧箍住他的腿。不过轮椅确实滚动了，正以非常缓慢的速度挪移。

保罗往前推了四英尺，才发现自己只能把轮椅滑到尽头的角落里，之外啥也不能做，除非他能把轮椅掉头。

他哆嗦着抓紧右轮，

（想想胶囊啊，想想能止痛的胶囊啊）

死命地用力转动轮椅，橡胶在木头地板上发出老鼠叫般的吱吱声。保罗用原本强壮、但此时却软颤如果冻的肌肉，使尽吃奶的力气龇牙咧嘴地推着，轮椅终于开始慢慢转动了。

他抓紧两个轮子，再次转动轮椅。这回他前进了五英尺，才停下来喘气。但一停下来，保罗便眼前一黑，昏了过去。

五分钟后，保罗悠悠醒转，听见脑海里的播报员兴奋地说："他竟然想重振旗鼓！我真不敢相信谢尔登小子的勇气如此惊人！"

保罗的意识知道自己快痛死了，但潜意识却引导他的双眼，找到掉在门边的那些东西，并指引他将轮椅滑过去。保罗伸手想捡，指尖却偏偏离地三英寸，够不到安妮不小心掉落的两三根发夹。保罗咬着唇，浑然不知汗水已流下脸颊和脖子，将睡衣浸得湿透。

"各位，我想他够不到发夹了——他虽然非常努力，但我看他是翻不了身啦。"

不见得吧。

保罗身体倾向右轮，先不管右侧的剧痛——那痛感越来越强，颇像牙齿阻生时的痛法——最后他还是尖叫着放弃了。安妮说得对，反正没人听见他叫。

保罗的指尖仍然离地一英寸，在发夹上方努力触探，他的右臀仿佛快喷出恶心的白色骨髓了。

噢，上帝啊，求求你，求求你帮我——

他不顾剧痛地往下探,指尖明明碰到发夹了,却功败垂成地仅把发夹推开四分之一英寸。保罗往椅下滑,身子仍倒向右侧,小腿的疼痛刺得他尖叫连连。他瞠目张嘴,舌头像窗帘拉杆一样,从牙缝间伸出,口水一滴滴自舌尖滴落在地板上。

他将发夹挟在指间……挟上来……差点松脱……最后终于把发夹紧握在手中。

保罗伸直身体,又是一阵剧痛。等他坐定后,除了喘气,就再也不剩一丝力气了。他顶着椅背,头往后仰,将发夹摆在扶手间的横板上。他以为自己会呕吐,不过还是熬过去了。

你在干什么?片刻后,保罗心底有个声音骂道,你要等疼痛自己消失吗?别傻了。安妮老爱引用她老妈的话,可是你妈不也说过一些话吗?

是的,她是说过一些话。

保罗满脸汗珠,发丝贴在额上,头往后仰,念咒似的大声念诵母亲说过的话:"或许真有仙女妖精,不过老天只会帮助自助者。"

对啦,所以你还在等啥?小保罗,这里会出现的妖精只有安妮·威尔克斯那个死肥婆而已。

保罗又动起来了,他缓缓将轮椅滑向门口。安妮把门锁住了,可是保罗相信自己可以打开门锁。已被烧成灰的托尼·博纳萨洛干过偷车贼,保罗在写《快车》时,曾经跟一名厉害的退休警察汤姆·特怀福德研究过偷车伎俩,汤姆教他如何装引信、用偷车贼常用的细薄铁片撬开车门和破坏汽车的防盗器。

约莫两年半前的某个春日,汤姆在纽约告诉他,这么说吧,假设你根本不想偷车,但你免费借来的车快没油了,你拿着油管,偏偏油箱盖上了锁,那你就甭玩了吗?不会的,只要你知道自己在干啥就不会是问题了,因为大部分油箱盖的锁都是唬人的,只要一根发夹就能搞定。

保罗花了长长的五分钟,把轮椅倒退到他想要的位置,让左轮挨在门边。

门的锁孔是那种老式的,令保罗想到约翰·坦尼尔在《爱丽丝漫游仙境》里的插画,那锁孔杵在破旧的钥匙孔板中央。保罗稍稍往轮椅下滑,忍不住呻吟了一下,然后从锁孔望过去。他看到一道通向客厅的短廊。那应该就是客厅,因为地板铺着深红色的地毯,老式沙发裱着类似材质的布,还有一盏灯罩上垂着丝穗的灯。

走廊中间,左边有扇门微微开启,那应该就是楼下的浴室了。保罗的脉搏跳动加速,他之前听过安妮在里头放水(包括她往水桶里加水,要保罗猛灌的那一次),她在喂他吃药之前,不也都是从那房间出来的吗?

保罗觉得就是了。

他抓紧发夹,发夹从他指间掉到板子上,沿着板子边缘滚去。

"不!"他哑声嘶叫,就在发夹快掉出去时,保罗用手及时将它盖住。他握紧发夹,然后又痛昏过去。

保罗虽然无法确定,但他觉得第二次昏过去的时间比上次还久。痛感似乎稍稍减弱了——除了左膝的剧痛外。发夹躺在扶手间的横板上,这回保罗先活动右手的手指后,才拿起夹子。

他把发夹拿在右手里,心想,好了,你可不能发抖。记住了,你千万不能发抖。

他将发夹伸向前,塞入锁孔中,一边还听到他脑海里的播报员在报道他的一举一动。

(多么生动逼真哪!)

汗珠不断流下他的面颊,像出油一样。保罗竖耳聆听……专心去感觉。

"廉价锁里面的制动栓,跟摇椅没啥两样。"汤姆曾这么说,同时为他示范。"想把摇椅弄倒吗?世上没有比这个更容易的事了,对吧?只要抓住椅子,把它翻个倒栽葱……就跟桌上拿柑一样。对付这种锁也一样,把制动栓挑翻,趁它还没弹回来,火速打开油箱盖就成了。

保罗挑开制动栓两次,但发夹滑开了。他正要移开盖子,制动栓又弹回来了。发夹已经开始变弯,保罗觉得再试两三回,它恐怕就断了。

"求求你,上帝。"他又把发夹插进去,"上帝,求求你,怎么样?我只求让我松口气就成了,好吗?"

("各位观众朋友,谢尔登今天的表现真是空前英勇,但这是他最后一次机会了,看台上的群众此时已鸦雀无声……")

保罗闭上眼,专心聆听夹子在锁孔里的转动声,播音员的声音也慢慢变小。好!问题就出在制动栓这玩意儿上!保罗可以看到栓片像摇椅弯曲的脚一样躺在那里压住锁簧,也困住了他。

那都是唬人的,保罗,只要保持冷静就好了。

身体痛成那样,要保持冷静,难度是很高的。

保罗用左手抓住门把,伸出右手开锁,轻轻用力去压发夹,再稍用力些……再加点力……

保罗仿佛看见摇椅在脏脏的凹洞里慢慢移开了;他可以看见簧片慢慢缩开,锁簧不需要整个退开——不需要,谢天谢地——他不必像汤姆说的那样将摇椅整个翻倒,只要簧片离开门框——再推一下——

保罗感觉到发夹开始弯曲打滑了,他孤注一掷地用力往上使劲,转动门把,然后朝门一推。啪一声,发夹断成两半,掉下去了。保罗当场愣住,以为自己失败了,一会儿才发现门已缓缓打开,簧片像钢指般伸出了门板外。

"耶稣上帝啊,"他喃喃地说,"谢谢。"

咱们来看看回放!播音员在摇旗呐喊,坐在安妮·威尔克斯体育馆里的成千观众——更别提上百万在家中观看的观众了——也欢声雷动。

"先别说得太早。"保罗骂道,然后开始卖力地慢慢来回调整轮椅,以便对准门冲过去。

31

发现轮椅似乎怎么也挤不过那扇门时,保罗沮丧了好一阵子——不,不止是那样,而是慌了手脚。轮椅不过多出两英寸宽,但两英寸也就够受的了。她推进来时是折起来的,所以当初你才会以为是购物车。保罗郁悒地想。

最后保罗端坐在门口,向前转弯,双手抓住门框,硬是挤了过去。他做得非常勉强,轮轴盖刮到门框,但他毕竟挤过去了。

保罗出了门后,又昏过去了。

32

安妮的声音将他从昏沉中唤醒。保罗睁开眼睛,看到安妮拿枪指着他,眼中冒出熊熊怒火,齿间喷着飞沫。

"如果你那么想要自由,"安妮说,"保罗,我乐意放你走。"

她扣动扳机。

33

保罗一震,以为枪会轰过来,但是安妮当然不在那儿。保罗心里告诉自己,这只是在做梦而已。

不是梦,而是警告。安妮随时会回来,任何时刻都会。

浴室半掩的门透着光,光线变得越来越亮了,看来像是正午时分。保罗真希望钟声敲响,让他知道自己猜对了没,可惜时钟默不作声。

安妮以前离开过五十个钟头。

没错,而且这回说不定会离开八十个钟头,也说不定再过五秒,吉普车就会开进来了。朋友,你要晓得,气象局虽然发出龙卷风警报,但龙卷风何时何地来袭,气象局就啥也不知道了。

"没错。"保罗说,然后推着轮椅进了浴室。浴室里冰冰冷冷,地上铺着六角形的白瓷砖,水龙头下是座四脚浴缸和锈了的风扇,浴缸边有床单柜,对面是水槽,水槽上有个药柜。

水桶就放在浴缸里,保罗可以看到水桶的塑料盖。

浴室够宽,保罗把轮椅掉转过头面对门,但他的手已经累得发抖了。保罗小时候身体羸弱,因此长大后颇重视养生,可是现在他的肌肉已经弱得不行了。他又恢复了幼时的病弱,仿佛那些花在健身慢跑上的时间,都只是幻梦一场。

不过浴室的门比较宽——虽然没宽多少,但至少出入时不会困难得令人抓狂。保罗越过这道门槛,轮椅的橡胶轮子便顺利地在瓷砖上滚动了。保罗闻到一股酸味,他自然而然地联想到医院——也许是消毒剂吧。浴室里没有马桶,这保罗已经猜到了——因为冲厕声都传自楼上,而且总是在他用完便盆后传来。这里只有浴缸、水槽和开着门的床单柜。

保罗很快地瞄了一眼那些堆放整齐的蓝色毛巾和浴巾——这两样都是安妮帮他洗澡时用的物品——然后把注意力转移到洗脸盆上的药柜。

他够不到药柜。

无论他怎么努力,指尖还是差了九英寸左右。保罗明知这点,却依然伸手去探,他简直无法相信命运之神或上帝会残酷如斯。他看起来就像明知不可为,却依然拼命拉长身子去接全垒打球的外野手一样。

保罗痛得闷哼一声,垂下手,气喘吁吁地靠回轮椅上。乌云再次笼罩,保罗硬要将之驱散。他四下巡视,想找个东西帮他打开药柜门,结果看到一根直挺挺地靠在角落里的蓝色拖把。

你想用那个?真的吗?嗯,应该可以吧。你偷偷打开药柜,然后把一堆东西弄翻,掉在洗脸盆里,可是瓶子会摔碎。药柜里也可能没瓶子,不过几率很小,因为大家都会至少在柜子里摆一两瓶李施德林药水或感冒药什么的。要是打翻了,绝对不可能摆回去。等安妮回来看到后,会怎么样?

“我会告诉她是苦儿弄的。”保罗嘶声说,“我会告诉她苦儿过来找还魂药吃。”

保罗哭了……然而即使隔着泪水,他的眼光仍在房里搜寻,看有没有什么东西能帮他,只要别痛,只要他妈的别——

他又去翻床单柜。原本急促的呼吸突然停住,他瞪大了眼睛。

最初他去瞄柜里的架子时,只瞧见一落折叠整齐的床单、枕套、毛巾和浴巾,现在他看向柜子底,发现上面摆了一堆纸箱。有些箱子标着“普强制药公司”的字样,有些是“礼来制药”,还有“康姆制药厂”。

他粗暴地掉转轮椅,再也顾不得痛了。

拜托啊上帝,里面千万别装着她的备用洗发精或卫生棉或她老妈的照片或——

保罗七手八脚地去拿其中一个箱子,他把箱子抽出来打开,没有洗发精或化妆品,里面装的是一大堆药品,大部分都装在标着“样品”字样的小盒子里。箱底散置着几粒颜色各异的药片和胶囊,有些药他认识,比如布洛芬和父亲生前最后三年服用的降血压药美托洛尔，其他的就听都没听过了。

"拿威力。"保罗一边喃喃念道，一边狂乱地在箱子里翻找，他脸上不断冒汗，两腿肿痛不已。"拿威力，他奶奶的拿威力在哪里？"

没有拿威力。保罗把箱盖合上，推回柜子里，仅费了一点力，便把箱子放回原处了。应该不会有问题，柜子里反正堆得跟垃圾山一样——

保罗努力往左倾，想办法弄到第二个箱子。他打开箱子，几乎不相信眼前所见。

箱子里装满了各式各样的镇静剂、止痛药和拿威力，数不清的样品盒。可爱的样品盒，亲爱的样品盒，噢，令人爱死、至高无上的样品盒。他打开一个盒子，看到安妮每六时喂他吃的胶囊，就包在小小的透明塑料盒里。

需在医生指导下使用。盒子上写道。

"噢，亲爱的耶稣，医生就在里面！"保罗哭了起来。他用牙齿撕开样品盒，吞下三颗胶囊，丝毫不觉得苦。保罗停下来，盯着撕烂的玻璃纸里剩下的五颗药，又吞下第四颗。

他很快环顾四周，下巴抵着胸口，眼中尽是狡狯与恐惧。保罗虽知药效不会来得那么快，但他真的觉得开始止痛了——拥有这些药，似乎比吃下它们更重要。他仿佛握有了控制月亮和潮汐的力量，或已经伸手将月亮摘下来了。这是个很酷很棒的念头……却也令人害怕，而且还带了一丝罪恶和亵渎。

万一安妮现在回来——

"好啦，我知道了。"

保罗看着箱子，估算自己从里头拿走多少样品，才不会被安妮察觉，屋子里有一只叫保罗·谢尔登的小老鼠偷了她的东西。

保罗咯咯笑了起来，那声音很尖，很放松，原来药效不止发挥在他的腿上。说白一点，他已经开始陶醉了。

快走啊，你这个白痴，你没时间享受飘飘欲仙的快感啊。

保罗拿了五盒药，总计三十颗胶囊。他必须强迫自己不贪多。他把剩下的盒子和瓶子搅乱,努力恢复原状。保罗合上箱盖,将它塞回柜子内。

有一辆车开过来了。

保罗直起身子,睁大眼睛,两手放到轮椅上,紧张万分地抓紧扶手。如果是安妮,他就没戏唱了。他绝对没有办法及时把轮椅推回卧室,也许他可以在安妮扭断他的脖子之前先发制人,用拖把之类的东西将她击昏。

保罗的断腿僵直地前伸,拿威力的样品盒就放在大腿上。他干坐着等待车子驶过去或开进来。

车声不断扩大,然后开始消退。

好啦,你还需要更清楚的警告吗,保罗小朋友?

他其实并不需要。保罗看了纸箱最后一眼,感觉它跟刚才没啥两样——虽然他痛得头昏眼花,无法百分之百肯定——但他知道那堆纸箱也许不若表面那般杂乱无章,噢,应该不会。超级神经质的安妮也许记得每个箱子的位置,那位大姐说不定瞄一眼就会发现不对劲。想到这里,保罗并不害怕,反倒豁出去了——他需要药,也从房间逃到这儿取得药品了,如果因此招来恶果,至少心安理得,因为他非做不可。安妮对他百般凌虐,已将他的尊严折磨得荡然无存了——他的百般顺从,就是明显的症候。

保罗将轮椅慢慢倒出浴室,不时瞄一下后面,看有没有偏离。这动作在以前一定痛得他哇哇叫,不过这会儿疼痛已经被压到美丽的麻木感下了。

他来到走廊,突然心头一凛,停下手来:万一浴室地板有点湿,甚至脏脏的——

他瞪着地板,一时以为自己肯定在洁白的瓷砖上留下了痕迹,而因此仿佛真的看见了轮子的滚痕。他摇摇头,再看一遍,没有痕迹,但门开得比以前大。保罗将轮椅滚向前,稍稍往右滑,靠过去握住门把,将门拉成半合的状态。保罗看了一眼,又把门拉近些。行了,这样看起来就对了。

他抓住轮子,想掉头回自己房间,结果竟不自觉地往客厅走。大部分人都把电话放在客厅里，还有——

一个念头电光石火般划过他心中的雾霭。

“喂？塞温德警察局，我是汉布吉警官。”

“汉布吉警官，请听我说，请仔细听好了，别打断，因为我不知道能有多少时间说话。我叫保罗·谢尔登，我是从安妮·威尔克斯家打来的。我被她关在这儿至少两星期或一个月之久了，我——”

“安妮·威尔克斯吗？”

“请马上赶来这里，顺便叫辆救护车，还有拜托拜托，趁她回来之前赶到……”

“在她回来之前，”保罗呻吟说，“是哦，才怪。”

你怎会以为她有电话？你听过她打电话给谁了？她能打给谁？好朋友雷德蒙吗？

安妮没有闲嗑牙的对象，并不表示她不懂未雨绸缪。说不定哪天她不小心摔下楼，跌断手脚什么的，畜棚也有可能失火——

你几时听她的电话铃响过？

难道装电话还需要符合条件吗？电话每天至少得响一次，要不然电话公司就会来把电话搬走吗？何况我大半时间都在昏迷状态。

你是在玩火，在玩火！这点你自己也很清楚。

是的，保罗知道自己在冒险，可是想到那部电话，想象指间握住那冰冷的黑塑料筒，想象拨盘声或电话的嘟嘟声——他怎么也无法抗拒这些诱惑。

保罗调过轮椅，对准客厅，往里头滑去。

客厅里有股霉味，空气又闷，令人生厌。窗帘虽然垂下一半，还是能看到秀丽的山景。房间里似乎很暗，保罗认为是因为色调太暗的缘故。客厅以深红色为主调，仿佛有人在房里洒了一堆腥血。

壁炉架上有张泛黄的肖像，照片上的丑女有一双小眼睛嵌在肉饼脸上，厚墩墩的嘴巴噘着。这幅用洛可可式镀金相框框好，跟邮局大厅的总统照一样大的肖像本尊，用肚脐想也知道，必然是安妮口中的伟大母亲。

保罗又深入客厅，轮椅左侧撞到一张摆着廉价瓷器的茶几，那些器

74

皿叮叮咚咚撞在一起,其中一个坐在瓷冰块上的瓷企鹅从桌侧掉了下来。

保罗本能地伸手去接。这动作看似轻松……但后果随之而来。保罗蜷着拳头,握紧企鹅,努力不让自己发抖。你接到了,别紧张,何况下头还铺了地毯,也许根本不会摔碎——

可是万一真的打破了呢?保罗心中狂喊,万一打破了呢?拜托拜托,你得趁着还没留下痕迹,赶快回房间……

不,还不行,不管保罗有多么害怕,他还不能回去,因为他已经付出太多了,如果客厅里有他要的东西,他非拿到手不可。

保罗环视整个房间,里头摆满了俗气的家具,客厅的视觉焦点应摆在几扇凸肚窗和窗外瑰丽的洛基山山景,却偏偏被难看的镀金相框里的肥婆给霸占了。

在安妮坐着看电视的沙发尽头,有一张桌子,上面有一部简单的拨盘式电话。

保罗大气不敢稍喘,轻轻将瓷企鹅放回茶几上(我的遭遇终于得见天日!冰上刻着这句话),然后将轮椅滚过房间,朝电话逼近。

沙发前有张临时茶几,保罗在前面伫立良久。茶几上有个丑陋的绿花瓶,里头乱七八糟插了把干花,整体看来头重脚轻,似乎轻轻碰一下就会倒栽下来。

外头没有来车,只听得见风声。

保罗抓住话筒,慢慢举起。

他将听筒贴到耳朵之前,就觉得希望不大。果然,他什么也没听见。保罗缓缓放回听筒,想到罗杰·米勒①老歌里的一句歌词,跟眼前的情况有着似有若无的关联:没有电话,没有球台,没有宠物……我没有香烟……

他循着电话线看过去,找到电话线的插座,也看到电话插头插进去了。每样东西都摆置得妥妥当当。

就像装了高温胶带的畜棚一样。

---

① 罗杰·米勒(Roger Miller, 1936～1992),美国著名乡村歌手。

维持门面是非常非常重要的。

保罗闭上眼睛，想象安妮移开插座，把黏胶挤入插孔中。他看见安妮把插座放到白色的胶水里，任其干涸变硬。除非有人打电话给安妮，发现不通后跟电话公司报告电话线路有问题，否则电话公司绝不会知道电话坏了，不是吗？可是谁会打电话给安妮啊？她每个月照例收到电话账单，准时缴款，但电话只拿来摆设而已，这也是她维持门面的一环，就像漆着亮新红漆的整洁畜棚、奶白色的门框及用来融化冰雪的热胶带一样，都是做做样子罢了。她在电话上动手脚，是为了防止他闯进客厅吗？安妮已经料到他可能会逃出客房？保罗不这想。安妮应该在他到此之前，就已经受不了电话——受不了会响的电话了。她夜里兀自醒着，躺着瞪视卧房的天花板，聆听野地里呼啸的狂风，想象那些讨厌她或怨恨她的人——世上所有的雷德蒙——他们随时会突然发疯打电话进来骂人：是你干的，安妮！他们老远叫你去丹佛，我们知道是你干的！你若没罪，他们干吗老远把你找去丹佛！安妮当然会要求弄个不记名的电话号码——任何因重罪受审而获判无罪的人都会这么做（都已经闹到去丹佛出庭了，八成不会是小事）——但即使是未登记的电话号码，还是无法让神经质的安妮·威尔克斯放心。他们全都联手起来对付她，真要的话，他们一定能弄到电话号码，也说不定那个和她作对的律师逢人就透露她的电话呢。没错，安妮把世界看成一个幽暗的地方，人们涌动如海洋，邪恶的宇宙环绕着一座小小的舞台，台上只有一个小小的光点——安妮自己。所以最好把电话拔掉，让它噤声，就像安妮若知道他这么胆大妄为，也一样会让他噤声。

保罗心头慌得发毛，心里的声音催他速速离开客厅回房间，把药藏妥，然后坐回窗边，等安妮回来才不会发现任何蛛丝马迹。这回他同意了，而且是毫无保留地同意。保罗小心地从电话边撤退，等到了房间宽敞处后，再开始费力地将轮椅掉头，一边谨慎地避免重蹈覆辙，又撞到茶几。

就在他即将掉好头时，听到了车子驶近的声音。保罗本能地知道，安妮从镇上回来了。

34

保罗惊骇得差点昏过去,他从未如此畏惧过,那恐惧充满了深沉而怯懦的罪恶感。保罗突然想到,他这辈子只有一次慌乱无措的经验勉强可以跟这次相比。他十二岁那年暑假,父亲在工作,母亲跟住在街对面的凯思布克太太一起去波士顿玩。保罗看见母亲的香烟,便点了一根,兴高采烈地抽起来,觉得又恶心又刺激,心想抢匪在抢银行时,一定也是这种感觉。就在烟抽到一半,房里烟雾缭绕时,他听到母亲打开前门的声音。"保罗?是我——我忘记带皮包了!"他明知没有用,却还是狂乱地挥散烟气,他知道自己会被逮住,会挨打。

这回他不止会挨打。

他记得自己昏过去时做了一个梦,梦里安妮把玩着枪上的扳机,说道:"如果你那么想要自由,保罗,我乐意放你走。"

引擎声渐缓,车子慢慢驶近。是她没错。

保罗木然地抓着车轮,把轮椅推向走廊,同时瞄了瓷冰块上的瓷企鹅一眼。企鹅跟之前摆的位置一样吗?他看不出来,只能希望是这样了。

保罗加速朝卧室门口移动,巴不得车子能直接越过去,可惜他没对准,只差一点,就那么一点……可是门很窄,差一点就差很多了。轮椅撞在门边右侧,微微弹开。

漆有没有被刮掉?他在心里狂叫,噢,耶稣上帝呀,你有没有把漆刮掉,有没有留下痕迹?

门上虽凹下去一个小洞,漆却没有剥落,谢天谢地。保罗退回去,慌慌张张地重新来过,试图穿过狭窄的门。

车子引擎声越来越大,越来越近,车速还在减缓。现在保罗可以听见轮胎压地的声音了。

慢慢来……别慌……

他向前滑动轮椅,接着轮子轴心卡在卧室门框上了。他用力推着,心里却有不详的预感,他像酒瓶里的软木塞一样卡死了,进退不得——

他又使劲一推,双臂的肌肉颤若即将绷断的琴弦。轮椅终于吱吱嘎嘎穿过门口。

吉普车开到车道上了。

安妮会拎着大包小包，保罗胡乱想着，打字纸，也许还有一些其他物品，而且车道上结了冰，安妮得慢慢走。你已经进来了，最坏的状况已经过去了。还有时间，你还有时间……

保罗进到房内，笨手笨脚地回转半圈，当他把轮椅滑到跟卧室门平行时，听见车子的引擎熄了火。

保罗身子向前倾，抓住门把试图把门关上。门锁的舌片仍像僵直的手指一样伸在外头，抵住门柱。保罗用拇指将它推回去，簧片动了一下，接着却卡住了，怎么也动不了，不肯让门关上。

保罗愣愣地看着舌片，想到一句海军格言：越觉得可能出错，就越会出错。

老天啊，别又来了，她把电话弄坏还不够吗？

保罗松开手，舌片又整个弹出来了。他又推一次，还是一样卡住。他听见锁里传来奇怪的当啷声，这才明白原来是断掉的发夹在作祟，发夹挡在里头，舌片无法完全卡回原位。

他听见吉普车的门开了，甚至听见安妮拎着大包小包咕哝着下车时，纸袋发出的窸窣声。

"快呀。"他喃喃自语，一边轻轻来回推动舌片，每次舌片往里缩进一点，就又停住了。他可以听见那根要命的发夹在里头作响，"快呀……快呀……快呀……"

他又哭起来了，自己却毫无所觉，脸上汗水与泪水齐流。虽然吃了大把药丸，保罗仍隐约觉得身上剧痛。眼看他就要为这小半根发夹付出惨痛的代价了。

如果你没办法把这个烂门关回去，安妮一定会让你生不如死，保罗。

他听见安妮慢慢的脚步声，纸袋的声音……现在她从皮包里掏出房子的钥匙了。

"快呀……快呀……快点呀……"

这回他推舌片时，锁内咔的一声，金属片往门里滑进四分之一英寸,却还是卡住门框……不过已经快了……

"拜托……进去呀……"

他加速推动舌片,又摇又晃,一边听到安妮打开厨房的门。接着,就像母亲在逮到自己偷抽烟的那天一样,安妮开心地喊道:"保罗,是我呀!我买到你要的纸啦!"

毁了!我被逮到了!上帝啊,别这样,求你别让她伤害我,上帝——

他的拇指死命推着舌片,发夹传出闷声,咔地断了,舌片整个滑入门内。保罗听见安妮在厨房里拉开拉链脱掉外衣。

他关上卧室门,门闩的声音听起来巨如枪响。

(她有没有听见?一定有,一定听见了!)

保罗将轮椅倒着滚回窗边,安妮的脚步从走廊逼近时,他还在忙着滑动轮椅。

"我弄到你要的纸了,保罗!你醒了吗?"

绝对……绝对来不及了……她会听见……

他猛力推动控制杆,就在安妮的钥匙在锁里转动时,总算及时将轮椅滚回窗边的位置。

开不了的……里头有发夹……她一定会起疑……

可是发夹大概掉到锁孔底下了,因为安妮的钥匙没遇到半点阻碍。保罗坐在轮椅上,半闭着眼,祈祷自己确实把轮椅推回原处了(或至少接近到安妮看不出来的程度),他希望安妮会以为他的满头大汗是因为没吃止痛剂、身体发颤造成的,更希望自己没留下半丝痕迹——

门砰的一声打开了,保罗低头一看,发现自己一心顾着消除各种蛛丝马迹,竟然犯了见树不见林的大错:几个拿威力的盒子还端坐在他的大腿上。

35

安妮买了两包纸,手上各拿着一包,笑眯眯地说:"这就是你要的,对不对?'现代'牌,这里有两令,还有两包放在厨房以防万一,所以你——"

她突然打住,皱眉望着保罗。

"你的汗怎么会滴成那样……而且你的脸好红。"她顿了一顿,"你刚才在做什么?"

保罗心中有个慌张的声音说,被活逮了,干脆大方坦承求饶算了。但他还是勇敢地迎向安妮疑惑的眼神,露出嘲讽的疲态说:"我想你应该知道我都在做什么。我在受苦。"

安妮从裙子口袋掏出卫生纸帮他擦眉毛,卫生纸都湿透了,她对保罗露出那种令人毛骨悚然的母性微笑。

"真的很痛吗?"

"是啊,痛死了,现在我可以——"

"我警告过你,惹我生气会有什么后果。人家不都说,活到老要学到老吗? 如果你还活着,我想你应该学得会。"

"现在可以给我药吃了吗?"

"再等一会儿。"安妮说,眼睛一直没离开他汗湿苍白、红斑点点的脸庞。"我得先确定你要的东西都备齐了,不会因为又老又笨的安妮不懂大文豪写书需要什么而有所遗漏。我想确定你不会再叫我回镇上帮你买录音机,或写作时要穿的拖鞋之类的玩意儿。如果有需要,我会去买,本人随时听您差遣。不等喂你药吃,我就会冲出去买,立刻跳上车出发。你怎么说呀,自以为是先生? 你都准备好了吗?"

"都准备好了,"保罗说,"安妮,求求你——"

"还有,你再也不惹我生气了?"

"不会了,我再也不会惹你生气了。"

"因为我一生气就会失控。"她垂下眼,看着保罗紧扣住拿威力的手。她看了好长一段时间。

"保罗?"她轻声问,"保罗,你的手为什么握成那样?"

他开始哀哭,那哭声源自内疚,他实在很痛恨这一点:这个妖女对他恶事做尽,但最可恨的是,她竟然令他觉得罪恶。于是他内疚地哭着……另一方面也是因为累了闹孩子气。

保罗抬头看着安妮,泪水从脸上流下,他祭出仅有的最后一张牌。

"我要吃药,"他说,"而且我还要我的尿壶,你出去时我一直憋尿。安妮,可是我再也憋不住啦,我不想再把自己尿湿。"

安妮淡淡一笑,脸上放光,将他的头发从额上拨开。"可怜的孩子,安妮让你吃了好多苦,对不对?太多苦了!臭安妮真坏!我马上去拿药来。"

36

保罗虽然认为安妮回来前,应该有足够的时间把药塞到毯子下,但他还是不敢这么做——盒子虽小,鼓起时仍相当显眼。听见安妮走进浴室时,保罗拿着药,痛苦万分地摸索着把药塞到内裤后面。纸板的尖角刺进他的股沟里。

安妮单手拎着尿壶回来。那是一种老式的锡壶,看起来有点像吹风机。安妮另一只手上拿着两粒拿威力和一杯水。

再吃两粒拿威力,加上你半小时前吃的量,你搞不好会晕厥过去,回去见老祖宗了。保罗心想。紧接着另一个声音立即应道:那有什么关系!

他和着水吞下药。

安妮递上尿壶:"需要帮忙吗?"

"我可以自己来。"他说。

保罗掏出老二,放到冰冷的尿管里撒尿,安妮则体贴地转过身。当尿液喷溅声响起时,保罗发现安妮在笑。

"尿好啦?"一会儿后,安妮问。

"好了。"其实他倒是真的需要解放,刚才忙成那样,他实在没时间顾虑这件事。

安妮从他手上接过尿壶,小心地放到地上。"现在扶你上床吧,"她说,"你一定累坏了……你的腿大概在大声抗议喽。"

保罗点点头,其实他什么感觉也没有——新的两颗药加上他先前偷吃的,已令他开始神志不清,眼中的房间已经蒙上层层灰雾了。但保罗脑中浮起一个念头——安妮要将他搬到床上,除非她又瞎又没感觉,否则搬动他时,一定会注意到塞在他内裤后的小盒子。

安妮将他推到床侧。

"再等一下就好,保罗,等一下你就可以睡觉了。"

"安妮，你能不能再等五分钟？"保罗说。

她看着保罗，眼睛微眯。

"你不是很痛吗，小子？"

"我的确痛得要命，"他说，"实在……太痛了，主要是我的膝盖，就是你……呃……你发脾气时打的地方。我还不太能让人抱，我可不可以再多等五分钟，让……让……"

他知道自己想说什么，可是却开始恍惚，如坠云雾当中。保罗无助地望着安妮，知道自己终究会被识破。

"让药效发作吗？"安妮问，保罗感激万状地点着头。

"没问题，我去收拾几件东西，然后立刻回来。"

安妮一离开房间，保罗便伸手到背后拿出纸盒，将它们一个个塞到床垫下。云雾越来越浓，渐渐由灰转黑。

尽量把盒子塞到底下吧，保罗木然地想，千万别让安妮换床单时，把盒子拖了出来，塞到越下面越……越……

保罗把最后一个纸盒推进床垫下，然后往后靠，抬眼看到天花板上那些乱舞的 W。

非洲，他心想。

我该清洗一下了，他想。

噢，我麻烦大了，他想。

痕迹，他想，我留下了任何蛛丝马迹吗？我——

保罗·谢尔登昏过去了。醒来时，已是十四个小时后的事，窗外也已下起霏霏白雪。

第二部　　　　　　　苦儿

写作不会带来烦恼，写作本身即是烦恼。

蒙田

1

《苦儿还魂记》

保罗·谢尔登　著

致　安妮·威尔克斯

第一章

就算把女王的财宝全送给他,伊安·卡米歇尔也不愿迁出小邓瑟堡镇。但他不得不承认一点,康瓦尔这边一下起雨来,全英格兰没一处比得上。

通道入口的钩子上挂了一条旧毛巾,伊安将滴水的外套挂好,脱掉靴子,用毛巾擦干他那深褐色的头发。

他听见远处客厅流泻着肖邦的琴音。伊安左手握着毛巾,停下来倾听。

此刻,他脸上流淌的不再是雨水,而是泪。

伊安想起杰弗里说的:<u>老兄,你千万别在她面前哭——你绝对不能这样!</u>

杰弗里说得当然没错——亲爱的杰弗里很少会错——可是有时当他独处时,苦儿差点落入死神魔掌一事便又袭上心头,令他忍不住潸然泪下。他爱她至深,没有苦儿,他将死去;没有苦儿,生命了无生趣,有如死灰。

苦儿的生产过程漫长而艰辛,产婆却说,不会比她见过的其他年轻妈妈更惨。直到过了午夜十二点——杰弗里冒着大雨去请医生一个小时后,产婆才开始紧张起来,苦儿就是那时开始出血的。

"亲爱的杰弗里!"伊安一边踏进西部乡间宽敞温暖的厨房,一边大声喊道。

"是您在说话吗,少爷?"个性可爱又古怪的拉梅奇太太从食品储藏室里走出来。这位卡米歇尔家的老管家,头上的帽子跟平时一样歪斜着,而且她还吸鼻烟,这么多年来,拉梅奇太太始终不希望人家知道她有这项恶习。

"我不是故意的,拉梅奇太太。"伊安说。

"听您的外套在入口滴水滴成那样,您大概被雨淋坏了吧!"

"啊,是啊。"伊安答道。心想,<u>即使杰弗里十分钟后就带着医生回来,苦儿大概也撑不过去。</u>他刻意不这么想,因为这种想法毫无助益,又令人恐惧,可是有时想到生活里再也没有苦儿了,伊安便觉得惊惶。

他的沉思被孩子洪亮的哭叫声打断了——儿子醒了,哭着要吃东西哪。伊安隐隐听见安妮·威尔克斯——照顾托马斯的干练保姆——正在边哄孩子边换尿片。

"宝宝今天声音很洪亮呢。"拉梅奇太太说。伊安又想了一会儿,惊讶自己竟然也当起人父了。接着,门口传来妻子的声音。

"哈啰,亲爱的。"

他抬起头看着他的苦儿,他的爱妻。苦儿亭亭玉立于门边,栗色的头发泛着神秘的红光,有如将灭的火烬,她的肩头上映着动人的余光。她的面容依然苍白,但伊安可以从她脸上看出复原的神采。她的眼珠黝黑而深邃,闪映着厨房的火光,看来像两颗摆在深色绒布上璀璨生光的明钻。

"亲爱的!"他叫道,并向她奔去,就像那天在利物浦,疯子杰克·威克琛信誓旦旦要掳走苦儿,而他也以为苦儿已被海盗劫走时一样。

拉梅奇太太突然想起客厅里还有事没做完,便丢下两人离开——只是走时,脸上忍不住露出笑意。拉梅奇太太偶尔也会想,万一两个月前那个风雨交加的夜晚,杰弗里和医生晚一个小时赶到,或他家少爷义无反顾地将自己的血注入苦儿干涸的血管,结果输血却失败,日子会变成什么光景。

"哎呀,算了,"她边走向客厅边喃喃自语,"有些事多想无益。"这建议挺好的,是伊安告诉她的。不过大家都会发现,给别人好的建议,比接受他人的建议容易。

厨房里的伊安紧拥着苦儿,感觉自己已死的灵魂,又在她温暖清新的香气中活过来了。

他抚着苦儿的丰胸,感觉她平稳坚定的心跳。

"你若死了,我也不想独活。"他喃喃说。

苦儿用手环住他的脖子,将自己的酥胸贴进伊安手里。"别这么说,亲爱的。"苦儿低声说,"不准你说傻话,我在这儿呀……就在你面前。吻我吧! 我若死了,只怕会非常想你。"

伊安将唇贴到她的上面,两手深深探入她栗色的发中,一时间,天地万物遁形,只有他们两人。

2

安妮将三页打好的原稿放在保罗旁边的床头柜上,保罗等着听她评论。他很好奇,但不怎么紧张。他很讶异自己竟能轻而易举地返回苦儿的世界。那世界虽然粗俗、夸张,但事实上,回到那里并没有像他预期中的那么讨厌。老实说,反倒像穿上旧拖鞋,让人觉得相当舒服哩。

因此当安妮表示"这样不对"时,保罗忍不住张大嘴,吃惊地问:"你——你不喜欢?"他简直不敢相信。喜欢苦儿系列的安妮,怎么可能不喜欢这个开场白? 这完全是苦儿的翻版,简直近乎重抄了嘛,拉梅奇太太在贮藏室里张罗,伊安和苦儿则像两个刚从周末舞会溜回家的高中小鬼一样黏在一起,这有啥不对,还有——

现在换安妮不解了。

"不喜欢? 怎么会,我当然喜欢了。写得真好,伊安将苦儿拥入怀里时,我都看哭了,我忍不住嘛。"说着安妮的眼睛还真有点红呢,"你用我的名字为托马斯的保姆命名……真是太贴心了。"

保罗心想:也很聪明——至少我是这么希望的。顺便告诉你,小姐,也许你会对这个有兴趣:宝宝的名字本来叫肖恩,我把名字换掉,因为觉得里头的 n 太多了。

"那我就不明白了——"

"不,你弄错了。我没说我不喜欢,我只说这样不对,这是在作弊,你得改。"

他一度以为安妮是最完美的读者？唉，天啊，真有你的，保罗，你不犯则矣，一犯就是大错。这位孜孜不倦的读者，已经变成铁面无私的老编了。

保罗本能地重新调整表情，露出他在听编辑说话时惯有的诚恳模样。他称这种表情为"我能为您服务吗，小姐？"因为大部分编辑都是那种会把车开到修理站，命令技师限时搞定车盖或仪表板下奇怪声响的小姐。这种专心致志的表情通常很有用，能把她们哄开心。编辑一开心，有时就会放弃一些诡异的点子。

"怎么会是作弊？"他问。

"嗯，杰弗里赶去找医生这点没问题。"她说，"那是在《苦儿的孩子》第三十八章里的事，可是医生从未赶到。这点你也很清楚，因为杰弗里想驾马从康瑟普那个糟老头的门上跳过，结果绊到门槛了——我希望那个烂人在《苦儿还魂记》里得到报应，保罗，我真的希望他不得好死——害杰弗里一边肩膀和几根肋骨断掉，在雨里躺了一夜，直到牧羊的孩子过来发现他为止。就因为这样，医生才一直没赶到，对吧？"

"是啊。"保罗发现自己突然无法将视线从她脸上移开了。

保罗原以为她以编辑自居，甚至自以为是合著者，打算告诉他该写什么，该如何写，但实际上不是这样。拿康瑟普先生为例吧，安妮希望康瑟普能得到报应，可是并没有命令他这么做。安妮虽控制了保罗，却将小说的创作过程置于她自己的权力范围之外。有些事就是不能做，这跟有没有创作力无关，硬要做的话，就像挑战重力或拿砖块打桌球一样，会徒劳无功。安妮确实是位忠实读者，但忠实读者并不等于愚昧的读者。

她不准保罗杀掉苦儿，可是也不许他用作弊的方式让苦儿复活。

可是妈呀，我确实已经将苦儿赐死啦，保罗疲惫地想，你到底要我怎么办？

"我小时候，"安妮说，"电影院经常演章回电影，一个礼拜放映一段故事。《蒙面复仇者》《飞侠哥顿》，甚至还放过《兽神巴克》，那家伙去非洲抓猛兽，他只要瞪着狮子老虎，就可以驯服它们。你记得那种章回电影吗？"

"记得,可是你的年纪不可能那么大吧,安妮。你一定是在电视上看的,要不就是听你哥哥或姐姐说的。"

安妮的嘴角在僵硬的脸上牵动了一下:"别乱说话,你这个呆子!不过我确实有个哥哥,以前我们每周六下午都去看电影,那是在加州贝克斯菲尔德的事,我是在那儿长大的。我虽然一向喜欢看新闻影片、彩色卡通和剧情片,却更期望看下一集的章回电影。我发现自己整个星期都在想电影的事,如果上课无聊,或帮楼下克姆兹太太照顾她那四个皮得要死的小浑蛋时,我就会想着电影。以前我好讨厌那几个小鬼。"

安妮陷入某种情绪中,静静望着角落。她的电源拔掉了,几天来还是第一次出现这种情况。保罗不安地想,那是否意味着安妮的情绪跌到谷底了?若是这样的话,他最好别轻举妄动。

安妮终于又回神了,而且跟往常一样,带着微微的诧异,仿佛没想到世界依然存在一样。

"《火箭侠》是我的最爱,第六回《天空之死》结尾时,他在飞机全力俯冲时昏过去了。第九回《火焰末日》最后火烧仓库时,他被绑在椅子上。有时是车子刹车坏了,有时是毒气,有时是电击。"

安妮讲起这些事来热情洋溢,情真意切得令人发毛。

"那叫冒险连续片,"保罗插嘴说。

安妮对他皱皱眉,"我知道,自以为是先生。天啊,有时候我觉得你一定是把我当成笨蛋了!"

"我没有,安妮,真的没有。"

她不耐烦地对他挥挥手,保罗知道最好别打断她——至少今天别惹她。"我试着想象他的脱困办法,那实在非常有意思,有时我想得出来,有时没办法。其实我并不是很在乎,只要剧情没有编得太离谱就行了。"

她眼神锐利地看着保罗,确认他是否听懂了她的意思。保罗则认为自己根本不可能领会不了她的表述。

"像他在飞机里昏过去后又醒来,发现座椅下有降落伞,便穿上它,从飞机跳下来,这就编得合情合理。"

只怕所有英文写作老师都会反对你的说法,亲爱的,保罗心想,你刚才说的情况有个术语,叫"解危之神",最早用于希腊圆形剧场。剧作家笔下的英雄遇到没办法解决的困难时,舞台上空便会降下一张装饰着花朵的椅子,英雄坐上去,然后被拉上去,就远离灾难了。就算最笨的人也能领略其中的含义——大英雄被神仙救走啦。可是这个别名又叫"座椅下的旧降落伞"的"解危之神",终于在一七〇〇年左右不再风行了。当然了,《火箭侠》系列跟《南希·德鲁》系列例外。我猜你大概没看到消息吧,安妮。

在这可怕而令人毕生难忘的片刻里,保罗以为自己一定会放声大笑,而照安妮今早的情绪来看,他一定会死得很难看。保罗赶紧用手遮住嘴巴,掩去即将爆发的笑意,然后假装咳嗽。

她用力拍他的背,拍得他好痛。

"好点没?"

"好多了,谢谢。"

"现在我可以走了吗,保罗? 你会不停地咳吗? 要不要我拿水桶进来? 你想吐吗?"

"不用了,安妮,请走吧。你刚才说的话太有意思了。"

她看来情绪稍缓——不多,只稍稍缓和了一些。"他在座位下找到降落伞,还算合理,虽然不完全写实,但还算合理。"

他想了想,心中十分震惊——安妮偶尔展现的洞悉力总是令他惊诧——安妮说得没错,合理与写实在许多层面上也许都算同义字,但在写作的天地里则不然。

"结果你另起一个故事。"她说,"你昨天写的东西就错在这里:没有接着以前的情节写。保罗,你听我说。"

"我很努力在听。"

她打量着他,看他是不是在开玩笑,然而保罗的脸色又苍白又严肃,看起来像个乖学生。他原本想笑,可是当他发现安妮其实很清楚"解危之神"的伎俩,只是不知其名而已,他就笑不出来了。

"好吧,"她说,"这一章跟刹车有关。有一群坏蛋把火箭侠——但他的身份是个秘密——丢进没有刹车的车子里,然后关上车门,将车推下蜿蜒曲折的山路。告诉你,我那天看得简直如坐针毡。"

安妮坐在他的床沿,保罗坐在对面的轮椅上。距离他上次擅闯浴室和客厅,已经过去五天了,他历经大难后的复原速度似乎远超过自己的想象,光凭没被安妮逮到这点,就令他元气大振了。

安妮心不在焉地望着月历,上面的男孩微笑着驾雪橇滑过漫无止境的二月。

"可怜的火箭侠困在车子里,既没装备,也没头盔。他得同时驾车、设法停车并打开车门,比一个独臂裱糊工人还忙!"

是的,保罗突然看到那个画面了。他本能地发现,这样的场景虽然夸张,却能制造悬疑。画面上是呼啸而过的陡坡,接着跳到被男主角踩到底的刹车板(保罗清楚地看到那只脚上套着四十年代的男鞋),转到男主角撞击车门的肩上,再跳到车门外侧,让观众看到焊死的门。剧情虽然又蠢又俗,效果却棒得令人心跳加快。这里装的不是香醇的佳酿,而是粗烈的私酒。

"接着你看到道路通到悬崖边,"安妮说,"电影院里每个人都知道,如果火箭侠在车子抵达悬崖前无法从车中挣脱的话就死定了。噢,天啊!车子冲过去,火箭侠拼命刹车撞门,接着……车子飞出了悬崖,然后开始下坠,在摔落途中撞到崖壁,起火燃烧,接着坠入海里。银幕上出现结尾的字幕:请收看下集,第十一回,《飞龙在天》。"

安妮坐在保罗床边,两手紧握,丰满的胸口快速起伏。

"怎么样?"她问,眼睛盯着墙壁,没看保罗。"之后我就无心看其他电影。接下来的一周,我简直无时无刻不想着火箭侠,我苦思火箭侠能如何逃脱?却连猜都猜不到。"

"隔周的周六中午,我站在电影院前,虽然售票亭要一点十五分才开,电影两点才上映,可是,保罗……后来的事……唉,你永远也猜不到!"

保罗没接话,但他猜到了。他明白为什么安妮虽喜欢他写的东西,却觉得不妥当——安妮是以忠实读者的身份,理直气壮地在质问作者,而不是用编辑那种有时稍嫌曲高和寡的态度来批判。保罗理解这点,而且他发现自己竟觉得惭愧。安妮说得对,他的写法形同欺骗。

"新的故事总是先从上一集的结尾演起。火箭侠冲下山,画面上出现了悬崖、火箭侠猛撞车门、拼命开门等镜头。就在车子滑到悬崖边时，车门打开了，火箭侠扑到路面上，车子翻落悬崖。电影院里所有孩子齐声欢呼，因为火箭侠逃脱了，可是我没欢呼，保罗，我气炸了！我开始大吼：'上星期不是那样演的！上星期才不是那样演的！'"

安妮跳起来，开始在房里快速踱步。她垂着头，头发散乱，一只手握拳，击着另一只手掌，眼中冒出怒火。

"哥哥叫我别闹，可是我停不下来，他就用手捂我的嘴要我住口，结果被我咬了一口。我继续大叫：'上星期不是那样演的！你们怎么那么笨，都不记得了吗？你们都得健忘症啦？'接着我老哥说：'你疯啦，安妮。'可是我知道我没疯。电影院经理走过来说，如果我不闭嘴，就得离开，我说：'走就走，因为那电影在骗人，上星期才不是那样演的！'"

安妮看着保罗，保罗看见了她眼中的杀机。

"他没有逃出那辆天杀的鸟车子！车子翻出悬崖时他还在里头！你明白吗？"

"我明白。"保罗说。

"你明白吗？"

她突然一脸凶相地向他跳过来，保罗虽然认定安妮想跟以前一样伤害他——也许是因为她没办法揍那个欺骗观众、让火箭侠在车子翻落悬崖前逃出来的剧作家吧——身体却动也不动。保罗可以从安妮刚才叙述的往事中，了解安妮目前情绪不稳的原因，不过他也对安妮既孩子气又纯然真实的义愤填膺有些敬畏。

安妮没有打他。她抓紧保罗的衣襟，将他拉向前，直到两个人的脸几乎碰在一起了。

"真的吗？"

"真的，安妮，我懂。"

安妮瞪着保罗，漆黑愤怒的眼神大概看穿了他的心意，因为一会儿之后，安妮又很不屑地将保罗摔回椅子上了。

保罗痛得肝肠寸断，片刻后疼痛才逐渐减缓。

"你明白哪里不妥喽？"她说。

"我想是的。"虽然我他妈的完全不知道要从何改起。

另一个声音立即响起:我不知道老天是要整你还是救你,保罗,不过有件事我倒是很清楚:如果你不想办法用安妮可以信服的方式让苦儿死而复生,这肥婆就会宰掉你。

"那就去改吧!"安妮短短撂下几个字后,走出房间。

3

保罗看着立在那儿的打字机。那些 n 啊!他从不知道打一行字会用到那么多 n。

我本来还以为你很行哩,打字机说——保罗想象它用那种冷嘲热讽,却非常生涩幼稚的声音说:就像好莱坞西部电影中,急欲闯出名号的十几岁毛头枪手。你没那么厉害嘛。真差劲!连一个发疯的胖护士都摆不平。你在撞车时,大概把写作的那根筋也撞断了……那根筋还没愈合呢。

他后仰抵着轮椅,闭上眼睛。安妮拒绝接受他写的东西,如果他能把过错推给疼痛就好了,但他的疼痛其实终于慢慢在减退了。

偷来的药丸安全地藏在床垫和弹簧垫之间,他一颗都没吃——知道自己把药收妥了,不再害怕安妮吊他胃口便足矣。万一安妮想到去翻床垫,应该会发现药吧,但保罗宁可冒这个险。

自从打字纸事件后,两人就没再吵过架了。他的药会定时送来,他也乖乖地吃。保罗怀疑安妮是否知道他已经有药瘾了。

喂,得了吧,保罗,你说得太夸张了吧?

不,一点也不夸张。三天前的晚上,确定安妮在楼上后,他偷偷拿出一个样品盒,细读商标上的每个字。当他看到拿威力的主要成分时,大概就都知道了。拿威力这种药可是扎扎实实用可待因做成的。

事实上,你的确是在康复啊,保罗。虽然膝盖下的腿看起来像四岁小孩画出来的一样歪七扭八,但你真的在慢慢痊愈。现在你只要吃阿司匹林之类的东西就成了,不必非拿威力不可。你是在滥用药物。

他应该减药,避掉一些胶囊,否则安妮会害他上钩,染上药瘾,就像害他困在轮椅上一样。

好吧,每回她送两粒胶囊来时,我隔一顿就少吃一粒。我把少吃的那粒药含到舌下,吞下另一粒,等安妮把水杯拿走时,再把舌下的药跟其他药丸一起塞到床下。不过今天不行,我今天还没准备好,明天再开始吧。

保罗听见心里有个声音,像红心皇后在教训爱丽丝一样地说:在这里,我们计划昨天,筹划明天,就是没盘算今天。

呵呵,保罗,你不乖哦,打字机用他假想的粗声说。

"我们这种龌龊的鸟人从来不乱搞笑,但我们绝对会屡败屡战——这点你不得不佩服我们。"他喃喃地说。

那你最好开始盘算一下你正在吃的那些药,保罗,你最好仔细认真地想一想。

那一瞬间保罗突然决定,等第一章——安妮喜欢且觉得他没在骗人的第一章——写完,就开始减药。

另一个声音——逼他强颜聆听编辑的绝佳建议时的那个声音——却抗议说,那肥婆疯了,你根本猜不到她会喜欢什么,任何尝试都可能只是在冒险。

可是他的另一面——那个更讲理的一面——却持反对意见。他若找到好素材,一定会知道。到时候,绝妙的开场就会把他以三天时间胡乱起头,昨晚拿给安妮看的几页废话,狠狠比下去了。难道他不知道这开场白很差劲吗?他既没呕心,亦未沥血,字纸篓里也没塞一堆随手涂鸦的草稿纸,或写满诸如"苦儿转向他,眼睛泛着晶光,双唇喃喃吐出噢,你这个猪头,这样写能看吗!"等荒唐言的废纸。他在剧痛中硬写,不仅为了求顿晚餐,更为了保命。那些点子都是些不痛不痒、似是而非的谎言。事实上是,他灵感枯竭,只好写堆烂东西欺骗读者,而且他心知肚明。

安妮把你看透了,猪头。打字机用恶毒嘲讽的声音说,没错吧? 你现在打算怎么办?

保罗不知道,但他觉得必须做点什么,而且动作得快。今早他没理会安妮的烂心情,算他走狗屎运,安妮竟然没拿球棒再次打断他的狗腿,或对他施加十大酷刑,惩罚他把书的开场写成那样——照安妮独特的行事作风,很可能会有这种恐怖的反应。如果保罗能活着出去,也许会给克里斯托弗·赫尔写封信。赫尔是帮《纽约时报》写书评的。他会在信上说："每次我的编辑找我去,说你打算在时报上评论我的书时,我的膝盖就会发抖。你给过我一些好评,克里斯老兄,不过你也不止一次炮轰过我。总之,我只想告诉你,要评就评,要骂就尽量骂吧,老兄啊,我已经发现一套全新的评论模式了。我们不妨称之为'科罗拉多烤肉及水桶思想派'吧,这套评论让你们这些书评家看起来像幼儿园里的小朋友。"

的确很好笑,保罗,在脑子里给书评家写这些小情书向来可以博君一笑,不过你可得好好构思一下小说的情节,不是吗?

是啊,的确如此。

打字机端坐着对保罗傻笑。

"我恨你。"保罗郁郁地说,然后转头看着窗外。

4

浴室探险次日那场将保罗撼醒的暴风雪持续下了两天,新雪至少积了十八英寸厚,等太阳终于露脸时,安妮的吉普车早变成车道上的小雪丘了。

不过这会儿太阳又出来了,天空恢复一片清朗,阳光煦暖明亮,保罗可以感受到脸上和手上的温度。畜棚四周的冰柱又开始滴水了,这让保罗想到了他那辆埋在雪中的车子。他拿起一张纸,卷进打字机里,在左上角打下苦儿还魂记几个字,于右上角打下页数1。保罗按了四五下打字机的滑动架,让它对齐中央,然后打下第一章。他用力敲击字键,好让安妮听到打字声,知道他在工作。

第一章的字样下是一片空白,看起来像一大道雪堤,掉下去会死人,会被冰雪给闷死。

非洲。

只要他们编得合理就好。

那只鸟来自非洲。

他的座椅下有降落伞。

非洲。

现在我非清洗一下不可。

保罗的心思飘开了,他知道自己不能这样——万一安妮进来,发现他在打盹,没有乖乖写作,一定会很生气——不过他还是放任自己继续飘忽。保罗不只是在打盹,而是在思索、张望、搜寻。

搜寻什么,保罗?

很明显啊,飞机全力俯冲,他在搜寻座下的降落伞,可以吧?够合理吧?

还可以。他在椅子下找到降落伞这点还算合理,虽然不是百分之百写实,但还合理。

有几个暑假,妈妈送他到莫尔登社区中心参加夏令营,大家玩一种游戏……大伙围坐,游戏就像安妮所说的章回电影一样,他几乎每玩必赢……那游戏叫什么来着?

他看见十五或二十个小男孩儿小女孩儿围坐在操场角落的树荫下,所有人穿着莫尔登社区中心的T恤,个个聚精会神地聆听辅导员解说游戏规则。你行吗?那游戏就叫“你行吗?”。很像在玩接龙,当时你玩的游戏就叫“你行吗?”保罗,而现在你所玩的这场游戏,不也就叫这名称吗?

是啊,应该就是。

玩“你行吗?”时,辅导员会用一个叫“粗心鬼库瑞根”的角色作为故事开场。粗心鬼在南美一处渺无人迹的丛林里迷路了,突然间,他一回头,看见身后出现了几头狮子……两边也有好几头……更惨的是,前面也有。粗心鬼库瑞根被狮群包围了……它们向他围拢过来。虽然才下午五点,但这些大猫并不在乎。对南美洲的狮子来说,只有笨蛋才会准时晚上八点开饭。

辅导员手上有个秒表,虽然保罗·谢尔登最后一次将那只沉沉的银表握在手里已经是三十年前的事了,但他昏沉的脑袋里仍能清晰地映见那只表。他看到表上精心印制的数字,底边指示十分之一秒的短针,还看见印着品牌名称的细小字母——安尼克斯。

辅导员环视众人,选出其中一名成员。“丹尼尔,”辅导员说,“你行吗?”这三个字一出口,辅导员就会按下秒表计时了。

丹尼尔有整整十秒的时间接龙说故事,如果他十秒内没开口,就得退出圆圈,不过他若让粗心鬼摆脱狮群,辅导员就会再次看着圈子,提出游戏的另一个问题,"他行吗?"那问题令保罗忍不住想起自己目前的处境。他行吗?

这时游戏就轮到安妮头上了。故事未必得写实,但一定得合理。例如丹尼尔说:"幸好粗心鬼身上带了枪,而且弹药充足,所以便轰掉三头狮子,其余的便逃之夭夭了。"如果是这样的话,丹尼尔"果然行"。于是丹尼尔接过秒表,继续往下说故事,结尾是粗心鬼被流沙之类的东西淹到屁股了。接着丹尼尔可以挑一个人问他或她行不行,然后按下秒表计时。

可是十秒钟很短,很容易令人语塞……说故事的人也很容易乱编。下一个小鬼也许会胡乱诌些"说时迟那时快,一只巨鸟———一只大秃鹰临空而降,粗心鬼抓住鸟脖子,趁势让鸟儿载离流沙坑"之类的废话。

当辅导员问:"她行吗?"你若觉得她行,就举手,若觉得她砸了锅,便垂下手。连秃鹰都搬上台的小鬼铁定得退出圆圈。

你行吗,保罗?

行啊,本人就是靠这本领混饭吃的,我就是这样才能在纽约和洛杉矶各拥房产、开高级车呀。因为老子行,而且干得理直气壮。外头有很多高手写得比我好,他们比我更懂得真实的人生与人性——哼,我难道不知道吗。当辅导员问大家别人"行不行"的时候,有时仅有两三个小孩儿肯举手。可是大家都会为我举手……或为苦儿……我想,到头来这两者都一样吧。我行吗?我行的,我一定行。世上有千千万万我不行的事,高中时变化球击不到半颗,水龙头漏了不会修,不会溜滑轮,吉他弹得跟鬼叫一样,结过两次婚,两次都失败。可是如果你要我把你带到一旁去吓你,让你昏乱或让你又哭又笑,我一定办得到。我能把你弄到哭爹叫娘,我就是有这种本领,我行。

打字机痞子似的嘲讽声在他深沉的梦境里低语。

朋友,咱们要面对的有两件事:吹牛和空白的稿纸。

你行吗?

行的,我行。

他行吗？

不行，他骗人。医生在《苦儿的孩子》里根本没赶到，也许你们全忘了上星期发生什么事了，但石雕的神像绝对不会忘记。保罗得离开圈圈。请恕我告辞，我得去清洗一下，我必须去——

5

"——清洗，"保罗喃喃念道，翻向右边。这动作扯得他左腿歪斜，断膝的剧痛刺醒了他，原来他才恍神不到五分钟。保罗听见安妮在厨房里洗碗盘。通常她会边做家务边唱歌，但今天她没唱，保罗只听见碗盘的碰撞声及夹杂其间的冲水声。这又是另一个恶兆。以下是为谢尔登郡居民所做的天气预报：龙卷风特报持续至今晚五点。我再说一遍，龙卷风特报——

不过他该停止游戏，努力写作了。安妮要苦儿还魂，而且必须还得合情合理。不一定要写实，只要说得通就行了。如果他今早能写出来，或许能化解安妮风雨欲来的低气压。

保罗手托着下巴望向窗外。他现在完全清醒了，脑子不自觉地飞快转动着。他意识层的上面两三层，也就是盘算最后一次何时用洗发精、安妮下次会不会准时让他服药的那个部分，似乎完全从眼前的场景抽离，悄悄溜出去买熏牛肉跟面包了。他的感官虽然还在运作，却跟他无关——他视而不见，听若罔闻。

保罗的另一个意识层正狂乱地揣想各种点子，排除、否决、整合、归纳，他知道自己在忙着动脑，却觉得隔了一层，但也不想去联结。他脑子底部的那家廉价劳力工厂，是非常脏污不堪的。

保罗知道自己是在搜索枯肠，努力寻找点子，这跟灵光乍现是两回事。灵光乍现是那种灵感来了，或我的缪思女神开口了的谦虚说法。

他写《快车》的灵感来自某天在纽约市，出门想帮自己位于83街的公寓买录放像机时，行经一处停车场，看到有个服务员想撬开一辆车子。就只是这样。他不知道那个人是不是在犯罪，等他又走过两三条街后，也已经不在意那档事了。那服务员后来变成书中的托尼·博纳萨洛，他对这个角色的一切知之甚详，就是不知道他该叫什么，名字是后来他到电话簿里找来的。《快车》有一半故事架构都在他脑子里定妥了,剩下的也很快定位。那时他觉得飘飘如醉。谬思女神降临了,每道灵光都如邮寄而来的支票一样令人欢喜。他原本出门是要买录放像机,结果却获得意想不到的惊喜——那是灵光乍现哪。

而另一种过程——搜索枯肠的过程——则全无乐趣可言,每一步都是神秘的探索……每一步也都不能省,因为写小说时,一定会遇到瓶颈,除非你搜索枯肠,想出点子解决问题,否则怎么也写不下去。

保罗若必须想点子,通常会穿上外套出门散步。如果他不需要想点子,散步时就会顺便带本书去看。他知道散步是很好的运动,然而散步很无聊,如果散步时没人陪着讲话,就非带着书不可了。可是如果你需要想点子,那么对一部卡在瓶颈的小说而言,无聊就像化疗之于癌症患者一样必要。

《快车》写到半途时,托尼在时代广场的电影院里,把意图铐住他的格雷警官杀了。保罗想让凶手托尼逃掉——反正只是暂时逃走而已——因为托尼若被抓走,接下来就没戏唱了。可是托尼不能大剌剌地把左腋插着刀的格雷丢在电影院里吧,因为至少有三个人知道格雷要去那里跟托尼碰面。

问题就出在如何处理尸体上。保罗不知该如何解决这个问题,那是小说的瓶颈,也是游戏。刚刚在时代广场电影院里杀人的是粗心鬼,现在他得神不知鬼不觉地把尸体搬回车上,不能惹来路人甲询问:"喂,先生,那家伙是死了还是怎么了?"如果他能把格雷的尸体搬回车上,就能把车开到皇后区,到他熟知的废弃大楼里弃尸了。保罗,你行吗?

当然,他没有十秒钟的时限问题——这本书没签约,他是随意写的,所以也不用考虑截稿时间。可是一定会有截稿日,截稿日一过,你就得离开圆圈,大部分作家都知道这件事。如果一本书卡在瓶颈太久,创意就会开始枯竭,写得七零八落,所有骗人取巧的伎俩也跟着原形毕露。

他那时去散步了,脑子里空空如也,就像现在一样。走了三英里路后,脑袋底部的劳力工厂里才放了把火上来:如果他在电影院里放火呢?

也许行得通。保罗并没有如获至宝或灵思泉涌的感觉,只是像一名木匠看到一块也许能用的木头而已。

他可以放火烧隔壁座椅里的填充料,这招如何? 三流电影院里的座椅向来破烂不堪,那样一来就会冒烟,冒很多烟。托尼可以尽量拖延,等实在不行了再拖着格雷一起离去,并伴称格雷吸进太多烟,昏过去了。你觉得如何?

保罗觉得这点子还可以,虽然不是上上策,而且还有许多细节有待解决,不过应该行得通。他想出点子了,可以继续往下写了。

他从来不需要搜索枯肠寻找写书的点子,一个点子能不能写成书,他的直觉会告诉他。

保罗默默坐在轮椅上,手托着下巴望向畜棚。要是他能走路,一定会到外头走走。他静静坐着,几乎快打起盹了。他在等待灵感的降临,除了大脑底部那座嘈嘈嚷嚷的工厂外,其他都一无所觉。小说的虚构大纲架了又拆,架起来的审视后发现漏洞百出,眨眼间便拆个精光。十分钟过去了,十五分钟过去了,安妮拿着吸尘器在客厅里清扫(她还是没唱歌),保罗都听在耳里,却不予理会,那声音像水道里的水一样,从左耳流进去,又从右耳淌出来,与他无关。

劳力工厂里的工人跟往常一样,终于又丢了把火上来。工厂里那些可怜鬼真是孜孜不倦哪,但保罗一点也不羡慕他们。

保罗静静坐着,开始想出点子了。他的意识层又开始活络起来——医生就在里面——他把从信箱口塞进门内的"点子邮件"拾起来,开始细读,本想丢弃不用(工厂里好像传来一阵微弱的呻吟),后来又重新考虑,决定留下其中一半构思。

第二道火焰又来了,而且比第一道还要明亮。

保罗开始不断地在窗台上敲着指头。

约莫十一点左右,他开始打字。刚开始打得非常慢,字与字之间夹着长长的沉寂,有时间隔长达十五秒。这简直是有声版的鸟瞰经验,就像从空中俯瞰一片群岛,你会看到一连串被辽阔的蓝色海洋分隔开的低矮岛屿。

沉默的间隔逐渐缩短了,现在偶尔会出现一长串打字声。若是用保罗的电动打字机,声音必定非常清脆美妙,可惜皇家打字机的声音又浊又闷。

保罗没理会难听的打字声。等他打到第一页结尾时,差不多热好身,到了第二页末尾,已经开始按键如飞了。

一会儿后,安妮关掉吸尘器,站在门口看着保罗。保罗压根儿不知安妮的存在,事实上他已经浑然忘我了。他终于逃开,遁入小邓瑟堡的教堂院子里,吸着潮湿的黑夜气息,闻着青苔土壤和薄雾的气味。他听见教堂的塔钟敲了两下,便立即将它写进故事里。保罗在下笔酣畅时,可以透过纸张看到故事的场景,他现在正是如此。

安妮注视他良久,沉郁的脸上毫无笑容。她动也不动,却似乎有些满意。过了片刻,安妮走开了。她的脚步虽重,保罗却依然没有察觉。

保罗一直工作到下午三点。当晚八点,他要安妮再次扶他坐上轮椅,又写了三个钟头,虽然到十点时他已痛得很厉害。安妮十一点钟进房,保罗请她再多给他十五分钟。

“不行,保罗,够了,你看起来苍白得跟盐巴一样。”

安妮扶他上床,他三分钟内就睡着了。从昏迷中醒来后,这是他第一次沉睡整夜,连一场梦都没有。

因为他整天都在做白日梦。

6

苦儿还魂记

保罗·谢尔登　著

致　安妮·威尔克斯

第一章

杰弗里·艾里波顿一时认不出门口的老人是谁,倒不是因为他在沉睡中被铃声吵醒的缘故。小镇生活比较讨厌的一点就是人太少,大家或多或少打过照面,却又没熟到能一眼认出对方的地步。有时你只要凭家族的长相特征就可以认人了——当然,这种相似无法排除有人在外头生了私生子。遇到认不出对方时,通常也还能应付得过去——

无论你觉得自己有多不中用,明明该记得对方名字却怎么也想不起来,还是可以继续跟对方打哈哈。只有在两张这种熟悉却又叫不出名字的面孔同时出现,而你又必须为他们介绍彼此时,才会令人尴尬。

"希望没打扰到您,先生。"来访者不安地用手拧着一顶廉价的布帽,他的脸在杰弗里手中提灯的照映下,显得蜡黄、皱纹深叠且忧心忡忡,甚至透着畏惧。"只是我不想去找布金斯医生或打扰神父,我觉得至少得先找您谈过再说,希望您明白我的意思。"

杰弗里不懂他的意思,不过他突然了解到一件事——他知道这位深夜访客是谁了。对方提到布金斯医生和神父,所以他想起来了。三天前布金斯医生在教堂后的墓园帮苦儿举行最后几项仪式时,这家伙也在,但他躲在人群后面,根本没人注意到他。

此人名叫科尔特,是教堂里的杂役,说明白点,也就是挖墓工。

"科尔特,"杰弗里问,"有事吗?"

科尔特连忙说:"有声音啊,先生,墓园里有声音啊。夫人不得安宁,先生,她死不瞑目哪,我好怕,我——"

杰弗里觉得肚子仿佛挨了一拳,不由倒抽口气,夏因伯恩医生帮他缠妥的肋骨痛如针刺。医生不甚乐观地评估说,杰弗里在寒雨中躺在深沟一夜,十之八九会得肺炎,然而三天过去了,杰弗里并未发烧或咳嗽。他知道自己不会得肺炎,因为上帝不会轻易放过他这个罪人,杰弗里相信上帝会让他活下来,让他承受漫长无尽的相思之苦。

"您还好吗,先生?"科尔特问,"我听说您那晚受了伤,"他顿了一下,"就是夫人过世的那一夜。"

"我没事。"杰弗里缓缓说道,"科尔特,你说你听到声音……你应该知道那只是出于想象吧?"

科尔特一脸惊讶。

"想象?"他问,"先生啊!接下来您难道要告诉我说,您不信耶稣,也不信永生吗?邓肯不就在派德森的葬礼结束后两天,看到白得跟沼火一样的老派德森吗?(沼火是有可能,杰弗里心想,沼火加上邓肯酒瓶里的那玩意儿)村里不就有半数人见过老修道士在里奇海斯庄园的墙头上走动吗?伦敦的灵媒协会还派了两位女士来查这件事哩!"

杰弗里知道科尔特所说的那两位女士,两个歇斯底里的恶婆娘,她们大概更年期内分泌失调吧,忽而平静忽而张狂,简直让人无法捉摸。

"鬼跟先生您,还有我一样,都是真实的东西啊。"科尔特激动地说,"我并不怕鬼,可是那些声音实在太叫人毛骨悚然了,害我连墓园都不敢靠近,偏偏我明天还得帮雷德蒙家的孩子掘坟。"

杰弗里暗祷自己能按捺住性子,可他实在很想怒斥这名可怜的杂役。他本来腿上放了书,在壁炉前舒舒服服地打盹,结果科尔特跑来硬将他吵醒……杰弗里神智越来越清醒了,想到他亡故的至爱,心中的痛与日俱增。苦儿已经入土三天了,很快就要一周……一个月……一年……十年。杰弗里心想,他的哀痛有如海岸边的岩石,入睡时,潮水淹漫而上,心痛稍解;一旦醒来,潮水便逐渐退去,岩石旋即又裸露出来,躲都躲不掉,除非上帝将它冲走,否则它将亘古长存。

而这个笨蛋竟敢跑来对他大谈鬼神!

若非念在他那张苦瓜脸的分上,杰弗里老早发飙了。

"苦儿小姐——夫人——深受大家的喜爱。"杰弗里静静表示。

"是啊,先生,夫人确实如此。"科尔特急忙表示同意。他将帽子挪到左手,右手从口袋掏出一条红手帕,用力擤了擤鼻子,两眼泪汪汪的。

"夫人去世我们都很难过。"杰弗里将手探到衬衫下,不断地搓揉缠在身上的厚纱布。

"啊,是啊,先生,我们都很难过。"科尔特的声音闷在手帕里,但杰弗里看得到他的眼睛,这人哭得真心诚意,杰弗里连最后一丝怒气都被他哭消了。"夫人为人真好啊,先生!唉,她人真是太善良了,碰上这种事,真是太不幸——"

"唉,她是很好。"杰弗里柔声说,他发现自己的泪水也像夏末午后的阵雨,随时准备滴落。"科尔特,有时当某个特别好的人去世——尤其是深为我们所爱的人——我们会格外难舍,所以也许会想象死者并未离去,你懂我的意思吗?"

"懂的,先生!"科尔特急切地表示,"可是那些声音……先生,如果您听见的话……"

杰弗里耐着性子问："你指的是哪种声音？"

他觉得科尔特多半会说些诸如树林风声等被他自己的想象夸大的声音，或鼬獾沿着墓园后小溪爬行的声音，因此完全没有意料到科尔特会以惊骇万分的语气悄声说："刮擦的声音啊，先生！听起来好像坟里的夫人还活着，想爬到地面上来，真的！"

第二章

十五分钟后，杰弗里独自走回餐厅的餐具柜旁，像站在强风狂扫的甲板上一样蹒跚摇晃。杰弗里确实觉得自己置身狂风中，像夏因伯恩医生预期的一样，终于发起高烧来了。然而令他脸颊发红、额头发青、两手抖若秋叶，差点把刚从餐具柜里拿出来的酒瓶弄翻的，并不是高烧。

如果有机会，有那么一丝渺茫的机会；如果科尔特丢到他脑子里的疯狂念头是真的，那么他根本就不该愣在这里。可是杰弗里觉得自己若不先灌杯酒，很可能会昏倒。

杰弗里接下来干了一件这辈子从没干过、以后也不会再干的事，他将酒瓶直接凑到嘴边，用力牛饮。

接着杰弗里往后退开，低声说："咱们去瞧瞧怎么回事。无论如何，咱们都该去瞧瞧。如果我查看后，发现只是老挖墓工的幻想，那么不管科尔特有多么敬爱苦儿，我都会叫他好看。"

第三章

杰弗里驾着马车疾行。天色阴森昏黑，下弦月在飞掠的云间忽隐忽现。杰弗里顺手从楼下走廊的衣橱里抓了件衣服——刚好是件深栗色的晚间便服，衣摆在他身后翻扬。杰弗里鞭策着老马玛丽，玛丽对主人的频频催促颇为不悦。杰弗里强忍着肩膀和身侧渐剧的疼痛，完全无可奈何。

<u>刮擦的声音啊，先生！听起来好像坟里的夫人还活着，想爬出来到地面上！</u>

杰弗里听了这句话一点也不害怕，但他记得苦儿死后第二天，他去

康瑟普庄园时，和伊安彼此凝望，伊安虽然眼中泛着泪光，却仍试图挤出笑容。

当时伊安说："如果她看起来……看起来更像死去的样子，我也许会更容易接受。我知道这话听起来很——"

"很荒唐，"杰弗里勉强微笑道，"丧事承办人显然尽了全力，而且——"

"丧事承办人！"伊安几乎是尖叫的，杰弗里这时才明白，他已濒临失控边缘了。"丧事承办人！那些偷尸贼！我才没有用丧事承办人，我也不准他们进来，把我的宝贝画得跟玩偶一样！"

"伊安，亲爱的兄弟啊！你真的不必——"杰弗里原本作势要拍伊安的肩头，结果却一把将他抱住，两个男人像困累的孩子一样，在彼此怀中哭泣。而苦儿的孩子，那个出生快一天、尚未命名的男婴，也醒来开始哇哇哭了，伤心欲绝的拉梅奇太太含着眼泪，慈祥地为孩子唱摇篮曲。

由于当时生怕伊安失控，杰弗里对他的话没怎么在意，只是这会儿当他不顾病痛、快马加鞭地向小邓瑟堡疾驰时，才又想起伊安那句与科尔特遥相呼应的话来："如果她看起来更像死去的样子……看起来更像死去的样子……"

不但如此，当第一批村人攀上邓瑟堡山，向哀恸欲绝的伊安致哀时，夏因伯恩医生已经走了。他看起来一脸倦容，状态不是很好。对一个自称小时候跟威灵顿公爵握过手的老人来说，这是可以理解的。杰弗里觉得铁血公爵的故事大概有点夸张，不过老夏——杰弗里和伊安从小就这么喊他——从杰弗里小时候便一直帮他看病，即使在他年幼时，杰弗里眼中的夏因伯恩也已经显得很老了。在孩童眼中，任何超过二十五岁的人就算老了，杰弗里觉得老夏现在应该有七十五了吧。

医生是老了……之前的二十四小时过得忙乱异常……又老又累的医生，有没有可能犯错？

犯下可怕的滔天大错？

杰弗里就是因为这个怀疑，才会在云影掩映的月色下，顶着强风寒夜出门。

医生可能会犯这种错吗？杰弗里怯懦地否认着，他宁可冒永远失去苦儿的险，也不敢去查证这种错误造成的结果。然而当时老夏进来时……

那时杰弗里坐在伊安身边，伊安正断断续续地回忆两人当年如何从疯狂的法国子爵城堡监牢里救出苦儿，如何躲在装载干草堆的马车中逃走，苦儿如何在千钧一发时从草堆里伸出玉腿悠悠晃着，转移子爵守卫的注意力而化险为夷。杰弗里沉湎在从前冒险的回忆中，悲恸欲绝。现在他却诅咒那份悲恸，就是因为那样（伊安应该也是吧），他才会忽略了老医生。

老夏那时好像有点恍惚而若有所思，只是因为疲累的关系吗？还是因为心中有其他疑虑？

<u>不，绝对不会的</u>，杰弗里不安地否认。马车飞也似的往康瑟普山奔去，庄园本身一片漆黑——呵，很好！——拉梅奇太太的小屋还点着一盏孤灯。

"快啊，玛丽！"杰弗里挥鞭大叫，"再跑一小段路，你就可以休息一下了！"

<u>绝不会像你所想的那样！</u>

可是老夏在检查杰弗里断掉的肋骨和扭伤的肩膀时，似乎非常马虎，而且看到伊安难过成那样，还不时低声哭泣，却几乎没跟他讲什么话。没有——老医生只在一段短若寒暄的谈话后，静静问道："她是不是——？"

"是的，在客厅里。"伊安勉强答说，"我可怜的宝贝躺在客厅里，老医生，帮我吻吻她吧，告诉她我很快就会去陪她了！"

说着伊安又哭了起来，老医生喃喃地说了几句安慰话后，径自走进了客厅。杰弗里觉得老夏似乎在里头待了很久……或者是他记错了。不过医生出来时，似乎挺高兴的，这点杰弗里确定他没记错，因为老夏的表情在一片哀凄中显得格外突兀，而且拉梅奇太太已在房中挂起黑色的丧帘了。

杰弗里跟着老夏出去，在厨房中匆匆跟他谈了几句，希望医生开点安眠药给伊安，因为伊安的状况真的不太好。

　　然而老夏似乎全然心不在焉。"跟伊夫琳·海德小姐的情况一点都不像,"他说,"幸好是那样。"

　　医生说完就去拿自己的帽子了,对杰弗里的要求全无回应。杰弗里回到屋内时,早已将老夏的奇怪言语抛诸脑后,并将他诡异的行为归罪到老迈、疲累与悲伤上。那时杰弗里一心顾虑着伊安,心想,既然没有安眠药,只好灌伊安威士忌了,好让那可怜的家伙醉死过去。

　　忘记……忽略。

　　一直到此时此刻才又想起。

　　跟伊夫琳·海德小姐的情况一点也不像,幸好是那样。

　　是哪样?

　　杰弗里不知道,但他打算查个水落石出,无论结果对他打击有多大——杰弗里发现,查证的代价也许会很高。

第四章

　　杰弗里奋力敲着小屋的门。拉梅奇太太还没睡,虽然当时已超过她平日就寝时间两小时了。自从苦儿去世后,拉梅奇太太便越来越晚睡了,反正上床也只是辗转反侧,无法成眠,所以干脆把睡觉的时间往后延。

　　拉梅奇太太为人虽冷静沉稳,却还是被一连串的敲门声吓得惊呼出声。她本来正往杯子里倒热牛奶,一惊之下还害她被烫着了。最近她的精神似乎非常紧绷,一副随时要尖叫的样子。虽然她几乎被悲恸吞噬,但原因并不是这个,而是一种前所未有、奇异而不祥的感觉。那莫名的感觉不时在心头盘绕,她却疲惫悲伤得无法掌握。

　　"都十点钟了,是谁在敲门哪?"她对着门口大叫,"害我差点没给烫死!"

　　"是杰弗里,拉梅奇太太! 是我,杰弗里·艾里波顿! 求求你快开门!"

　　拉梅奇太太张大嘴,冲到门边,走到一半才想起身上还穿着睡袍,戴着睡帽。她从没听过杰弗里急成那样的语气,若有人告诉她,她也一定不信。全英国若有人比她深爱的少爷坚强,那人非杰弗里莫属,然而他现在的声音听起来却像一个歇斯底里的女人一样。

"马上来,杰弗里先生!我还没穿好衣服!"

"别管那么多了!"杰弗里大叫,"你就算光着身子我也不在乎,拉梅奇太太!开门啊!看在老天分上快开门!"

拉梅奇太太只愣了一秒,便扯开门闩霍地将门打开。杰弗里的模样简直吓死人了,拉梅奇太太又隐隐嗅到那股不祥的感觉了。

杰弗里歪着身子站在老管家的小屋门口,状甚诡异,仿佛脊梁因长年背负重物而变形扭曲。他的右手掌夹在左臂下,头发纠结如球,深棕色的眼睛在苍白的脸上泛着晶光。平时的体面——有人尚以时髦光鲜形容他——此时全走了样。他套着旧夹克,皮带歪一边,白衬衫领口大开,粗斜纹裤像是园丁的穿着,而不像小邓瑟堡最富有男子的打扮,脚上还套了一双破拖鞋。

拉梅奇太太自己穿得也不怎么样,一袭白色长睡袍、毛皮睡帽,没绑好的丝带像灯罩须边一样垂卷在脸上。拉梅奇忧心忡忡地望着杰弗里,三天前的晚上他骑马去找医生时摔断的肋骨显然又伤到了,但令他两眼发光的并不仅仅是疼痛,还有掩藏不住的恐惧。

"杰弗里先生!怎么回事——"

"先别问!"他哑着嗓子说,"先别多问——你得先回答我一个问题。"

"什么问题?"拉梅奇太太吓坏了,左手紧握,贴在肥硕的胸口上。

"伊夫琳·海德这名字你听过吗?"

拉梅奇突然明白从周六晚上以来,那股如影随形的不祥感从何而来了。她潜意识里必然已经怀疑过了,只是被强压下去而已,因为她完全不需要杰弗里解释,单单听到伊夫琳的名字,便已泪如泉涌。伊夫琳·海德小姐生前住在小邓瑟堡西边的弗基尔村。

"噢,老天爷呀!噢,我亲爱的上帝呀!她被活埋了吗?她被活埋了吗?我亲爱的苦儿被活埋了吗?"

说时迟那时快,杰弗里还不及回答,拉梅奇太太便史无前例地昏过去了。

第五章

杰弗里没时间去找嗅盐,而且他怀疑像拉梅奇太太这样刚强坚毅的女子身边会摆嗅盐。不过杰弗里在拉梅奇太太的水槽下找到一块飘着淡淡尿骚味的抹布,慌忙中便把布贴到她下半张脸上,不单只放到她鼻下。实在是因为事态紧急,杰弗里无暇多想。

拉梅奇太太身子一抖,叫出声来,然后睁开眼睛,茫茫然地注视了杰弗里一会儿,坐起身说:

"不,不会的,杰弗里先生,您不是那个意思吧,那不会是真的——"

"我不知道那是真的还是假的,"杰弗里说,"可是我们得立刻去探个究竟,一刻也不能耽搁,拉梅奇太太。我没法一个人去,如果我们非挖不可的话……"她惊惧地瞪着杰弗里,掩住嘴巴的手因为太过用力而指甲泛白。"若需要帮忙的话,你能帮我吗?我真的无人可找。"

"少爷呢?"拉梅奇太太木然地说,"我家伊安少爷——"

"除非我们弄清楚,否则绝不能让他知道!"他说,"如果上帝垂怜,伊安就永远不必知道了。"他不会对拉梅奇太太透露心底的愿望,那愿望与他的恐惧一样骇人。如果上帝真的非常慈悲,那么伊安就将得知他们今晚的行动……当他的妻子与唯一挚爱回到他身边,她的起死回生将如同圣经上的拉撒路死后复活一样神奇。

"噢,太可怕……太可怕了!"拉梅奇太太用虚弱颤抖的声音说。她扶着桌子爬起来,摇摇晃晃地站着,散乱的头发垂在脸庞和睡帽之间。

"你还好吗?"杰弗里柔声问,"不行的话,我只好设法一个人弄了。"

拉梅奇太太颤抖着深吸一大口气,然后吐出来。她不再摇晃,转身走向食品储藏室。"后边畜棚里有两把铲子。"她说,"好像还有一把鹤嘴锄,把那几样工具拿到马车上吧。储藏室里有半瓶杜松子酒,自从五年前比尔在收获节之夜去世后,就没人碰过了。我得先喝一点,然后就跟你去,杰弗里先生。"

"你是个勇敢的女人,拉梅奇太太。动作请快。"

"哎呀,别担心我,"她用微颤的手抓起一尘不染的酒瓶——连储藏室都逃不过拉梅奇太太挥舞不停的除尘布——写着"酒"的标签早已泛黄了。"倒是你自己动作快些。"

拉梅奇太太向来痛恨酒精,她的胃对刺鼻油腻的杜松子酒很有意见,不过她还是将酒灌到胃里。今晚她需要喝点酒。

第六章

云块依旧快速地朝东移动，云影贴着漆黑的天空；月亮渐渐往地平线挪移，马车朝墓园奔去。驾车的是拉梅奇太太，她呼呼有声地挥鞭催赶着不知所措的玛丽。马儿若能说话，必然会向他们抗议：三更半夜的，她本应该在温暖的马厩里睡大觉的。铲子和鹤嘴锄叮叮当当撞成一团，拉梅奇太太觉得任何人瞧见他们，一定会吓一跳——他们的样子像极了狄更斯笔下的雌雄尸盗……或是坐在由妖鬼驾驭的马车上的盗尸者。因为她全身素白——拉梅奇太太没时间穿上袍子，她的睡衣裹在身上随风翻飞，脚踝青筋暴露，帽尾在身后拉成一条长长的线。

教堂到了，拉梅奇太太将玛丽赶到教堂边的巷子里。风声划过屋檐，哀如鬼泣，听得她浑身汗毛竖起。真不知教堂这么神圣的地方，为什么入夜之后会这么令人胆寒。接着她想到令人害怕的其实不是教堂，而是他们要做的这件事。

慌乱中，拉梅奇太太的第一个念头是，我家少爷应该来帮忙——他不一直是全程参与，从未退却吗？片刻后，拉梅奇太太才发现自己实在错得离谱，这不是少爷敢不敢的问题，而是他能不能保持冷静。

这一点拉梅奇太太不需杰弗里先生解释，只要想到伊夫琳小姐，她就明白了。

事发时，杰弗里先生和少爷都不在小邓瑟堡。那几乎是半年前春季的事了。苦儿适值怀孕中期，已经不再害喜，但离大腹便便待产的不适还有一段时间，于是她开心地叫两个男人放一个礼拜假，去猎松鸡、打牌、踢足球，以及男人们在登克斯特的橡木园会玩的其他蠢活动。伊安少爷一直有些迟疑，但苦儿向他保证自己不会有事。她几乎是把他赶出门的。拉梅奇太太相信苦儿不会有事，但每次少爷和杰弗里先生去登克斯特，就会有一个人——或两个人——倒在推车上回来。

橡木园是杰弗里和伊安的同学——艾伯特·富辛顿家的资产。拉梅奇太太觉得艾伯特·富辛顿是疯子，三年前他的马球坐骑摔断两条腿必须处死时，艾伯特竟然把这匹爱驹给吃了，还振振有词地说这是爱的表现："我是跟开普敦那些番人学的。格里夸人很不赖，他们把木棒等玩意儿塞到嘴里，有些人看起来好像可以塞进十二卷皇家航海图哩，哈哈!他们对我说,人应该把所爱的东西吃下去。你不觉得恐怖得挺浪漫的吗?"

尽管艾伯特举止怪诞,杰弗里先生和少爷还是非常喜欢他(<u>不知那是否表示艾伯特死后,他们得将他吃下去?</u> 有一回艾伯特跑来,跟一只猫玩槌球,结果差点把猫咪的小脑袋敲碎时,拉梅奇太太便忍不住想道)。他们今年春天在橡木园待了将近十天。

在两位少爷离开不过一两天后,弗基尔村的伊夫琳小姐便出事了。她的尸体在自家后面的草坪上被人寻获,手边散落了一把刚摘下的花朵。村里的比尔福德医生虽然精明干练,还是请了老夏过去咨询。虽然伊夫琳非常年轻——年仅十八岁——而且看起来颇为健康,但比尔福德诊断她死于心脏病。

比尔福德对此事十分不解,总觉得有些不太对劲。老夏显然也搞不清楚状况,但最后还是同意比尔福德的诊断。大部分村民也认同这个看法——女孩的心脏有先天疾病,就这么回事,这种情形不常有,但也不是没遇到过。也许就是因为这种共识,才让比尔福德在捅了大娄子后,还能保住饭碗,不至于被人拧掉脑袋吧。众人虽然都同意女孩死得离奇,却也没料到女孩实际上并没有死。

葬礼过后四天,一个叫索玛丝的老婆婆——拉梅奇太太知道这人——带着花到教堂墓园为去年冬天过世的丈夫上坟时,看到墓园地上躺着个白白的东西。那东西很大,不可能是花瓣,老太太以为是死鸟之类的东西。当她靠近一探时,却发现那白色物体不是躺在地上,而是从地底下伸出来的。她又犹豫着上前两三步,才看清那竟是一只从新坟底下伸出来的手。几根僵硬的手指情状甚是凄惨可怜,除了大拇指外,所有指尖都露出淌血的白骨。

索玛丝失声狂叫,拔腿从墓园一路狂奔到弗基尔村的大街——几乎跑了一又四分之一英里的路程。老太太将消息告诉理发师(也是当地的治安官)后,便昏过去了。当天下午她被送回家后,躺了近一个月才有办法下床。对此,村子里没有人敢怪老太太一句。

可怜的伊夫琳小姐,尸体当然被挖出来了。当杰弗里让玛丽停在小邓瑟堡英国国教派教堂的墓园门口时,拉梅奇太太真希望自己没听说当时的挖掘情况,因为那实在太吓人了。

自己也濒临崩溃边缘的比尔福德医生诊断死者是患了强直性昏厥。可怜的女孩当时显然陷于假死的昏迷状态,与印度苦行僧在接受活埋或针刺之前的肉身状态一样。女孩昏迷的时间长达四十八至六十个小时,所以醒来时发现自己并非躺在摘花的草坪上,而是被活活埋在棺材里。

女孩曾奋力求生。此时,拉梅奇太太跟着杰弗里穿过大门,只觉得园子里薄雾飘荡,使原本庄严肃穆的墓园增添了几分鬼气。

女孩原本订了婚,左手戴着订婚戒(如溺水者般僵挺挺地伸在土堆外的那只是右手)。她用钻戒划破棺材的缎里,又不知用了多少小时刮破棺材的木盖。最后空气还是耗尽了,女孩显然曾用左手拿钻戒切刮,用右手去挖掘,但那样仍然不足以成事。被挖掘出来的她面色酱紫,满布血丝的眼睛极端惊恐地瞪突着。

教堂的塔钟开始敲响十二点。拉梅奇的母亲曾经告诉她,子夜是阴阳之门开缝的时刻,鬼魂也许会趁隙进出。她每走一步,恐惧便加一分。她极力压抑住尖叫的冲动,知道自己如果开始奔跑,一定会跑到力竭倒地为止。

<u>愚蠢胆小的女人啊!</u> 她咒骂自己,然后又修正,<u>愚蠢、胆小又自私的女人!</u> <u>你现在应该以少爷为念,怎能光想着自己的害怕!我们家少爷……万一少奶奶真有机会——</u>

噢,不会吧,这太荒唐了。她已经下葬很久、很久、很久了。

杰弗里领着拉梅奇太太来到苦儿的墓前,两人垂头望着墓碑,仿佛着迷似的。碑上刻着<u>康瑟普夫人</u>,而碑文除了苦儿的生日与祭日之外,只写了一句:<u>汇聚众人之爱</u>。

拉梅奇看着杰弗里,如大梦初醒般说:"你没带工具下来。"

"没有,暂时还不用。"杰弗里答道,然后整个人趴下,将耳朵贴在地上。原先草草铺就的草皮上已开始冒出新芽了。

拉梅奇太太提着带来的灯,端详了杰弗里好一会儿,他的表情跟她刚才帮他开门时一样惊疑交错。接着新的表情在他脸上绽放了,那是掺杂着惊骇与期待的表情。

杰弗里抬眼望着拉梅奇太太,一边虚弱地喃喃说道:"我相信她还活着,拉梅奇太太。"

杰弗里突然趴着对地面狂吼起来,若在别的情形下,这样子看起来一定很可笑:"苦儿!苦儿!我们来啦!我们知道了!你再撑着点!撑下去呀,亲爱的!"

片刻后,杰弗里站起来,三步并做两步地冲回放工具的马车,穿着拖鞋的脚在寂静的地面上搅起一小团疾风。

拉梅奇太太双膝纠在一块儿,她弯下身,差点狂喜得昏过去。她歪着头将右耳贴到地上——她见过小孩把耳朵贴到铁轨上听火车声的样子。

接着她听见了地下传来低沉痛苦的刮动声。那不是动物挖穴的刨土声,而是……而是无助地用指头刮在木头上的声音。

她奋力深吸一大口气,力持镇静,然后放声尖叫:

"我们来啦,少奶奶!老天保佑我们来得及救您——我们来啦!"

她开始颤抖着手去掏挖草地。杰弗里虽然很快就回来了,但当他抵达时,拉梅奇太太已挖出一个八英寸深的洞了。

7

安妮进房时,保罗已经写到第七章的第九页了——杰弗里和拉梅奇太太在最后一刻将苦儿从坟里挖了出来,结果发现苦儿全然不认得他们,也不知道自己是谁。这一次保罗听见了安妮进来的声音,他停止打字,不甚情愿地退出自己的梦境。

安妮把前六章拿在裙边。之前的初稿,她只花了二十分钟不到的时间就看完了,而这沓二十一页的稿子,她已拿去一个小时了。保罗定定地看着安妮,惊奇地发现她的脸色竟然有点苍白。

"怎么样?"他问,"还可以吗?"

"可以。"她心不在焉地说,好像这是可想而知的答案——保罗猜想稿子应该还行吧。"很有说服力,而且很棒,很刺激,可是也很恐怖!这跟苦儿系列的其他作品都不一样,那个将指尖抓烂的可怜女人——"她摇摇头,重申道,"这跟苦儿系列的其他作品都不一样。"

保罗心想，大小姐，那是因为写这些东西的男人心里也充满恐惧。

"要我继续往下写吗？"他问。

"你若不继续写，我就宰了你！"安妮浅笑道。保罗没报以微笑。她的评语令人联想到你看起来好棒，我真想把你吃了之类的话，这话平时听来平庸无奇，此时却别具意味。

看到安妮站在门口的样子，保罗好奇心大起。她似乎不敢靠近，好像保罗身上有什么东西会烧痛她似的。保罗知道她应该不是怕苦儿被活埋这档事，不，令她裹足不前的是两次写作之间的差异。第一次的作品像八年级学生写的"我的暑假"，这篇却大大不同。炉火已经烧起来了。倒不是他写得特别好——这篇故事虽引人入胜，人物却刻板而了无新意——但这一次他至少写出了一些力道，在行文间扇出了热力。

保罗好笑地想：安妮感受到热力了，她不敢靠得太近，大概是怕被我烫着。

"嗯，"他温柔地说，"不劳您动手把我宰掉，安妮，因为我自己就很想写。我可以写了吗？"

"好的。"她说着，将纸送到板子上，然后很快退了回去。

"要不要我边写边让你看？"保罗问。

安妮笑了："好哇！这很像我小时候看的章回电影！"

"我没办法保证每个段落结尾都能扣人心弦，"他说，"小说没办法那样写。"

"我都会期待的。"她热情地说，"就算第十七章结尾时，苦儿、伊安和杰弗里只是坐在门廊的椅子上看报纸，我也还是想知道第十八章的情节。我已经等不及想知道接下来会发生什么了——你别告诉我！"她断然表示，好像保罗已经打算告诉她了。

"通常我会等作品完成后才给人看。"保罗说，然后冲她一笑。"可是这回情况特殊，我很乐意让你一章章往下看。"保罗心想，《一千零一夜》的故事开演喽。"不过，不知道你愿不愿意帮我做一件事？"

"什么事？"

"把这些该死的 n 填进去。"他说。

她对保罗灿然一笑："那是本人的荣幸，现在我就不吵你了。"

她回到门边,踌躇了一下,转过头,出奇腼腆地对保罗提出唯一的建议:"也许是蜜蜂的关系。"

保罗已经把眼光移回打字机里的纸页上,正在寻找创作的灵感。他想在休息前让苦儿回到拉梅奇太太的屋子。保罗掩住心中的不耐,抬头看着安妮:"对不起,你说什么?"

"蜜蜂。"她说,保罗看到她的脖子和脸颊悄悄涨红,接着连耳朵也红起来了。"每十二个人里就有一个对蜜蜂的毒液过敏,以前……在我从护士岗位退下来之前,见过很多病例。每个人对过敏的反应不一样,有时蜜蜂蜇咬会造成昏迷……很像所谓的……呃……强直性昏厥。"

此时安妮的脸已经红得快变紫了。

保罗考虑了一下,决定弃之不用。伊夫琳小姐惨遭活埋,可以是蜜蜂造成的,因为事发时适值仲春,地点又在花园。可是苦儿是"死"在卧房里的,而且保罗已经决定两桩活埋事件之间必须有点关联。事实上,秋末没什么蜜蜂,但问题不在这里,而在于强直性昏厥的反应十分罕见。保罗认为,相隔短短半年,邻近两个村子就各有一名互不相干的女子因被蜂蜇而惨遭活埋,这个理由很难被孜孜不倦的读者接受。

然而他不能直接告诉安妮,一来怕激怒她,二来怕伤她的心。虽然安妮将他折磨得很惨,但保罗就是没办法用这种方式伤害她,因为他自己以前就被羞辱过。

他只好使用作家写作班最惯用的说辞:"有可能,我会考虑的,安妮,不过我心里已经有一些点子了,也许不太套得上去。"

"哦,我了解——作家是你,不是我。忘了我的话吧,对不起。"

"你不用道——"

但安妮已经走了,踏着笨重的脚步往门廊而去。保罗看着一片空荡,接着垂下眼,忽而又瞪得斗大。

门框两侧,离地约八英寸处,各有一道黑痕。保罗立刻明白这两道黑痕是他的轮椅挤过门时留下的车轴刮痕。安妮迄今尚未留意到。一个星期来她都没看见,简直是奇迹。可是再过不久——也许明天,也许今天下午——安妮会进来清理地板,那时她就会发现了。

她会看到的。

当天接下来的时间，保罗写得很少。

纸上的洞已经消失了。

8

翌日早晨，保罗坐在床上，靠在一堆枕头上喝咖啡。他心虚地瞄着门侧的黑痕，就像凶手看到了自己忘记处理的血衣。这时安妮突然冲进房里，她两眼狰狞，一手拿着抹布，另一手竟然拿着手铐。

"怎么——"

保罗只来得及吐出这两个字，便被力大无穷的安妮一把抓住，拉坐起来。疼痛蹿入他的腿里，他已经好几天都没这么痛过了。保罗尖声大叫，咖啡杯从手里摔了出去，在地上撞得粉碎。这里的东西老是被打破，保罗想，接着心念一动，他看到轮痕了，一定是这样，说不定她早就看到了。他只能这样解释安妮怪异的举动——她终究还是看到黑痕了，而这只是另一次严惩的开场而已。

"闭嘴，笨蛋。"安妮嘶声说道，将保罗的手折到背后。保罗听见手铐扣上，同时也听见有辆车子开进车道。

他张开嘴想说话，或发出尖叫，安妮却不等他出声，便将抹布塞进了他嘴里。那抹布味道奇差无比，不知沾了些什么东西。

"不准出声。"安妮说。她靠向前，用手捧住他的头，垂下的头发搔着他的脸颊和前额。"我警告你，保罗，如果有人听到什么——或我听到什么，并觉得对方会听到什么——我就把他们宰掉，再回头解决你，最后自杀。"

她站起来，眼睛瞪突，脸上冒汗，唇上沾着干掉的蛋黄。

"记住了，保罗。"

保罗点头如捣蒜，但安妮没看见，她已经跑出去了。

一辆老旧但保养得宜的雪佛兰停到安妮的车子后面。保罗听见门廊附近传来开门声，随后门又轰然关上。有扇门吱吱嘎嘎地响着，保罗知道那声音来自安妮用来摆放户外用品的柜子。

从车上下来一名跟车子一样年纪颇大但十分体面的男子。保罗觉得，典型的科罗拉多男人大概就长这样吧。男子看上去约六十五岁，但说不定已经有八十岁了。他也许是法律事务所的资深合伙人，或处于半退休状态的建筑公司创办人，不过看起来更像是牧场主人或房产经纪人。他可能是那种既不会在车子上贴党徽，也不会去穿尖头意大利鞋的共和党员。此人八成是来洽公的镇上官员，因为唯有公事才能让这种人和离群索居的安妮·威尔克斯碰面。

保罗看到安妮匆匆跑向车道，意不在相迎，而在要拦截对方。保罗最初的幻想成真了，但来访的不是警察，而是官方人士。官方人士找到安妮家来了，男子的到来只会让保罗更早去见阎王。

何不请人家进来坐坐，安妮？保罗心想，一边努力挣扎，以免被肮脏的抹布呛死。何不请他进屋子，让他看看你的非洲鸟？

噢，不，安妮不会请落基山先生进来的，就像她不可能开车载保罗去机场，并在他手里塞一张回纽约的头等舱机票一样。

安妮还没赶到男子身边，就开始嚷嚷起来了，嘴里吐出的白烟仿佛漫画里的说话框，只是里头没写上文字罢了。男人抬起一只手，手上戴着细致漂亮的黑皮手套。安妮不屑地瞄了一眼，然后开始对男人摇着指头，嘴里忙不迭地吐出一连串白烟。她好不容易穿好外套后，暂停摇晃指头，拉上了拉链。

男人从外套里掏出一纸文件，带着歉意递到安妮面前。保罗虽然不知道上头写了什么，但他相信安妮对这玩意儿有她的评语，也许是"天杀的"吧。

安妮领着男子走过车道，一边不停说着话。两人走出保罗的视线外了，但还能瞧见映在雪地上的影子，保罗也只能看到这么多了。安妮是故意的，保罗心想，如果他看不见他们，牧场大爷也不可能从客房窗口看见他。

影子在雪堆要融不融的车道上停留了五分钟，其间保罗还听见安妮拉开嗓子厉吼的声音。对保罗而言，这五分钟何其漫长。他肩膀酸痛，却无法挪动身体来减轻痛楚，因为安妮将他的双手铐在一起，绑到床架上了。

更糟的是他嘴里的抹布，刺鼻的亮光剂味道熏得他头痛不已，越来越想呕吐。保罗拼命忍住，他可不想在安妮跟镇上的老官员大吵特吵之际，让呕吐物塞满整个气管，活活将自己呛死。相比之下，那位讲究的仁兄大概每周在小镇理发店理一次头，整个冬天都在黑皮鞋上套鞋套。

两人再次出现时，保罗已冒出了一头冷汗。安妮手上拿着文件，跟在牧场大爷背后指指点点，嘴里不断冒出空白的说话框。牧场大爷寒着脸不肯回头看她，唯有从他抿得几乎消失的双唇才微微猜出他的心绪。是愤怒吗？也许吧。还是嫌恶？是了，后者应该比较接近。

你认为她疯了，你和一群牌友（全镇的小联盟棒球场大概全被你们这群人包了）也许赌了一把，看谁倒霉去干这桩鸟差事。没有人喜欢跟疯子报坏消息，可是呀，牧场大爷，如果你知道安妮有多疯狂，你就不敢背对着她走路了！

牧场大爷坐上车，关上车门，安妮站在车边，指着男人摇上的车窗，保罗隐约听她骂道："——你以为自己聪明得不得了吗？"

雪佛兰慢慢沿着车道往后退，牧场大爷执意不去看咬牙切齿的安妮。

她骂得更凶了："你以为你很跩啊！"

安妮突然去踢牧场大爷的前挡泥板。她力道极重，把积在保险杆上的雪都踢下来了。老家伙原本转头看着右肩后方倒车，这时回过头来看着安妮，刚来访时的不动声色已化为满面惊诧。

"告诉你一件事，烂鸟人！你们休想动老娘一根汗毛。怎么样？啊？"

不管老家伙心中怎么想，脸上就是毫无表情，绝不让安妮称心——他又恢复原有的不动声色，就像套上盔甲一样。他倒车退出了保罗的视线。

安妮双手握拳贴在臀上，在原地站立片刻，然后愤愤地走回屋子。保罗听见厨房门再度轰然关上。

嗯，他走了。保罗心想，牧场大爷走了，而我还留在这儿。噢，是的，我还在这里。

9

这次安妮没有迁怒于他。

她走到保罗房间,身上还穿着外套,可是拉链已经拉开了。安妮快速地来回踱步,看都不看保罗一眼。她手里依然握着那份文件,而且不时拿在鼻尖前面挥动,好像在自我惩罚。

"他说税要提高百分之十! 还说我欠税! 扣押权! 律师! 说要季缴! 逾期! 天杀的! 狗屁! 狗屁大便卵蛋!"

保罗含着抹布咿咿呜呜,可是安妮没回头,仿佛房里只剩她一个人。她踱步踱得更快了,肥胖的身躯走起路来呼呼生风。保罗一直以为安妮会把文件撕成碎片,但她似乎不敢那么做。

"五百零六美元!"她叫道,这回把文件拿到保罗鼻前晃了晃。安妮心不在焉地把差点呛死保罗的抹布拉出来掼到地上。保罗开始歪着头干呕,觉得自己的臂膀好像慢慢跟身体脱离了。"五百零六又一毛七! 他们明知道我这里不要任何人来! 我跟他们说过了,不是吗? 可是你瞧! 你瞧!"

他又开始干呕了,喉中咯咯有声。

"你如果吐出来,就只好躺在秽物堆里了。我还有别的事要办,他说对我的房子有扣押权。那是什么?"

"手铐……"保罗嘶哑着说。

"好啦好啦。"安妮不耐烦地说,"有时候你实在跟婴儿一样。"她从裙子口袋拿出钥匙,把他往左推开,害他鼻子压在床单上。保罗大声哀叫,安妮却毫不理会。咔的一声,保罗的手解开了。他坐起来大口喘气,然后滑靠到枕头上,小心地伸直腿。他干瘦的手腕上留着苍白的铐痕,保罗看着那痕迹开始转红。

"扣押权是什么?"安妮又问一遍,"那表示他们拥有我的房子吗? 扣押权是那个意思吗?"

"不是,"保罗说,"那表示你……"他清清喉咙,再度尝到抹布的臭味,胸口因干呕而跟着猛抽。安妮却视若无睹,不耐烦地站在那儿盯着他看,等着他说话。半晌,保罗又能说话了:"那只是表示你不能把房子卖掉而已。"

"只是? 什么只是! 保罗·谢尔登先生,你说的'只是'真可笑。像你这种有钱的聪明大爷,根本不把我这种苦命寡妇的问题看在眼里。"

"绝对不是那样,我把你的问题看做是我自己的问题,安妮。我只是说,除非你到期未付款拖延很久,否则扣押权的权限非常有限。你拖了很久吗?"

"到期未付……那表示赖账,对吧?"

"是的,表示赖账,欠钱不还。"

"我又不是爱尔兰的破落户!"她扬起上唇,保罗看到她泛着薄光的牙齿。"我账单都会付的,我只是……这次我只是……"

只是忘记了,对不对?你忘记了,就像你一直忘记把臭月历上的二月撕掉一样。忘记缴财产季税可比忘记撕月历严重多了,你生气是因为这是你第一次忘记这么重要的事。事实上,你的病情越来越严重了,对吧,安妮?每天都恶化一点点。精神病人经调适后,生活可以应付得很好,而且有时还能逍遥法外,这点我想我都很清楚了。可是精神病的控制跟失控之间,还是有界限的,你渐渐在接近失控边缘了……这点你也知道。

"我只是还没空去缴而已。"安妮愠怒地说,"你在这里,害我忙得跟鬼一样。"

保罗想到一个计策,一个很棒的点子,而且好处多得说不完。"我知道,"他由衷地说,"我的命是你救的,而我除了给你惹麻烦之外,一无是处。我皮夹里大约有四百块钱,我希望你能用这笔钱支付欠款。"

"噢,保罗——"安妮看着保罗,既困惑又开心。"我不能拿你的钱——"

"那不是我的,"他冲着安妮咧嘴一笑,那是他的招牌笑容。保罗思忖道,安妮啊,我希望你再失忆一次,让我趁机偷你一把刀子。相信我还使得动刀子,我要你在死前十秒饱受煎熬。"是你的。就当它是押金吧。"他顿了一下,然后谨慎地使出险招,"要不是你,我早就没命了,你若以为我不懂,那你八成是疯了。"

"保罗,我不确定……"

"我是认真的,"他将笑容转化成真切的哀求(他希望他做到了——求你啊,上帝,让我露出哀求的表情)。"你不只救了我,你等于是救了两条命——因为没有你的话,苦儿至今还躺在坟墓里。"

安妮一脸粲然地看着保罗,浑然忘记手里的文件。

"而且你还指出我作品中的瑕疵,让我回到正途上。我欠你的岂止是区区四百块钱?如果你不肯收,我会很难过的。"

"那,我……好吧,我……谢谢你。"

"该谢的人是我,我可以看看文件吗?"

安妮毫无异议地将文件交给保罗,那是一份逾期缴税单,措辞略重。保罗很快浏览一遍,然后递还给她。

"你银行里有钱吗?"

她避开保罗的目光:"我存了一点,但不是存在银行里,我不信任银行。"

"通知上说,除非账单到三月二十五日还没缴,否则他们不能执行扣押权。今天几号?"

她对着月历皱眉:"天哪!月历没撕。"

她撕掉月历,雪橇上的男孩消失了。保罗看着,却莫名地后悔起来。三月份是一幅堆雪夹岸、激流飞湍的图片。

她贴着月历看了一会儿,然后说:"今天是三月二十五日。"

天啊,迟矣,迟矣,保罗心想。

"难怪他会来了。"他可不是来通知你的,他们是来扣押房子的啊,安妮。他是来告诉你,若不赶在今晚镇办公室关门之前缴费,房子就是他们的啦。那家伙其实是来帮你的。"可是如果这五百零六美元,你能赶在——"

"还有一毛七。"她愤愤地插嘴说,"别忘了那天杀的一毛七。"

"好吧,还有一毛七。如果你能在今天下午镇办公室关门之前付清,房子就不会被扣押了。如果镇上的人对你的印象真的像你说的那样——"

"他们恨我!他们全都讨厌我,保罗!"

"——他们就会利用你的税务问题,把你赶走。对一个没按时缴房地季税的人祭出'扣押权'的大旗,实在是很奇怪的事,其中必有蹊跷。这实在很恶劣。如果你有两季没缴,他们搞不好会夺走你的房子,然后拍卖掉。虽然离谱,但依照法律,他们有权这么做。"

安妮放声狂笑,声音粗哑难听。"要试就让他们试啊! 看我用枪轰死他们! 来呀,先生,走着瞧吧!"

"最后他们会轰掉你,"保罗静静地说,"不过那不是重点。"

"什么才是重点?"

"安妮,塞温德也许有人两三年没缴税了,房子还不是好好的,也没人在镇政厅拍卖他们的家具。不缴税,最多就是断水断电嘛。就拿雷德蒙家来说吧,"保罗打量着安妮,"你认为他乖乖准时缴税了吗?"

"那个白种人渣吗?"她几乎是在尖叫,"哈!"

"我认为他们是冲着你来的,安妮。"保罗真的这么相信。

"我绝不走! 我会守在这儿,骂他们个狗血淋头! 我会待在这里,吐他们一脸口水!"

"除了我皮夹里的四百块,你还能凑个一百零六块吗?"

"可以。"她看起来比较放松了。

"那就够了。"保罗说,"我建议你今天就去把税单付掉。"等你离开,我再看看怎么处理门边那两道该死的黑痕。等处理好后,我会设法离开这个鬼地方,安妮,我对你的热情款待已经有点厌烦了。

保罗挤出笑容说:

"我想,床头柜里,至少会有一毛七吧。"

10

安妮·威尔克斯有自己的一套规矩和诡异的自律方式,她逼保罗喝掉桶里的脏水;扣住他的药,让他痛不欲生;强迫他烧毁新小说唯一一份初稿;铐住他的双手,又将沾了家具亮光剂的抹布塞到他口里。可是,她就是不肯拿保罗皮夹里的钱。她把皮夹拿来,放到保罗手里,这皮夹是保罗从大学时代就开始用的。

里面所有证件都不见了,这部分安妮倒是拿得毫不手软。保罗没多问,这样大概比较明智。

证件没了,但钱还在,里面的纸钞——多半是五十元大钞——又新又脆。保罗想到他在完成《快车》的前一天,说巧不巧地开着跑车,到博尔德银行的得来速窗口,把一张四百五十美元的支票放进窗口兑现(也许当时脑袋工厂里的那些家伙正在谈论度假的事吧？很可能哦）。那情形历历在目，又充满恶兆。当时兑换支票的那名男子，自由、健康又愉快，而且对这些美好的事物丝毫不知感激。兑钱的男子饶有兴致地瞄着窗口的出纳员——她高挑碧发，一身紫裙贴住凹凸有致的身体。女子也回看他……她若看到他现在这副狂瘦四十磅、苍老十岁、两腿废得吓人的模样，不知作何感想？

"保罗？"

保罗抬头望着安妮，手上拿着钱，总共有四百二十元。

"什么？"

安妮正用一种充满母爱与柔情的眼神看着他。保罗被盯得全身发毛，因为他完全猜不透安妮在想什么。

"你在哭吗，保罗？"

保罗用手擦脸，没错，脸上湿湿的。保罗笑了笑，把钱交给她："只是一点点。我正在想你对我的好，噢，我想很多人都无法了解……可是我想我懂。"

安妮弯下身，轻轻摸着保罗的唇，两眼炯炯发光。保罗在她的气息中闻到一股怪味，那是来自她幽暗封闭的内心深处，一种类似死鱼、比抹布还难闻的腥味，这令他想起安妮发酸的口臭。

（呼吸啊，你他妈的快呼吸啊！）

那口臭像吹自幽冥地府的阴风，强灌进他喉里。他的胃开始纠结，但保罗努力对她微笑。

"我爱你，亲爱的。"安妮说。

"你离开前能抱我到椅子上吗？我想写作。"

"当然可以。"她抱着保罗说，"当然可以，亲爱的。"

11

安妮虽然温柔，离开时却照样锁门。不过没关系，保罗这回没被疼痛折磨得发疯，也没因停药而状况百出。他像为了过冬而拼命收藏坚果的松鼠一样，努力收集了四根安妮的发夹，偷偷跟药一起藏在床垫下。

等确定安妮真的离开，没有留下来查看他是否"起来干些偷鸡摸狗的事"（威尔克斯词库的新词）后，保罗将轮椅推到床边，拿出发夹，并带上水罐及床头柜上的卫生纸盒。轮椅上虽然横着一台皇家打字机，推动却不难，因为他的手臂已日渐强壮了。安妮·威尔克斯也许会很讶异他的臂膀现在变得多么有力，他也暗暗希望那天能很快到来。

这台超级难打的打字机是绝佳的健身器，每次安妮不在，而保罗被困在座椅上时，他就开始将打字机举上举下。刚开始他只能举五下，一次举高六英寸，现在他已经可以连续举十八到二十下了。举一个至少重达五十磅的破铜烂铁，这样的成绩算是不坏了。

保罗拿起一根发夹开锁，嘴里像裁缝师傅卷布边时那样，咬着另外两根备用。他本以为断在锁里的那根发夹会坏事，结果竟然没有。他一下就挑起簧片，顺势拉开了锁舌。保罗怀疑安妮是否也一并拉上了门外的门闩——虽然他一直极力表现出病弱的模样，可是患妄想症的人疑心非常重——不过门也应声开了。

保罗心中升起一阵罪恶感，同时急着想赶快把事办完。安妮虽然才离开四十五分钟，但保罗仍竖耳细听她的车声。他抽出一堆卫生纸，用纸团沾水，然后笨拙地拿着湿纸团倾向一边。他咬紧牙，忍着疼痛，开始擦拭门框右边的黑痕。

黑痕几乎立刻就被擦掉了，这令保罗大大松了一口气。他原本担心轮轴会把漆面整层刨掉，还好只磨掉一些而已。

他从门边退开，将轮椅掉头，然后倒回去擦另一边车痕。擦干净后，他又倒退回去，试着用安妮极尽挑剔的眼光去查看门框。痕迹虽然还在，却淡得几乎无法辨识，保罗觉得应该没问题了。

他希望不会有问题。

"避难所，"他说着舔舔嘴唇，然后苦笑道，"去他的朋友和邻居。"

他回到门边看着走廊外——刮痕既然已除，他就不急着出去或做进一步的冒险了。改天再说吧，时机一到，他自然会知道。

现在他想去写作。

保罗关上门，锁的咔哒声似乎格外响亮。

非洲。

那只鸟来自非洲。

可是你不必为那只鸟难过哭泣，保罗，因为过一阵子后，它就会忘记草原正午的暑气、水坑边野兽的叫声和北边广袤草木的酸味了。再过不久，它连将乞力马扎罗山染成樱桃红的太阳都要一并遗忘了。不久，它将只认得波士顿灰扑蒙尘的落日，它只会记得这个，也只想记住这个。要不了多久，它就不会再想回去了。若有人将它带回去放生，它也只是栖居在一个定点，不知何去何从，惊恐伤心又思乡，直到有人将它猎杀为止。

"噢，非洲，唉，狗屎。"他颤声说。

保罗哭了一会儿，然后把轮椅滑到垃圾桶边，将湿卫生纸塞到废纸下，再将轮椅推回窗边，卷一张纸到打字机里。

对了，保罗，当你坐在这边浪掷机会时，你车子的挡泥板从雪堆里露出头了没？有没有摊在太阳下闪闪发光，等人过来发现哪？这可能你最后一次机会喽。

他困惑地看着打字机上的白纸。

我现在没法写，思绪全给搞乱了。

然而从来没有什么能打乱他的写作情绪。他知道创作可以被破坏，但创作欲却是最具韧性的东西，没有任何东西能破坏他的幻想癖，酒精、毒品、病痛统统办不到。他像在薄暮中找到水坑的饥渴野兽，奔向创作的深井，自其中汲饮。也就是说，他在纸页上找到那个水坑，并满怀感激地一头栽进去了。等安妮六点十五分返家时，保罗已经写了将近五页。

12

接下来的三个星期，保罗·谢尔登觉得自己被一种平静而源源不绝的奇异氛围环绕。他的嘴巴总是干渴，周遭声响也似乎过于喧闹。有时他觉得自己具有特异功能，有时又觉得很想歇斯底里地大哭一场。

排开这种感觉及双腿伤口结痂所造成的奇痒，创作本身仍稳定地持续进行。皇家打字机右边的那沓纸渐渐增厚了。在遭逢这次诡异的经验之前，保罗一天最多只能写四页（《快车》在最后脱稿冲刺期，通常一天有三页进度，大部分则只能写到两页）。然而在这段文思滔滔的三个星期中，保罗平均一天能写十二页——早上七页，晚间五页。以前若有人（保罗忍不住想）告诉他写作可以如此神速，保罗一定会大笑。这段黄金岁月在四月十五日的一场暴雨中画下了句点。雨开始下时，《苦儿还魂记》已进行到第二百六十七页，虽然只是初稿，但保罗很快看过一遍，觉得相当不错。

多产的原因之一，是生活单纯得无以复加。保罗夜里没混酒吧，白天不用迷迷糊糊地灌咖啡、喝橙汁、吞维他命B(这种时候，他若刚好瞄见自己的打字机，就会颤抖着扭头离开)，醒时不会发现自己躺在昨晚勾搭的金发或红发肥妹身边——半夜看起来美若天仙的女人，翌日上午十点往往状若女鬼。他也不抽烟了。有一次他试探性地怯声要烟抽，结果被安妮瞪了个大白眼，就立刻表示算了。他在这里乖得不行，完全没有不良嗜好——当然啦，吃可待因成瘾除外。不过咱们还没开始处理这件事，对吧，保罗？——也无事令他分心。有一次保罗想，我在这儿啥也没有，就只剩下药了。早上起床，两粒拿威力配果汁，八点钟早餐送到大爷床边，包括一颗荷包蛋或炒蛋，一周三天。另外四天是高纤谷类早餐。吃完后上轮椅，滑到窗边，找到纸上的坑洞，跳进十九世纪那个男人勇壮、女人穿裙撑架的年代里。午餐，午睡，再起床，有时改改稿，有时只是看书。安妮有毛姆的全套作品(有一回保罗认真在想，安妮的书架上该不会有约翰·福尔斯①的第一部小说吧？不过后来还是决定不问)，于是保罗开始拜读二十多本的毛姆全集，对毛姆精准掌握故事精髓的能力感佩不已。多年来保罗越来越发现自己无法像童年时那样去阅读故事了：身为故事撰写人，他太习于分析了。可是毛姆先是引诱他，然后让他再次回归成孩子，那感觉真是棒透了。五点钟，安妮会送来一份简单的晚餐。七点钟，安妮打开黑白电视，两人一起看《外科医生》和《辛辛那提 WKRP》。等节目结束后，保罗就去写作。等他写完，再缓缓转动轮椅(他可以转得更快，但最好别让安妮知

① 约翰·福尔斯(John Fowles, 1926—2005)，英国小说家，代表作为《法国中尉的女人》。

道)回床边。安妮会聆听他的动静,进房间辅助他上床。他会再吃点药,然后咚地倒下去不省人事。第二天起来又是一样的流程,第三天亦然,第四天也是一样。

这样单纯的日子,是他多产的原因之一,但安妮本身则是更大的原因。这部小说毕竟是由蜂蜇的概念衍生出来的,而且安妮在保罗对苦儿热情全失时,扮演了催生者的角色。

保罗从一开始就很确定一件事:没有什么所谓的《苦儿还魂记》。他只是努力在安妮拿刀剁掉他之前,设法合情合理地把苦儿那贱货从坟里挖出来罢了。至于小说主旨这类芝麻小事,就等以后再自圆其说吧。

安妮去镇上缴税后的那两天,保罗努力把自己错失逃走良机这档子事抛到脑后,一心只想让苦儿回到拉梅奇太太家。让苦儿到杰弗里家很不妥,会让仆人看到而乱传话,尤其是杰弗里那个八卦管家泰勒。还有,他得让惨遭活埋的苦儿惊吓过度而完全丧失记忆。失忆症?妈的,那娘们儿连话都不会说了,这倒是一大解脱,因为苦儿通常话太多。

好啦,接下来呢?那贱货离开坟墓了,故事接下来该怎么写?杰弗里和拉梅奇太太该告诉伊安,苦儿还活着吗?保罗觉得最好不要,却又不确定——保罗知道“不确定”是一个埋头猛写,却丝毫抓不到创作方向的作家会遇到的可悲困境。

不能告诉伊安,保罗心想,一边望着外边的畜棚,不能跟伊安说。还不行。得先去通知医生,就是那个名字里有好几个n的浑蛋医生,夏因伯恩。

一想到医生,保罗便想到安妮所提的蜂蜇,而且还不止一次想到。安妮的话常会莫名其妙地冒出来,每十二个人里面就有一个人……

可是行不通啊,两名住在邻村但毫不相干的女人,对蜂蜇却有相同的罕见反应?

安妮大人缴税出游后的第三天,保罗午觉将睡未睡之际,脑袋工厂里的那些家伙来插一脚了,而且还来势汹汹。这回丢上来的不止是火焰,而是爆炸的氢弹。

保罗在床上直直坐起,顾不得腿上的剧痛。

"安妮!"他大叫,"安妮,你进来啊!"

他听见安妮三步并做两步奔上楼,冲到走廊。安妮瞪大眼睛,神情惊恐地冲进房里。

"保罗,怎么了?你抽筋了吗?你——"

"没有,"保罗说,可是他真的在抽筋,他的脑筋在抽筋啊。"没有,安妮,很抱歉吓到你,可是你得扶我坐上轮椅。他妈的!我想到办法了!"他忍不住说了句三字经,不过这次好像没关系,安妮正万分崇拜地看着他,仿佛眼前有圣光照耀。

"当然当然。"

她火速扶保罗坐上轮椅,就在她要把保罗推到窗边时,保罗不耐烦地摇摇头说:"我不会坐太久,但这非常重要。"

"跟书有关吗?"

"就是书的事,你安静,别跟我说话。"

保罗没用打字机——他从不用打字机写笔记——而是抓起圆珠笔,飞快地用大概只有他自己看得懂的字,铺满整张纸。

　　她们确实有关系。两人被蜂蜇后产生同样的后果,是因为她们之间有关系。苦儿是孤儿,你猜怎么着?原来伊夫琳小姐是苦儿的妹妹!或同父异母、同母异父之类的妹妹。第二个点子很可能效果更好。请问是谁先想到的?老夏吗?非也。老夏是个笨蛋。是拉梅奇太太,可以先安排她去拜访伊夫琳的母亲卡萝,然后……

然后保罗又想到了一个精彩绝伦的点子,至少就情节而言很赞。他抬起头,张大嘴,瞪大眼睛。

"保罗?"安妮不安地问。

"她知道。"保罗悄声急促说,"她当然知道啊,至少她曾经强烈地怀疑过,可是——"

他又弯下身去写笔记了。

她——拉梅奇太太——立即明白海德太太一定知道苦儿跟她女儿的关系。两个女孩长着同样的头发之类的,记住一点,伊夫琳的母亲开始变成重要角色,你得去铺排这个人物。拉梅奇太太发现,海德太太说不定早就知道苦儿被活埋的事却坐视不管,甚至幸灾乐祸!假如这个老太婆猜到苦儿是她当年放荡的产物,而……

他放下笔,眼睛盯着稿纸,然后又慢慢提起笔,潦草地写了好几行。

有三个重点。

一、海德太太如何面对起疑的拉梅奇太太?她或者起了杀心,或者害怕至极。我比较倾向让她害怕,不过安妮大概喜欢她起杀意吧,那就这样。

二、伊安如何介入此事?

三、苦儿的失忆症呢?

噢,还有一件事可以考虑。苦儿会不会发现母亲明知女儿惨遭活埋(不止一个,而是两个女儿),却三缄其口的事?

有何不可?

"可以的话,麻烦你现在扶我回床。"保罗说,"如果我的口气很差,我道歉,因为我实在太兴奋了。"

"没关系,保罗。"她的语气依然非常恭敬。

此后保罗的写作便一帆风顺。安妮说得对,这个故事比苦儿其他作品更恐怖——第一章并非单纯的灾厄,而是一连串事件的开端。可是这篇故事从一开始,就比任何苦儿系列的其他作品情节更丰富紧凑,人物也更鲜活生动。苦儿系列最后三部作品基本上只是平铺直叙的冒险,间杂一些令人喷火的性爱场面,以娱女性读者。保罗渐渐发现,现在的这部小说却是部哥特式的作品,对情节的依赖甚于情境。他不断遇到阻障,不只是刚开始的"你行吗?"的挑战——多年来,这是他首次得每天面对同样的挑战……而且他发现自己真的行。

后来雨来了,情况就变了。

13

四月八日到十四日,天气一直很好,阳光晴丽,万里无云,气温有时还升到华氏六十多度。安妮那间整洁的红色畜棚后面,开始长出一块块棕色的草皮。保罗埋头在工作中,试着忘掉他的跑车。经过这么久,车子已经不可能被找到了。他的工作虽未受到影响,但心情可不然;他越来越觉得自己像是活在云端里,鼻息间尽是浓稠不散的电流。每次跑车的事悄悄溜进心头,他便立即叫"心灵警察"把它铐走。问题是,那讨厌的念头总是有办法以各种形式溜回来。

一天晚上,保罗梦见牧场大爷又来到安妮家。他从保养极佳的雪佛兰中走出来,一手拿着科迈罗的挡泥板,另一手拎着方向盘。这些是你的吗?梦中的大爷问安妮。

保罗醒来后,心情郁悒了好久。

安妮则恰恰相反,她在初春乍暖的这个星期中,心情空前好。她清理打扫,费心做菜(虽然她煮的每样东西都有种怪味,大概是因为在医院吃了那么多年自助餐后,原有的做菜天分都被消磨殆尽了),每天下午都用一条大蓝毯子把保罗包起来,帮他戴上绿色猎帽,然后把他推到后门廊上。

这时保罗会带着毛姆的作品随行,却很少去读——能来到户外实在太难得了,他不想将心力放在其他事物上。保罗多半只是坐着看云影缓缓飘移,闻闻清甜爽脆的空气,抛开卧室里的病房酸腐气,聆听冰柱滴水,静静流过冰融的大地。那是最棒的时刻了。

安妮径自唱着走调的歌,像孩子般被《外科医生》和《WKRP》的笑话逗得咯咯发笑,尤其是那些不怎么样的笑话(《WKRP》的笑话大多不怎么高明)。她不厌其烦地一一填入 n,保罗也进行到第九和第十章了。

十五日清晨是个云密风劲的阴天。安妮变了,保罗觉得也许是低气压的关系,反正随便怎么解释都行。

她一直到九点钟才送药进来,那时保罗已经痛得受不了,恨不得去拿偷藏的药了。安妮没送早餐,只有药丸,进门时身上还穿着粉红色的拼花家居服。看到她脸颊和手臂上出现类似鞭打的红痕时，保罗的疑虑更深了。他看到安妮衣服上沾着几团黏斑，脚上只穿了一只拖鞋。她向他走来，脚下发出啪嗒啪嗒的声音。啪嗒啪嗒，啪嗒啪嗒。安妮的头发垂在脸上，两眼呆滞无神。

"喏。"她把药丸丢给保罗，手上沾满了一条条红的、棕的、黏黏的玩意儿。药丸丢中保罗脸颊，弹到他腿上。安妮转身要走，啪嗒啪嗒，啪嗒啪嗒。

"安妮？"

她停住脚，却未回头。裹在粉色衣服里的安妮看起来更壮硕了，她的发型像敲扁的头盔，使她看上去有如向洞外张望的女原始人。

"安妮，你还好吗？"

"不好。"她冷冷地说道，转身看着保罗，一边呆呆地用右手大拇指和食指掐着下唇。她拉出下唇，又扭又掐，鲜血先是积聚在嘴唇和牙龈之间，然后流到下巴。安妮转过去，不发一言地走掉。保罗看呆了，简直无法相信刚才所见。安妮关上门，上了锁。保罗听见她一路啪嗒啪嗒地下楼，走到客厅里，听她嘎吱嘎吱地坐到她最爱的椅子上，其他就什么都没有了。没有电视声，没有哼唱，没有银器或陶器的碰撞声。不对，安妮不单单是坐在那里，情况很不对劲。

接着保罗听到了一个声音，那声音虽然只有一声，却非常清晰。那是一记拍打声，拍得极重极响。保罗虽然被隔在门后，安妮又位于门外的另一端，但就算不是福尔摩斯，也猜得到她是在打自己。从声音听来，那胖妞下手很重。保罗想到刚才看到她拉出自己的嘴唇，用短短的指甲去掐粉色的嫩皮。

他突然想起写第一部苦儿小说时，记过一则跟精神病有关的笔记。小说的背景设在伦敦的贝德罕医院（苦儿被一个炉火中烧的坏女人用火车运到了那里）。他在笔记上写道，躁郁症患者开始陷入忧郁期的症状之一，就是也许会做出自虐的举动：捶打、掐捏、用香烟头烧自己等等。

保罗突然感到非常害怕。

14

保罗想起艾德蒙·威尔逊写过的一篇评论,他用一贯的严苛语气表示:华兹华斯所提出的优秀诗文的创作原则——在平静中唤起强烈的情感——也适用于大部分的小说创作。威尔逊说得也许没错。保罗认识一些作家,他们若跟伴侣吵架,就没办法写了,而他自己通常一生气就写不出东西。但有时生气反而会起到相反的效果——他会为了逃避使他生气的事物而遁入写作的世界,尤其当他无法改变现状时。

此刻便是那种情况了。当天早上十一点,安妮还没回来扶他上轮椅,保罗决定自己坐上去。他不可能将打字机从壁炉架上拿下来,但他可以用速记写作。他有把握自己上轮椅,也明白其实不该让安妮知道他行,可是他需要写作,躺在床上没法写。

保罗挣扎着来到床沿,确定轮椅刹车扣上后,抓住扶手,慢慢将自己拉到座位上。他只有在将腿抬到拖架上时才感到痛。保罗将轮椅滑到窗口,拿起自己的手稿。

门边传来钥匙声。安妮向屋里窥探,两只眼睛在脸上燃成两个黑洞。她右脸肿胀,看来今早她把自己打得不轻。她的嘴角和下巴沾着红红的东西,保罗原以为是从掐破的嘴唇流出的鲜血,后来发现里面有籽,才知道不是血,而是覆盆子酱之类的东西。安妮看着他,保罗也定定回望,两人半天都没说话。屋外的雨稀里哗啦地打在窗上。

"如果你有能耐自己上轮椅,"安妮终于说道,"你应该可以自己填那些鸟 n。"

说完,安妮锁上了门。保罗愣坐着望门良久,吃惊得不知如何是好。

15

一直到当天傍晚,保罗才又见到安妮。安妮来过后,保罗就再也没办法工作了。他试了几次都失败,只好放弃,把纸揉掉。他写得烂透了。保罗把轮椅滑到床边,在下轮椅回床时,手一个打滑,差点跌下去。他连忙放下左腿撑住,虽然因此没有摔倒,却痛不可抑,好像有一打螺丝钉突然钉进骨头里。保罗高声尖叫,挣扎着去抓床头,先把身子拉回床上,最后才把疼痛不已的左腿拽上来。

安妮应该会跑来看吧! 他胡乱地想,她会想知道谢尔登是不是变成帕瓦罗蒂了,否则叫声怎么会那么高亢。

可是安妮没来。左腿的痛实在令保罗忍无可忍,他笨拙地翻身俯趴,伸手探到床垫底下,掏出一包拿威力样品,干咽了两颗,倒头昏睡了一会儿。

醒来时,他以为自己还在做梦,因为那景象实在太不真实了,就像安妮把烤肉架推进屋里的那晚一样。他看到安妮坐在他床边,床头柜上摆了一个装满拿威力胶囊的玻璃杯,另一只手上拎着捕鼠器,上头还夹着一只老鼠——一只长着灰褐色斑毛的大老鼠。老鼠的背被捕鼠器夹断了,后腿垂在夹板外不断抽动,鼠须上也是血珠点点。

这不是梦,是他又坠入安妮小姐的游戏里了。

安妮呼出来的气息,闻起来有厨余的腐臭味。

"安妮?"保罗挺起身子问,眼光在安妮与老鼠间来回游走。窗外,黄昏已悄然降临。飘雨的黄昏泛着诡谲的蓝光,雨水一片片打在窗上,强风撼得房子嘎嘎作响。

安妮的状况到了晚上变得更严重了,而且是非常非常严重。保罗知道眼前的安妮已卸下所有面具——这是真实的、袒露内心世界的安妮。她那可怕而僵硬的脸庞,此时像了无生气的面团般垂垮着。她眼神呆滞,裙子里外反穿,身上出现了更多的鞭痕。沾在她衣服上的各式食物随着她的走动散发出不同的气味,令保罗无从辨识。她的羊毛外套袖子有一边几乎全沾着半干半湿、闻起来像肉汁的东西。

安妮拿起捕鼠器说:"下雨天老鼠会跑到地窖里。"被捕的老鼠发出微弱的尖叫,对着空中乱咬,黑色的眼珠子不断翻转,比捕捉者更灵活。"我必须放捕鼠器,我把培根油涂在夹板上,通常会抓到八九只。有时我发现别的——"

说着安妮就失魂了,她停顿了几乎有三分钟,只是愣愣地拎着老鼠。这是典型的紧张症。保罗注视着她,也看着尖叫挣扎的老鼠,这才意识到自己竟然以为事态不会变得更糟,可真是错得离谱。

最后，当保罗以为安妮已永远陷入忘我之境，不会再作乱时，却见她放下捕鼠器，像啥都没发生似的继续往下说。

"——老鼠淹死在角落里，可怜的东西。"

她垂眼看着老鼠，泪水滴在老鼠暗沉的皮毛上。

"可怜可悲的东西。"

她用手按住老鼠，另一只手将弹簧扳开。老鼠在她手里扭动，转头想咬她。它的叫声细弱难听，保罗用手掌压住自己翻腾的胃。

"它的心脏跳得多快啊！你看它拼命想逃！保罗，它就跟我们一样，跟我们一样啊。我们自以为懂得很多，其实我们知道的不会比捕鼠器里的老鼠多——这只老鼠背都给夹断了，它竟然还想活哩。"

安妮按住老鼠的手握成拳头，她的眼神涣散而不可捉摸。保罗想移开目光，却办不到。安妮臂膀内侧的肌肉开始鼓起。老鼠嘴里流出鲜血，接着喷出血柱。保罗听见了老鼠的骨头发出碎裂声。接下来，安妮肥厚的手指探入老鼠身体里，直没至第一个骨节。地上鲜血四溅，老鼠死灰的眼球暴突出来。

安妮将鼠尸扔到角落，漠然地用手抹抹床单，在上面留下长长的红色血痕。

"它终于安息了。"安妮耸耸肩，然后放声大笑，"我去拿枪好吗，保罗？也许另一个世界会更美好，对老鼠和人都更好——其实人和老鼠没什么两样。"

"等我写完再说。"保罗一字一字地小心说道。这很难，因为他觉得嘴里好像塞满了拿威力。他不是没见过安妮状态低落的模样，却从没见过这种阵势。他怀疑安妮以前有没有这么严重过。那些开枪打死全家人后自杀的忧郁症患者；将孩子精心打扮后，带孩子出去吃冰淇淋，一起散步到附近桥上，抱起孩子一起跳下桥的精神病母亲，就是她现在这个样子。忧郁症患者会自杀，精神病人陷在自我之中，他们想帮助身边的人，于是便带着他们同归于尽。

我这辈子从没如此接近过死亡，保罗心想，安妮不是在开玩笑，这八婆是玩真的。

"苦儿吗？"她问，似乎从没听过这号人物。不过，她的眼神突然闪了一下，是吗？保罗觉得应该是的。

"没错，苦儿。"保罗狂乱地思索该如何接口，每一种尝试似乎都有风险。"我同意你的看法，咱们的世界大部分时候都很不可爱，"他说，然后又不知所云地加了一句，"尤其是下雨的时候。"

妈的，你白痴啊，别再胡说八道了！

"我的意思是说，我最近几个星期身体痛得要命，而且——"

"痛？"她不屑地看着他说，"你哪懂什么叫痛，你根本就不懂，保罗。"

"是……我想，跟你比的话，我是不懂。"

"没错。"

"可是——我想把这本书写完，我想知道结局会如何。"他顿了顿，"而且我希望你能留在我身边帮忙看稿，如果旁边没有人读稿，也许我就没有写作的动力了。你明白我的意思吗？"

他躺在那里望着安妮恐怖僵硬的脸，心脏不住地狂跳。

"安妮？你懂我的意思吗？"

"是的……"她叹口气，"我的确很想知道故事的结局，我想那是世上我唯一还想要的东西吧。"安妮不自觉地慢慢吮着手指上的老鼠血。保罗咬紧牙，极力告诉自己不能吐，千万别吐，万万不能吐啊。"就像在等待那些章回电影的结局一样。"

她突然四下望着，嘴上的血像涂了口红。

"我再说一次，保罗，我可以去拿枪，让咱们两个都解脱。你不笨，应该知道我绝不会让你离开这里。你早就知道了，对吧？"

眼神别飘离，如果她看到你眼神飘离，会立刻毙掉你。

"是的，可是生命总有尽头的，不是吗，安妮？所有人迟早都得死。"

安妮的嘴角露出鬼魅般的笑容。她带着一丝柔情，摸了一下保罗的脸。

"你应该动过逃走的念头吧，正如捕鼠器上的老鼠也一样挣扎过，可是你逃不掉的，保罗。如果这是你写的故事，你还逃得了，可惜不是。我不能让你离开这里……可是我可以跟你一起死。"

保罗突然很想说：好，安妮，动手吧，让咱们画下句号。然而，他的欲望与求生意志——这两者的存货他都还有很多——自体内蹿升，打败了一时的软弱。那是软弱，也是怯懦。不知是幸或不幸，他这个精神正常的人很难软弱到去自杀。

"谢谢你，"他说，"可是我希望能有始有终。"

安妮叹口气，站了起来："好吧，我想我应该知道你想把书写完，因为我看到自己送过来的药了，虽然我不记得自己干过这件事。"她有点疯狂地咻咻笑道，脸上的表情皮笑肉不笑，好像在用腹语术。"我得离开一会儿，如果我不走开，管你或我要什么，都无所谓了，因为我会干一些傻事。每当我心情变成这样时，我就会去一个地方，那地方在山上。你有没有读过《雷默斯叔叔》的故事，保罗？"

他点点头。

"记得兔子跟狐狸说他有一片'开怀地'吗？"

"记得。"

"我就是这样称我山上那块地的，我的'开怀地'。记得我告诉过你，我找到你时，刚从塞温德回家吗？"

保罗点头。

"我说了谎，因为我那时还不了解你，其实我是从开怀地回家。那里的门上有个牌子写着'安妮的开怀地'。我去那里时偶尔真的会大笑，但大部分时候只是尖叫。"

"安妮，你要去多久？"

她梦游般飘到门边："说不准，我帮你拿药了，你不会有事，每六小时吃两颗，或每四小时吃六颗，或一次全吞光。"

可是我怎么吃饭？保罗很想问，却不敢开口。他不希望把安妮的注意力转回自己身上，一点都不想。他希望安妮离开，因为跟她在一起就像是跟死亡天使为伴。

保罗直挺挺地躺在床上良久，倾听安妮的动静。她先上楼，走楼梯，接着到了厨房里。保罗还以为安妮会改变主意，最后还是拿着枪折回来，就连他听到侧门用力关上锁住，脚步声踏出门外时，都还不敢松懈，因为枪很可能就放在车上。

车子引擎隆隆作响，呛了几声。安妮猛踩油门，头灯开了，映出一片银色的雨幕。灯光开始从车道上退开，回转过去，渐行渐暗。安妮就这样离开了。这回她没驶往山下的塞温德，而是往山上走。

"她要去开怀地。"保罗嘶哑着嗓子说，然后自顾自地笑了。安妮有她的开怀地，而保罗已经浸淫在自己的开怀地了。他的狂笑因瞄见角落里那血肉模糊的鼠尸而戛然停止。

保罗心中划过一念。

"谁说她没留东西给我吃？"保罗对着屋子问，笑得更疯了。在空荡荡的房里，保罗·谢尔登的"开怀地"，听起来就像一间关疯子的牢房。

16

两小时后，保罗撬开卧室的门锁，第二次滑着轮椅硬挤过窄门。他希望这是最后一次了。他腿上放了两条毯子，所有藏在床垫下的药丸全都用卫生纸包着塞在内衣里。管他有没有下雨，保罗都决意逃走，这次他不会放过机会了。塞温德在下坡处，下雨路面会很滑，而且天色比矿坑里还暗，但他非试不可。保罗从来不是英雄或圣人，但他不想像异国的禽鸟般死在动物园里。

保罗隐约记得有天晚上，他跟一个叫伯恩斯坦的阴郁剧作家在格林威治村的酒吧里喝威士忌（如果他还能活着见到格林威治村，他会用残余的膝盖跪下来，亲吻克里斯托弗街肮脏的人行道）。后来两人谈到德军攻入波兰之前，动荡不安的四五年间，住在德国的犹太人的情况，谈话遂变得非常热烈。伯恩斯坦的姑姑和祖父均死于犹太大屠杀，保罗记得自己实在不能理解德国的犹太人——妈的，其实是全欧洲的犹太人，不过又以德国为甚——为什么不趁还来得及时逃出德国？犹太人不笨，很多人又有被迫害的亲身经历，他们应该能看清未来走势，干吗还要留下来？

伯恩斯坦的回答十分冷酷、轻率，且令人费解：因为大部分人都有钢琴，我们犹太人很爱钢琴，家里有了钢琴，就不想搬家了。

现在他明白了。是的，一开始他是碍于这双断腿跟撞碎的下盘，后来，上帝保佑，就换成书了。不可思议的是，他竟然还写得很乐。他大可轻易地把一切推到断腿或药物上，那太容易了，但实际上，骨子里他是为了那本书。书，再加上浑浑噩噩、两人单纯相依的日子，这几件事——但最主要的还是那本该死的蠢书——就是他的钢琴。如果安妮从开怀地回来,发现他逃走了,会怎么做?把初稿烧掉吗?

"管他妈的。"保罗说,这可是真心话。如果他还活着,自然可以再写一本;愿意的话,甚至可以将书重新编过。而死人既不能再写书,也无法再买新的琴了。

保罗来到客厅。原先干净整洁的客厅,此时处处堆放着肮脏的碗盘。保罗心想,屋里的碗盘大概全都在这儿了。安妮沮丧时,显然不只会掐自己、打自己,还会暴饮暴食,而且不打理家务。保罗想起昏迷时,安妮灌入他喉里、害他胃部打结的恶心气味。这里剩下的食物大都是甜食:干掉或融在碗盘里的冰淇淋、蛋糕屑,抹在盘子上的派;电视机上面有一堆加了鲜奶油的莱姆冻,鲜奶油已经干掉了。电视机旁边有一个两加仑装的百事可乐瓶和装肉酱的船形碗。可乐瓶看起来跟火箭的锥状喷嘴一样巨大,脏兮兮的瓶子几乎变成了不透明的,安妮八成是用沾满肉酱或冰淇淋的手直接拿起来灌的。保罗从没听见银器的撞击声,对此他并不讶异,因为屋里根本没有银器。这里虽有碗盘,却无刀叉类餐具。他看到将干未干的滴汁和污斑——大部分都是冰淇淋——沾得地毯和沙发上到处都是。

我在她的衣服上看到的就是这些东西。她吃的,还有吐出来的气味,就是这玩意儿。 保罗又想到安妮那副原始人的模样了。他看见安妮坐在客厅,一勺勺挖着冰淇淋往嘴里送,或满手抓着半解冻的鸡肉酱和可乐,万念俱灰地呆坐着吃喝。

冰块上的企鹅依然放在桌上,但安妮已将其他许多瓷器扔到角落里了,尖利的瓷器碎片散落满地。

保罗老是看到安妮的手指插进老鼠里的画面,以及手指抹在床单上的鲜红血迹。他不断看到安妮茫然地吸吮手指上的鲜血,想必她在吃冰淇淋、果冻和黑软的蛋糕卷时也是那样的。那景象实在太恐怖了,却也是鞭策他的绝佳动力。

茶几上散乱的干花已经翻倒了;茶几下躺了一盘几乎看不见的干布丁和一大本簿子。簿子上写着《记忆的回廊》几个字。*安妮啊,沮丧时走入记忆的回廊,绝不是好办法——我想此时你应该已经明白了。*

保罗穿过房间,厨房就在正前方了。右边有一小段宽宽的走廊通到前门,走廊边有一排楼梯通向二楼。保罗很快瞥了楼梯一眼(梯上铺的地毯有几处滴着冰淇淋,扶手上也涂着抹痕),来到前门边。保罗觉得,像他这样困在轮椅上想逃生的人,就应该由厨房门口出去——走安妮喂牲畜的那道门,走她冲去挡牧场大爷的那扇门——不过他觉得应该先去看看这一扇,说不定会有惊喜的发现。

可惜没有。

走廊的楼梯陡得吓人,不过即使有轮椅走的斜坡(若是在玩'你行吗?',有人提出这种建议,他断然不会接受),他也不可能使用。门上有三道锁,门闩他还能应付,但另外两个是克里格锁,据以前当过警察的老友汤姆表示,这是全世界最难搞的锁。那钥匙呢?嗯……我看看,大概在奔往开怀地的途中吧?答对啦!赏他一根雪茄和打火机!

保罗留在走廊上,努力镇定惊惶的心绪,提醒自己本来就没对前门抱太大期望。到达客厅后,他又将轮椅掉头进入厨房。老式厨房的地上铺着明亮的油毯,天花板贴着锡片。冰箱虽然旧了,却没有噪音,冰箱门上吸了三四块磁铁,全是糖果造型:口香糖、巧克力条和巧克力糖。有个柜子的门开着,保罗看到架子上整整齐齐盖着油布。水槽上方有几扇大窗,虽是阴天,还是洒进大量的天光。这本该是个令人愉悦的厨房,实际上却不然。垃圾桶盖掀开,垃圾满溢到地上,发出阵阵腐臭。糟糕的味道并不止这些,还有一个味道似乎只存在于保罗心头,却又再真实不过,那就是厨房里有疯子威尔克斯的味道:一种固执疯狂的恶臭。

厨房里有三扇门,左边两扇;在他的正前方,也就是冰箱和食品储藏室之间还有一扇。

保罗先来到左边的门,其中一个是厨房的柜子——他在看到外套、帽子、围巾和靴子之前就猜到了。另一扇是安妮出去时用的那道门,门上又是一道门闩加两个克里格锁。雷德蒙家的人给我留在外头,保罗,你给我待在里面。

保罗想象安妮狂笑的样子。

"臭婊子!"保罗举拳往门框上一捶,好痛!赶紧将手掌放到嘴里含着。他痛恨刺痛的泪水，眨眼时，泪水害他两眼婆娑，他却抑制不住。保罗惊恐地大声自问：接下来该怎么办？接下来该怎么办？天啊，这也许是他最后一次机会了——

当务之急，就是彻底检视现状，保罗咬牙告诉自己，需要你再冷静点。你想你办得到吗，猪头？

他擦擦眼泪——哭泣无助于逃脱——望着门上方的窗子。那不是单片窗，而是由十六片小玻璃拼成的。保罗可以将玻璃片逐一击破，再把板条弄断，可是他手边没有锯子，恐怕得耗上好几个小时，因为那些板条看起来非常结实。接下来呢？学神风特攻队冲到后门廊吗？好主意，也许他会把背摔断，那样就暂时不用去顾虑两条腿，而且在骤雨里躺不了多久就会挂掉，这样也不必再受折磨了。

休想，门儿都没有。也许我会反击，不过皇天在上，除非我逮到机会，让我的头号书迷了解，认识她是件多么痛快的事，否则我绝不出手。这点我可以保证——而且对天发誓。

想到要向安妮报仇，保罗的惊慌便稍稍平静了，这比痛骂自己更有效。保罗稍微冷静下来后，便打开门边的开关，外头的灯一下子亮了。这灯来得正是时候，因为自保罗离开房间后，天色便渐渐暗了。安妮的车道泡在水里，院子里满是泥泞、水洼和一堆堆的融雪。保罗把轮椅滑到门左边，这是他首次看到安妮家旁边的路，当然，这也不是什么了不起的事——那是条海豹皮般晶亮的双线柏油路，路面夹在雪堆之间，上头布满了雨水和融雪。

也许安妮锁门是为了防范雷德蒙一家人，她没必要锁门防我逃掉，因为我若坐着轮椅出去，不到五秒钟就动弹不得了。你哪儿都不能去，保罗，今晚休想，也许未来好几周都一样——等大地硬朗得能让轮椅在上头走动时，棒球季都已经开打一个月了。除非你打算打破玻璃爬出去。

不，他不打算那么做。用屁眼想都知道，拖着一身断骨在冰冷的水洼和融雪中蠕动爬行，顶多十到十五分钟，他就会跟垂死的蝌蚪一样了。就算他能爬到路上，拦下车子的机会有多大？除了安妮的车外，他在这边听到的唯一车声，就是牧场大爷的车，以及他第一次从"客房"逃出来时将他吓得魂飞魄散的那辆。

保罗关掉外头的灯，来到另一扇门边，也就是夹在冰箱和食品储藏室之间的那一扇。门上也有三道锁，而且甚至没通向外面，至少不是直接通到外头。门边也有电灯开关，保罗将灯打开，看到一间与房子等长、加盖出来的漂亮棚子。棚子盖在迎风面上，尽头有一堆木柴和砧板，上面插了一把斧头。另一边有工作台和挂在钉子上的工具。棚子左边有另一道门，外边的灯泡不是很亮，但够让保罗看清门上也加了门闩和两个克里格锁了。

雷德蒙一家……每个人……全都想出来抓我……

"我不清楚别人怎么想，"他对着空荡荡的厨房说，"但我真的很想去抓你。"

保罗放弃了开门。他进入储藏室，去看架子上存放的食物，不料却先看到火柴。两大箱纸装火柴和至少两打的盒装蓝钻牌火柴，整整齐齐地叠放着。

保罗冲动地很想干脆放把火把这地方烧了，后来觉得太荒唐，接着他看到一个东西，又开始重新考虑这种可能：食品储藏室里还有另一道门，而且上头没有锁。

保罗打开门，看见一道陡梯摇摇晃晃地伸进地窖里，一股难闻的蔬菜霉味从黑暗中冒了上来。他听见轻微的吱吱声，想到安妮说的：下雨时老鼠会跑到地窖里，我必须放捕鼠器。

保罗匆匆关上门，一滴冷汗自太阳穴滴下来，刺入他的右眼角。保罗用指节擦掉汗，他知道门一定是通到地窖的。看到门上无锁，保罗越发觉得纵火也许是个办法——或许他可以躲到地窖里。可是楼梯太陡，安妮的房子很可能在塞温德消防车赶来灭火之前，便塌进地窖将他活活烧死了。而且下面那些老鼠……最恐怖的是老鼠的叫声。

它的心脏跳得多快啊！你看它拼命想逃！保罗，它就跟我们一样，跟我们一样啊。

"非洲，"保罗说，他没听见自己的声音。保罗开始去看食品储藏室里的罐头和一袋袋食物，试着估算自己能拿走多少，而不会让安妮下次进来时起疑。他知道这个估算的动作代表什么意思：他已经放弃逃走了。

只是暂时放弃而已,他无措地抗议说。

不对,另一个更深沉的声音无情地表示,是永远的,保罗,你永远放弃了。

"我永远也不会放弃,"保罗低声说,"你听见了吗?永远不会。"

哦,是吗?那声音讽刺道,哼……咱们走着瞧吧。

是的,他们会明白的。

17

安妮的食品室与其说是储藏室,不如说是幸存者的防空洞。他猜这个储藏室从一个侧面反映了安妮的生活:她是独居于高山上的女子,应该不常出门。也许她偶尔会与外界失联一天,有时则长达一周甚至两周之久。搞不好连天杀的雷德蒙家也有一间令人叹为观止的食品储藏室……但保罗怀疑那个天杀的雷德蒙家或这一带的任何居民,食品储藏室的规模能跟他眼前所见的相提并论。这哪叫食品储藏室,简直就是他妈的超级市场嘛!他觉得安妮的食品储藏室应该有特定的象征意义——一排排的食物,代表界于真实世界与妄想人民共和国之间的灰色地带。不过目前此事似乎不值得费心探讨,去他的象征主义,先拿了食物再说。

没错,而且得小心翼翼地拿。一来怕安妮发现,二来不能贪多,以免安妮突然杀回来,他藏不了……安妮不都是突然间就跑回来吗?她的电话不通,当然也不可能先拍电报或送花给他喽。其实到头来,安妮就算发现食物不见,或在他房里找到了,也无所谓。他反正还是得吃,这点是没办法的。

沙丁鱼。底下摆了许多易开罐式的长方形扁罐,很好,他就拿几罐吧。火腿罐头不是易开罐的,可是他可以到安妮的厨房去开两个,先吃掉,再把罐子埋到安妮满出来的垃圾桶底下。有包打开的葡萄干,里头是小包装,撕开的玻璃包装纸上写着"迷你包"。保罗拿了四个迷你包,一并放到大腿上,外加几盒单人份的玉米片和麦片。保罗找不到单人份的加糖谷片,就算之前有,只怕也已经被安妮扫光了。

上层架子摆了一堆肉干条,跟安妮畜棚里的引火柴一样整齐。他拿了四份,战战兢兢地维护那一落金字塔的平衡,并狼吞虎咽地干掉一包,回味无穷地品尝着咸咸的油香。他将包装纸塞进内衣里,打算稍后再处理。

他的腿开始痛了。既然保罗决定不逃,也不烧房子,那就应该回自己房间去。这次冒险真是虎头蛇尾,不过情况原本有可能更惨。他可以吞两颗药,然后写到想睡了再去睡觉。保罗觉得安妮今晚不会回来了。暴风雨丝毫没有减缓的迹象,反倒是越刮越强。管他是不是虎头蛇尾,保罗想到能独自一个人静静写作、睡觉,知道安妮不会无故疯疯癫癫地闯进来搅局,心中就无比向往。

他退出食品室,停下来关灯,同时提醒自己离开时,必须

(清洗)

把所有东西归位。如果他在安妮回来前把食物吃光了,可以再回来多拿一些。

(就像饥饿的老鼠,对吧,保罗?)

他要切记得小心谨慎。千万别忘了一件事,每次他离开自己的房间,都是在冒生命危险。忘记这点的话,他就死定了。

18

保罗经过门廊时,目光再度被茶几底下的剪贴簿吸引住。记忆的回廊,那簿子大如莎翁的剧本手稿,且厚若圣经。

保罗好奇地拿起簿子打开来看。

簿子首页有一张剪报,标题是威尔克斯与贝利蒙联姻。报上照片里的男子面色苍白,脸形窄小,女人则黑发厚唇。保罗看看报上照片,再瞄瞄壁炉架上的肖像。错不了,剪报里的女子就是安妮的母亲,克丽辛达·贝利蒙(保罗觉得这名字倒很适合用在苦儿小说里)。剪报下用黑色墨水工整地写着:一九三八年五月三十日,《贝克斯菲尔德日报》。

第二页是出生启事:保罗·艾米里·威尔克斯,一九三九年五月十二日,生于贝克斯菲尔德医院。父亲,卡尔·威尔克斯;母亲,克丽辛达·威尔克斯。看到安妮哥哥的名字时,保罗吓了一跳。他一定是那

位带她去看章回电影的哥哥,原来她老哥也叫保罗。

第三页是安妮出生的启事,一九四三年四月一日。这样算来,安妮刚满四十四岁。保罗还留意到她是愚人节出生的。

外头风狂雨急,吹刮着房舍。

保罗兴味盎然地翻着簿子,暂时忘却了疼痛。

接下来的一份剪报是从《贝克斯菲尔德日报》上剪下来的,照片上一名消防队员站在梯子前,背景是冲天的烈焰,燃火的大楼窗子里吐出长长的火舌。

公寓失火,五人丧命

贝克斯菲尔德瓦奇山大道的一栋公寓周三凌晨遭祝融之灾,造成五人死亡,其中四人为同一家人,三名是小孩——八岁的保罗·克姆兹,六岁的弗雷德里克·克姆兹,以及三岁的艾利森·克姆兹。第四位是孩子们四十一岁的父亲,阿迪克。克姆兹先生救出了唯一存活的孩子,十八个月大的洛林。据克姆兹太太表示,她先生把么儿塞到她怀中,告诉她说:"我一会儿就带其他孩子出来,为我们祷告吧。""之后我就再也没见过他。"她说。

第五名受害者是五十八岁的欧文·塔尔曼,他一个人住在大楼顶楼。失火时,第三层楼的公寓里没有人。卡尔·威尔克斯一家最初被列入失踪名单,后来发现他们因厨房漏水,周二夜间便离开大楼了。

"我真为克姆兹太太感到痛心。"克丽辛达·威尔克斯告诉报社记者说,"不过我也感谢上帝饶过我的先生和两个孩子。"

消防队队长迈克·欧恩表示,大火起于公寓大楼地下室。谈到有无纵火可能时,队长表示:"极可能是酒鬼跑到地下室,几杯黄汤下肚后,抽烟不慎引起火灾的。肇事者也许在起火后逃掉了,没有留下来灭火,结果造成五人丧命。我希望我们能逮到那个浑蛋。"至于线索方面,欧恩表示:"警方找到几条线索,并已火速进行了查证。"

剪报下依然是整齐的黑字：一九五四年十月二十八日。

保罗抬起头，动也不动，但喉头哽了一下，觉得五脏六腑都在热腾腾翻搅。

那些小浑蛋。

三名死者是小孩。

楼下克姆兹太太家那四个小浑蛋。

噢，不会吧，天哪，不会吧。

我以前好讨厌那几个小鬼。

她只是个孩子！当时甚至不在大楼里！

她那时十一岁，够大也够聪明了，也许她在廉价的酒瓶四周洒了煤油，然后点燃蜡烛，将蜡烛摆在煤油中央。也许她没想到真的会着火，也许她以为煤油会在蜡烛烧到底前蒸发掉，也许她以为他们会活着逃出来……她只想将他们吓走而已。可是她真的做了，保罗，她真的操他妈的下手了，你很清楚。

是啊，他很清楚。谁会去怀疑一个小女孩？

保罗翻到下一页。

又是《贝克斯菲尔德日报》的剪报，日期是一九五七年七月十九日。照片上的卡尔·威尔克斯看起来年纪略老。很显然的一点是：他不会更老了，因为剪报是他的死亡报道。

贝克斯菲尔德会计师意外摔死

贝克斯菲尔德当地居民卡尔·威尔克斯，昨晚刚住进汉纳戴综合医院，不久便被宣告死亡。死因显然是死者去接电话时，不慎绊到衣物摔倒所致。主治医生弗兰克·坎利表示，威尔克斯死于头骨碎裂及颈骨折断，享年四十四岁。

威尔克斯身后尚留有妻子克丽辛达、十八岁的儿子保罗以及十四岁的女儿安妮。

保罗翻到下一页时，还以为安妮因怀念或失误，将父亲的死亡报道贴了两份（他觉得后者的可能性更大些）。然而这次事件虽然不同，却有明显的相似处:二者均非真正出于意外。

恐惧渐渐袭上保罗的心头。

这份剪报下面,用工整的字迹写着:一九六二年一月二十九日,《洛杉矶日报》。

南加大学生意外摔死

南加州大学护理系学生安德烈娅·詹姆斯昨晚抵达北洛城的慈恩医院后,离奇死亡。

安德烈娅·詹姆斯小姐与贝克斯菲尔德来的护理系学生安妮·威尔克斯,共同在校外的戴洛蒙街合租公寓。威尔克斯小姐夜间近十一点时听见尖叫,接着是"可怕的重物坠地声"。当时正在看书的威尔克斯小姐冲到三楼楼梯口,看到安德烈娅·詹姆斯小姐躺在楼梯下的平台,"用一种非常不自然的姿势趴倒在地上。"

威尔克斯表示,由于急着找人帮忙,自己也差点摔倒。"我们有一只叫彼得·甘的猫。"她说,"我们好几天没见到猫咪,还以为它已经被当成流浪动物抓走了,因为我们一直忘了给它挂猫牌。彼得·甘倒毙在楼梯上,安德烈娅踩到彼得。我用自己的毛衣盖住她,然后打电话给医院。我知道她死了,可是我不知道该打电话给谁。"

洛杉矶人安德烈娅·詹姆斯小姐,享年二十一岁。

"天啊。"

保罗不断地喃喃自语。他用抖若秋叶的手翻动纸页,看到一张剪报上写着,两名护士生收养的猫被毒死。

彼德·甘,保罗认为这是个很可爱的猫名。

房东的地下室里有老鼠,房客抱怨连连,结果大楼监督委员会在一年前提出警告。后来房东大闹市议会,还上了报纸头版。安妮应该知道这件事。房东面对不愿背负骂名而打算重罚他的市议员,只好在地下室里放了一堆老鼠药。猫吃了药,在地下室熬了两天,死前拼尽最后一丝力气去找主人,结果害死了其中一位。

够讽刺，很值得一写。保罗心想，然后纵声大笑，一定可以上新闻。

无懈可击，非常周全。

可惜我们知道，其实是安妮捡了一些地下室的毒药喂猫。彼德·甘若拒吃，她就拿棍子把药塞进它胃里。等猫死后，安妮把它放到楼梯上，祈祷计谋能奏效。也许她料到室友回来时会喝得微醺，这点我倒不讶异。一只死猫、一堆衣服。就像汤姆·特怀福德说的，同一招把戏。可是为什么呢，安妮？这些剪报告诉了我一切，却独缺一样：为什么？

为了自卫。过去几星期来，保罗有一部分想象力已经成为安妮本人了，现在就是这个安妮在用她干哑坚毅的声音告诉保罗，她是为了自卫。虽然这理由太过荒谬，却又合情合理。

我杀她，因为她收音机开到大半夜。

我杀她，因为她帮猫咪取了个笨名字。

我杀她，因为我不想再看她跟男友在沙发上卿卿我我，看他的手在她裙下东摸西探，像在找金子一样。

我杀她，因为我发现她作弊。

我杀她，因为她逮到我作弊。

详细原因不重要，对吧？我杀她，因为她是个天杀的浑蛋，这个理由就够了。

"也许因为她自以为是。"保罗喃喃说着，头一仰，发出一连串令人毛骨悚然的长笑。原来这就是"记忆的回廊"啊。噢，安妮这条诡谲多变的道路两侧，果然长满了各式奇异恶毒的花朵！

没有人把那两次意外串联起来吗？先是她父亲，然后是她的室友？你是说真的还是假的？

当然是说真的。两次意外间隔了五年，又发生在两地，分别刊登在不同的报纸上，且当地人口众多，人们摔下楼梯跌断脖子是常有的事。

而且安妮非常非常狡猾。

看来她几乎跟撒旦有得一拼，只是现在她越来越笨拙了。不过，如果安妮将因为杀害保罗·谢尔登而陷入困境，至少他还能得到一点安慰。

保罗翻到下一页，看到另一份《贝克斯菲尔德日报》的剪报——这是最后一份了。标题写着：威尔克斯小姐自护校毕业。家乡子弟光宗耀祖。一九六六年五月十七日。照片上的安妮·威尔克斯年轻且出乎意外地漂亮，她穿戴着护士制服和帽子，对相机露出微笑。那是张毕业照，她是荣誉毕业生。只要干掉一位室友就成了，保罗心想，又发出一阵尖厉恐惧的大笑。狂风呼啸过屋侧，似乎在回应他。安妮母亲的肖像在墙上微微震动。

接下来的剪报是从新罕布什尔州曼彻斯特的《工会领袖》上剪下来的，日期是一九六九年三月二日。简单的讣告看似与安妮无关。欧内斯特·戈尼亚，七十九岁，死于圣约瑟夫医院。讣告上未写明死因，只说是"久病后亡故"。身后留有妻子及十二个孩子，大概还有四百个孙子女吧。简直是老鼠会嘛，代代繁衍，保罗心想，然后又是一阵狂笑。

老头儿一定是被安妮杀死的，要不然他的讣告怎么会贴在这里？这是安妮的死亡之书啊，不是吗？

为什么，怎么会这样？为什么？

对安妮·威尔克斯这种人来说，这个问题不可能有正常的答案，你早知道了。

另一页也是《工会领袖》的讣告，一九六九年三月十九日，死亡的女士是八十四岁的海丝特·贝利芬。照片里的老太太看起来像是从死人堆里走出来的。欧内斯特的情况在老太太身上重演——好像"久病后亡故"这玩意儿还挺流行的。老太太跟欧内斯特一样，死于圣约瑟夫医院。三月二十日下午两点至六点于福斯特殡仪馆让亲友瞻仰遗容，二十一日下午四点葬于玛丽墓园。

真该请摩门教会的合唱团安排一次特别的演唱，曲目是"安妮，你可愿意前来"，保罗心想，然后又笑了一阵。

接下来几页又贴了另外三份《工会领袖》的讣告。其中两位老人死于同一套戏码——长年疾病。第三位是一名四十六岁，名叫保莉特·希梅克斯的妇人，死于一般急症。虽然讣告上的照片看起来比较模糊，但还是看得出之前那位老太婆跟保莉特一比，娇小得简直有如拇指姑娘。保莉特一定没病多久——例如被雷劈到头顶开花，送到圣约瑟夫医院，然后……然后怎么样？到底怎么样？

他真的不愿多想……可是三份讣告的死者全都死于圣约瑟夫医院。

若去查看一九六九年三月的护士值班登记，会不会找到安妮·威尔克斯的名字？朋友啊，大熊不都藏身在天杀的树林里吗？

这本簿子，亲爱的上帝，这本簿子好厚啊。

我不要再看了，天哪，我不想再看了，我已经明白了。我要把书放回原位，然后回自己房间。我想我大概不会再想写东西了，我只想多吞一颗药，蒙头大睡，以免做噩梦。千万别叫我在安妮的记忆回廊里往下走了，求求你，求求你啊。

可是他的手似乎有自主意志，继续不断地翻动纸页，且越翻越快。

又是两份《工会领袖》的死亡宣告，一份在一九六九年九月末，一份在十月初。

一九七○年三月十九日的这一份是从宾州哈里斯堡的《通讯报》上剪下来的小则新闻：医院新职员名单公布。照片上是一名戴眼镜的秃头男子，保罗觉得他一看就像那种会在私底下偷吃鼻屎的人。文章中指出，除了新任公关主任（就是那个四眼田鸡），还有其他二十人加入河景医院工作序列，包括两名医生、八名护士、厨房员工、勤务人员及一名清洁工。

安妮便是其中一名护士。

接下来一页，我大概会看到一份宾州哈里斯堡河景医院公布的某位老先生或老太太的死亡公告吧。

果不其然，一个老头子又死于流行的"长年疾病"了。

接下来一位老先生死于姊妹病——急症。

然后是一个三岁的小孩掉到井里，头部受重伤昏迷不醒，被送到河景医院。

保罗木然地翻着纸页，任凭屋外风狂雨骤。安妮的作案模式很明显，她先找到工作，杀害一些人，然后再换地方工作。

有个画面突然跳进保罗脑海，那是他难以忘怀的梦境，令他觉得似曾相识。他看到安妮·威尔克斯穿着长衣、围裙，头上包着头巾，看起来像伦敦贝德罕医院的护士。她手上拎着篮子，伸手掏出沙子，撒向路过的众人脸庞。那不是令人安睡的沙子,而是要人命的毒沙。一被沙子碰到,人们的脸就开始发白,监视器上跳动的曲线也随之拉直。

她杀害克姆兹家的孩子,也许因为他们太坏……还有她的室友……甚至包括她父亲在内。可是其他这些人呢?

保罗知道原因,他内心深处的那个安妮知道。这些人又老又病,除了希梅克斯太太之外,所有人都又老又病,而且希梅克斯入院时,一定已经成为植物人了。安妮杀掉希梅克斯太太和那个摔到井里的孩子,因为——

"因为他们是捕鼠器里的老鼠。"保罗低声说。

可怜的东西,可怜可悲的东西。

没错,应该就是这样。对安妮来说,世上所有人只分成三大类:浑蛋、可怜可悲的东西……以及安妮。

安妮逐渐地往西部搬迁,从哈里斯堡到匹兹堡,再到德卢斯、法戈。一九七八年,她搬到了丹佛。每次迁移的模式都一样:一份含有安妮名字的"欢迎入队"声明(她没剪到曼彻斯特的"欢迎入队",保罗猜想是因为她当时还不知道地方报纸会刊登这种消息),然后是两三件不会启人疑窦的死亡事件,接下来就又重复原本的循环。

直到她搬到丹佛。

一开始状况似乎一样,有一份从丹佛大众医院内部报纸剪下来的"欢迎"公告,里面提到了安妮的名字。安妮工整的字迹写出报纸名称:《轮床》。"好精彩的医院报纸名称,"保罗对着空空如也的房间说,"奇怪的是,竟然没有人想到叫它粪便采样什么的。"他又不自觉地发出恐怖的笑声。翻过页,看到第一份从《落基山新闻》上剪下来的讣告。劳拉·罗特贝里,一九七八年九月二十一日,久病后亡故,死于大众医院。

接下来原有的模式骤然丕变。

下一页是婚礼公告,而非葬礼。照片上的安妮穿着滚蕾丝边的白礼服,不再是制服了。安妮身边一名叫拉尔夫·杜根的男人牵着她的手。杜根是理疗师。剪报上写着杜根-威尔克斯联姻。《落基山新闻》,一九七九年一月二日。杜根有一个相当突出的特点:看起来很像安妮的父亲。保罗觉得杜根若剃掉胡子——也许安妮蜜月一过,就会逼他刮掉——就几可乱真了。

保罗拨算了一下安妮剪贴簿剩下的厚度，觉得杜根最好去算一算他跟安妮求婚当天的时辰，八成是犯冲相克兼大凶。

我大概会在下几页找到你的报道。有些人在异国他乡跟人有约，但我想你是跟一堆脏衣服或楼梯上的死猫有约吧，一只名字超可爱的死猫。

保罗猜错了。下一份剪报是纳德兰某家报纸的"新职员公告"。纳德兰是位于博尔德市西边的一座小镇，离这儿应该不远。在列满姓名的剪报里，保罗一时找不到安妮的名字，后来才发现自己找错了。安妮的名字的确在里头，只是顺应男尊女卑的习俗，变成"拉尔夫·杜根先生及夫人"罢了。

保罗猛然抬头，是车声吗？不……只是风吹而已，没错。他又低头去看安妮的簿子。

拉尔夫·杜根婚后又回到阿拉帕霍医院协助跛病瞎盲的患者；安妮大概又回去当她的护士，协助安抚那些重伤患者了吧。

她就要大开杀戒了，保罗心想。对于拉尔夫，他只有一个疑问：拉尔夫会在杀戮过程的开始、中间还是结尾时出现？

可是保罗又猜错了，接下来不是讣告，而是一页房屋中介的影印资料。广告左上角是一栋房子的照片，保罗只能从加盖的畜棚认出来——毕竟他从来没从外头看过安妮的房子。

照片下，安妮的笔迹整齐地写着：一九七九年三月三日交付订金，同年三月十八日文件通过。

退休住的吗？应该不是。避暑用的？也不对，他们负担不起这种奢侈品，所以呢……？

也许只是纯幻想而已，不过无所谓啦，说不定安妮真的很爱她老公。也许两人结婚一年后，安妮还不觉得拉尔夫有何天杀的缺点。情况真的有点改变了，自从……

保罗往回翻。

自从一九七八年九月，劳拉·罗特贝里死后，就一直没再看到讣告了。可是当时归当时，现在是现在。安妮的压力又开始堆积了，她忧郁症复发,看着那些老人……患者……心想,他们都是可怜的东西,令我沮丧的正是这个环境,这道铺着瓷砖、绵延无尽的长廊,医院里的气味,塑胶鞋底踩地的吱吱声,以及人们痛苦的呻吟。如果我能离开这里,就不会有事了。

于是拉尔夫和安妮来到了山区。

保罗翻到下页,眨眨眼。

这一页底下写着几个字——一九八〇年八月二十三日,干你娘!

厚厚的纸张有几处被愤怒的安妮用笔戳破好几个洞。

那是一份从纳德兰报纸上剪下来的离婚公告,可是保罗得把剪报倒过来看,才能确定安妮和拉尔夫是其中一对,因为安妮把剪报贴反了。

没错,拉尔夫和安妮·杜根确实在上头。离婚原因:生性残暴。

"急症之后的离婚。"保罗低声说。他再次抬头,以为自己听到了车子驶近的声音。是风声,只是风声而已……不过他最好还是回房间比较安全。他的腿越来越痛了,而且他真的已经快吓坏了。

不过他还是俯身去看簿子,奇怪的是,这簿子精彩得令人舍不得放下,就像一部恶心得不行的小说,却让人非读完不可。

没想到安妮的离婚竟然走法律途径解决,她的婚姻果然没维持太久——一年半的时间并不算长。

两人在三月合买了房子,他们若是觉得婚姻会失败,就不可能那样做了。中间出了什么事?保罗不知道。他可以编个故事,不过也只是编出来的而已。保罗又去看剪报,从中找出了一些蛛丝马迹:安吉拉·福特诉请与约翰·福特离婚。克莉丝汀·佛雷诉请与斯坦利·佛雷离婚。丹娜·麦克罗伦诉请与李·麦克罗伦离婚,还有……

拉尔夫·杜根诉请与安妮·杜根离婚。

美国人就是爱离婚,对吧?大家都不愿多谈,但事实就是那样。男人在月光下向女人求婚,最后女人到法庭申请离婚。虽然未必都对,但经常是那样没错。那么上面那串名字代表什么意义?安吉拉说:"你给我滚,杰克!"克莉丝汀说:"你走你的路吧,斯坦利!"丹娜说:"钥匙还我,李!"拉尔夫这位唯一被排在第一栏的男人到底说了什么?也许他说："让我离开这鬼地方吧！"

"也许他看到楼梯上的死猫了。"保罗说。

接下来一页,是另一份"新任职员"公告,这份是从科罗拉多博尔德市的《特写》上剪下来的。照片中的十几名新进员工站在博尔德医院的草坪上,安妮站在第二排,黑边帽下是一张苍白的圆脸。这是另一场戏的开场,照片下的日期是一九八一年三月九日。安妮又恢复原本的姓氏了。

博尔德市,安妮就是在那里大开杀戒的。

保罗加快翻动纸页,恐惧越来越深,心中不断冒出两个问题:他们为什么未能及早发现? 还有,安妮究竟如何逃过众人耳目?

一九八一年五月十日——久病后亡故。一九八一年五月十四日——久病后亡故。五月二十三日,久病后亡故。六月九日——急症。六月十五日——急症。六月十六日——久病。

急症。久病。久病。急症。久病。久病。急症。

纸页自保罗的指尖翻过,他可以闻到淡淡的纸胶臭味。

"我的妈呀,她到底杀了多少人?"

如果簿子里的每份剪报都表示她杀了一个人,那么到一九八一年底,安妮的得分已达三十了……而主管当局竟然连个屁都没放。当然了,大部分受害者都是老人,其他是重伤患者,可是……难道……

一九八二年,安妮终于踢到铁板了。一月十四日的《特写》剪报上,是她呆滞僵冷的面容,新闻的标题写着:产科病房新护士长人选公布。

一月二十九日起,育婴房开始陆续有人死亡。

安妮仔细地用她的方式记下整个过程,保罗一路往下看。簿子若是被缉捕你的人发现,安妮啊,你就吃定牢饭——或被送到疯人院了——而且至死方休。

头两名婴儿的死亡并未引起怀疑,因为剪报提到他们天生严重畸形。可是不管畸形或正常,婴儿跟死于肾衰竭的老人、头撞得只剩一半或内脏撞出大洞的车祸患者毕竟不同。后来安妮开始连健康的婴儿也不放过。保罗猜,精神状态不断恶化的安妮把他们全看成可怜又可悲的东西了。

到了一九八二年三月中旬,博尔德医院的育婴室已经发生了五起死亡事件。警方展开全面调查。三月二十四日的《特写》写道,嫌犯可能是"坏掉的奶粉",而且还说是根据"可靠的医院消息来源"。保罗怀疑这个来源就是安妮·威尔克斯本人。

另一名婴孩死于四月。五月有两个。

接着是六月一日的丹佛《邮报》头版:

死婴案调查产科护士长
警局发言人表示目前尚未起诉
记者 迈克·李斯

博尔德医院产科病房护士长,三十九岁的安妮·威尔克斯今天接受侦讯,调查该院连月来八名婴儿死亡之相关事宜。所有婴儿都是在威尔克斯小姐值班时死亡的。

警局发言人塔玛拉·金索尔文被问及否是要逮捕威尔克斯小姐时表示,目前警方无此动作。至于威尔克斯是否自行提供此案消息,金索尔文答道:"情况不是那样的,事态比那还严重些。"威尔克斯是否被控犯罪,回答是:"没有,还没有。"

剩下的报道则是安妮的就职经历,这婆娘显然经常搬家,不过倒看不出安妮待过的医院(不单是博尔德市的医院)在她任职期间有过什么抱怨。

保罗入神地看着旁边的照片。

安妮被羁押了,亲爱的上帝,安妮被警方羁押了。她举步蹒跚……一路摇摇晃晃……

她在一名胖壮的女警陪伴下面无表情地步上石阶。她身上穿着护士服,脚上穿着白鞋。

接下来一页:威尔克斯获释,绝口不谈侦讯过程。

她竟然没事,不知怎地,安妮竟然逍遥法外。她应该"见好就收",搬到其他地方去,比如爱达荷、犹他州或加州,但她竟然又回去工作了。这回贴在簿子上的,不是从遥远的西部报上剪来的"新进职员"表,而是一九八二年七月二日的《落基山新闻》首页：

梦魇持续上演：

博尔德医院再爆三名死婴

两天后，警方据令逮捕一名波多黎各人，九小时后又将他释放。七月十九日，丹佛《邮报》和《落基山新闻》双双报道安妮·威尔克斯被捕的消息。八月初有场简短的听证会，九月九日，安妮因克莉丝谋杀案受审，该名女婴才出生一天。除了克莉丝之外，安妮还被诉七件一级谋杀罪。报道指出，嫌犯安妮的受害者，有些甚至尚未命名。

受审过程报道中，还夹着两份报上的读者来信。保罗知道安妮只挑了指责最严厉的几封——那些加深她的偏见、将人类视为残渣的信。这些信不论从哪个标准来看，都写得极尽恶毒，其中的共识是：若将安妮·威尔克斯绞死，实在太便宜她了。一名读者叫她"女罗刹"，大多数人在审案期间都主张应该用火烫的叉子把女罗刹戳死，而且还表示志愿出面做这件事。

除了这类信件外，安妮一反平时的工整，用歪斜的字迹写道：尖石会刺断我骨，文字却永不伤我身。

安妮最大的错误显然是在人们起疑之际未能及时收手。很糟糕，可惜还不够糟。安妮只是稍受打击，起诉的案子全都只有间接证据，有些证据还非常薄弱。检察官在克莉丝宝宝的脸及咽喉上，找到一个跟安妮手掌大小相符的勒痕，上面有她戴在右手无名指上的紫水晶戒指所留下的痕迹。检察官还提出一份有效的育婴室进出登记，大致与婴孩死亡时间相吻合。可是安妮毕竟是医院的护士长，向来就在育婴室进进出出。辩方律师同时提出数十次安妮进入病房、宝宝们却平安无事的例证。保罗觉得这和"五天以来没有一颗流星击中农夫约翰的田，所以流星永远不会击中地球"一样无稽。不过他可以想见，陪审团的压力有多沉重。

检察官已尽力提出严谨的控诉了，可是最有力的证据，只有那个带着戒痕的手印而已。保罗认为,科罗拉多州法庭明知证据薄弱,将安妮定罪的机会极为渺茫,却依然公审安妮,一定是因为安妮在初审时,说了对自己极为不利的话;她的律师没让这份文件列入审判记录中。保罗可以确定一点:安妮决定亲自出席初审,是非常不明智的做法。她的律师无法将那份证词挡在审讯大门外(虽然他已经尽力了),安妮当年八月在"出席丹佛法庭"的三天中虽然啥都没承认,但保罗觉得她其实已经什么都认了。

安妮剪贴簿里的剪贴包含了一些珍贵资料:

我为他们难过吗? 当然了,一想到咱们住的这个世界,我就难过。

我没有什么好惭愧的,我从来不觉得可耻。我做了就算,从来不会去回想。

我参加过他们任何人的葬礼吗? 当然没有,我觉得葬礼太严肃,太沮丧了。还有,我不相信婴儿有灵魂。

不,我从来没哭过。

后悔? 那应该是哲学的问题,不是吗?

我当然明白你在问什么,我明白你们所有的问题,我知道你们全是冲着我来的。

如果当初她坚持为自己作证,保罗想,她的律师大概会一枪毙掉她,好让她住嘴。

案子在一九八二年十二月十三日由陪审团审判。《落基山新闻》登了一幅可怕的照片——安妮冷静地坐在席上,手上拿着一本《苦儿的追寻》在读。照片下写着:苦旦苦儿? 女罗刹所不为也! 安妮一边等待宣判，一边安然自若地看着书。

接下来十二月十六日的标题是：女罗刹获判无罪。新闻中一名不愿透露姓名的陪审员提到："我实在怀疑她是无辜的，真的，可是我也有充足的理由相信她无罪。我希望她将来能因其他原因再次受审，也许到时检察官能掌握到更有力的证据。"

大家都知道是她干的，可是没有人能证明，所以安妮便从他们的指间逃走了。

案子又延续了三四页，检察官说安妮必然逃不过其他法庭的审判。三个星期后，检察官又改口表示自己从没说过那句话。一九八三年二月初，检察官办公室发表一篇声明，说博尔德医院的几桩婴儿死亡案虽然还在调查，但安妮·威尔克斯的案件已经结案了。

从他们的指间逃开了。

不知何故，安妮的丈夫从未帮任何一方出席作证。

往下还有更多乱七八糟挤在一起的纸页，看来安妮的历史已经快翻到尾声了。谢天谢地。

接下来一页是一九八四年十一月十九日，塞温德《公报》上剪来的——游客在格里德野生动物保护区东侧发现一名年轻男子的残尸。次周的报上刊登着，死者身份是二十三岁、来自纽约冷流港的安德鲁·波默罗伊。波默罗伊于前一年的九月离开纽约，搭便车前往洛杉矶旅行。他最后一次跟父母联络是在十月十五日，从朱尔斯堡打对方付费的电话。波默罗伊的尸体在干涸的河床上被人发现，警方推断，死者应该是在九号高速路附近遇害，然后在春季融雪时，被河水冲至野生动物保护区。验尸官的报告提到，伤口是斧头砍出来的。

保罗思忖，格里德保护区不知离这儿多远？

他翻过页，看着最后一份剪报——至少到目前为止是最后一份——整个人突然空掉了，仿佛在咬牙看过前面一长串不忍卒睹的死者名单后，这下子终于面对自己的讣告了。那还不算讣告，但是……

"但是也差不多了。"他哑声说。

那是从《新闻周刊》"转变"专栏上剪下来的一则消息，夹在某电视女演员的离婚消息和中西部某钢铁大亨的死讯之间：

失踪人士：保罗·谢尔登，四十二岁，小说家，代表作品是以胸大无脑、美艳无比的苦儿为主角的浪漫小说系列。谢尔登的经纪人布莱斯·贝尔表示："我想他应该没事，不过我希望他能跟我们联络，好让我放心。还有，他的前妻希望他能跟她联络，以解决银行户头的事。"谢尔登最后一次现身是七周前，在科罗拉多的博尔德市，他去那边完成新小说。

剪报是两星期前的。

失踪人士，就这样而已，他们只跟警方报了失踪人口。我没死，我真的没死。

但感觉真的很像死了，而且他突然觉得需要吃药，因为他痛的不只是那双腿，而是全身上下无一处不痛。保罗小心翼翼地把簿子放回原位，开始将轮椅往客房滑去。

外头的风刮得更凶了，冰冷的雨水奋力击打在屋上，这让保罗听得瑟缩不已。他呜呜咽咽，恐惧已极，并拼命按捺自己，不让泪水喷出来。

19

一小时后，在一堆药物的催眠下，保罗只觉呼号的狂风听来宛若仙乐，不再令人害怕了。他心想：我逃不掉了，不可能的。哈代在《无名的裘德》中是怎么写的？"本可有人前来安抚这孩子的恐惧，可是却没人拔刀相助……因为没有人会这么做。"是啊，说得极是。没人会理你，因为大伙都在忙。孤独侠在忙着拍麦片广告，超人在别处拍片，你只能靠自己，保罗，完全得靠自己了。也好，反正你大概已经知道答案了，对吧？

是的，他当然知道答案。

如果他想离开这里，就得杀掉安妮。

没错，那就是答案——也是唯一的答案。咱们又回到同样的老游戏上了，对吧？保罗……你行吗？

他毫不犹豫地答道，行，我行。

他的眼睛缓缓闭上。保罗睡着了。

20

第二天是一整日的暴风雨。第三个晚上,乌云散去,同时气温从华氏六十度骤降到二十五度,外头整个世界冰封如石。保罗一整天独坐在卧室窗边,瞅着外头银光闪耀的世界。他可以听见母猪苦儿在畜棚里呼噜噜叫着,以及其中一头乳牛的哞哞声。

他经常听这些家畜叫嚷,它们已经成为客厅钟声的背景音乐了,可是保罗从没听过苦儿这样尖叫过。以前好像有一次听到牛这般叫法,不过那是在噩梦中迷迷糊糊听到的,当时他浑身剧痛。那是安妮第一次离去,丢下他不给药吃。保罗虽然在波士顿郊区长大,大半辈子住在纽约市,却听得出牛的哭号意味着什么:有一头乳牛需要挤奶了。另一头显然还不需要,大概是安妮怪异的挤奶法已经把它榨干了。

那猪呢?

饿了,就这样,不过也够它受了。

看来它们今晚甭想好过了,就算安妮愿意,只怕也赶不回来。他很讶异自己竟会如此深切地同情起这些牲畜,并气愤安妮如此自私自利,弃它们于不顾。

安妮呀,如果你的牲畜能说话,它们会告诉你,谁才是真正的烂鸟人。

那几天,保罗倒过得挺自在。他吃罐头、喝水壶里的水,按时服药,每天午睡。苦儿的故事、她的失忆症和半途杀出来(而且已经烂得不成人形)的老妹,循序渐进地朝小说后半部的场景非洲迈进。讽刺的是,安妮那个女人竟然逼出了苦儿系列中最棒的一部作品。伊安和杰弗里到南安普顿打造一艘叫萝蕾莉号的帆船,准备航行。不时莫名陷入全身性僵直的苦儿(还有一点,万一苦儿再遭蜂叮——这辈子只要再发生一次——她就会立刻毙命),便是在黑暗大陆丧命或痊愈的。从洛斯顿往内陆走一百五十英里,在巴布里海岸北端最险恶的月湾上,有一片英荷属的殖民地,那边住着非洲最凶残的部族波卡人,又称蜂族。胆敢冒险闯入波卡族领地的白人很少有回来的,但活着回来的人,则道出一则惊人的故事:在一片高耸松塌的山壁上,雕着一张女人的面容。女人表情严峻,嘴巴大张,额上镶着大颗红宝石。还有另一则故事——当然只是谣传而已,但奇怪的是,这谣传从未断过——石像额头后的洞穴里布满蜂窝,里头住着一窝巨大的白蜂,白蜂飞绕着保护它们的蜂后——一只冻胶般的怪物,奇毒无比,却也神奇无比。

那几天中,保罗浸淫在狂想的世界里。到了晚上,则静静坐着聆听猪叫,思索如何除掉女罗刹。

保罗发现,在真实生活中玩"你行吗?"跟小时候一群人叉腿围坐,或长大后坐在打字机前面玩,是截然不同的。当它纯粹是游戏时(即使有人愿意付钱请你玩,但毕竟还是游戏),你可以想出一些很疯狂的点子,再将它们合理化——例如苦儿和伊夫琳之间的关系(原来他们是同父异母的姐妹。后来苦儿发现,原来她父亲曾在非洲跟波卡族一起厮混)。然而在真实生活中,这类不可思议的事常常无从发挥。

倒不是保罗没试过。楼下浴室里有一大堆药,里头一定有能将安妮杀死的药吧? 或至少让安妮无助地瘫着,让他慢慢下手。以拿威力为例,那玩意儿要是吃多了,连手都不必动,安妮就会自己去见阎王了。

这主意很赞哪,保罗,我告诉你该怎么办吧。你只要拿一大把胶囊,塞进冰淇淋里,安妮就会大口大口地把药当坚果吞下去。

不行,绝对行不通。他也没法打开胶囊,把药粉掺到软掉的冰淇淋里,因为拿威力味道极苦,他吃过,所以知道。安妮会立刻从甜味中辨出药的苦味……那么你就死定了,保罗,而且会死得极难看。

这点子放到故事里很棒,可在现实情境中根本行不通。即使胶囊里的药粉无臭无味,保罗也不敢冒险一试,因为这办法不太保险。这可不是游戏,而是在赌命啊。

他想到好几个点子,又很快一个个推翻。有个办法是把东西悬在门的上方(他马上想到打字机),等安妮进门时,就会被敲死或击昏。另一个办法是在楼梯上缠一条线绊倒她,可是这两条计策跟掺药粉都有同样的问题:不够万全。保罗不敢多想,他若杀害安妮未果会有什么下场。

第二天晚上,随着夜幕降临,母猪苦儿依旧没完没了地狂嚎,就像铰链锈掉、关不上的门随风晃响一样。不过乳牛一号突然没声音了。

保罗不安地猜测，那可怜的牲畜是不是奶子爆炸，失血过多翘掉了。保罗脑里的画面是

（多么生动逼真哪！）

母牛躺在血乳横流的水滩中。他火速抛开那影像，告诉自己别蠢了——乳牛才不会有那种死法。他其实不确定，因为他真的不知道乳牛会不会被奶胀死，何况他烦心的不是乳牛，不是吗？

你所有的奇想，归根结底只为了一件事——你希望用遥控的方式杀死安妮，你不希望双手染上她的血。你就像热爱厚牛排，却无法在屠宰场里待上一小时的人。听好了，保罗，你给我听明白了：在这种危急存亡之秋，你必须面对现实，不能用异想天开的花哨办法。懂了吗？

懂了。

保罗回到厨房，打开抽屉，找到几把刀子。他挑了最长的一把切肉刀，回到房间，不忘停下来把门侧的刮痕擦掉，不过那痕迹还是越来越清晰了。

没关系，如果安妮这次又没看到，以后就再也看不到了。

保罗先把刀放在床头柜上，将自己撑上床，再把刀塞到床垫下。等安妮回来时，他会要她端杯凉水过来，然后趁她俯身把杯子递给他时，将刀子刺入她喉中。

一点也不花哨。

保罗闭上眼睛睡着了。那天清晨四点，当吉普车熄掉引擎，关了灯，悄悄溜回车道时，保罗动也没动。在保罗臂上挨刺醒来，看见安妮贴在他面前的大脸之前，他压根儿不知道安妮已经回来了。

21

一开始，他以为自己梦见了书里的画面，以为那片漆黑是波卡族巨大蜂神石雕后面的洞穴。而那刺痛感则是蜜蜂——

"保罗？"

他喃喃说了几句不着边际的呓语。

"保罗。"

那不是梦里的声音，而是安妮的声音。

保罗勉强睁开眼睛，没错，是她。保罗吓了一大跳，但惊恐的感觉像水一样，又从半堵的排水管中流掉了。

到底怎么回——？

保罗完全错乱了。安妮站在阴影里，仿佛不曾离开过。她穿着毛料裙子和丑陋的毛衣。保罗看到她手里的针筒，才反应过来刚才不是蜂蜇，而是安妮在帮他打针。操他妈的——不管蜂蜇还是挨针，反正都一样，他栽在女神手里了。可是安妮打的是——？

恐惧再次袭上心头，复又散去。保罗只是微感诧异，并好奇安妮是从哪儿回来的，以及为什么要这个时候回来。他试着抬手，却只抬起一点……只有一点点，然后又颓然地落回被单上了。他的手臂有如千斤重。

她帮我注射什么都无所谓了，就像小说最后一页写的一样——全书完。

想到快要死了，保罗并不害怕，反而有种解脱的喜悦。

至少她的手法很温和……很……

"啊，好啦！"安妮用一种胜利者的姿态说，"保罗，我看到你……那双蓝眼睛。我有没有跟你说过，你的蓝眼睛有多漂亮？不过我想其他女人一定跟你说过——那些比我漂亮，比我热情大胆的女生。"

安妮回来，悄悄在夜里回来想将我杀掉。针筒或蜂刺都一样，床下的刀子也行。现在我不过是安妮那成果斐然、杀人如麻的簿子里的新数字。药的麻醉效果开始发作了，保罗好笑地想，我这个《一千零一夜》的故事说得真烂。

他以为自己不久又会睡着——睡他最后的一觉——可惜没有。他看到安妮把针筒收到裙子口袋里，然后坐到床上……但不是她平时坐的地方；她坐在床尾。保罗看到安妮不动如山地向前躬着背，仿佛正在检查某个东西。他听见木头落地声、金属撞击声，接着是一个先前在某处听过的晃响声。一会儿后，他认出那声音了。拿住火柴，保罗。

是蓝钻牌火柴。他不知道安妮还在床尾摆些什么，不过其中一项是蓝钻牌火柴。

安妮转身对他微微一笑。不管之前发生了什么事，她那种毁灭式的沮丧已经消失了。安妮孩子气地将一束半脏半亮的头发拨到耳后，看起来极端怪异。

半脏半亮噢天啊你得记住这点其实这还不算糟噢天啊我现在已经神志不清了所有过去的事都是为了铺陈这一刻嘿宝贝这儿有针筒去他妈的我完蛋了可是这玩意儿带了个超级大浪头过来这个——

"你想先听哪样，保罗？"她问，"好消息还是坏消息？"

"先听好消息。"他努力挤出一抹憨笑，"坏消息大概就是我们不玩了，嗯？我看你不太喜欢那本书，嗯？太可惜了……我很努力了，写得不难看，我正要开始……你知道的……开始振笔疾书。"

她责怪地看着保罗说："我爱死这部作品了，保罗。我跟你说过，我从不说谎。我爱极了这本书，所以我决定等你写完再看。很抱歉我叫你自己填 n，可是……那样好像在偷窥。"

保罗的嘴咧得更开了，他心想，再笑下去，他的两边嘴角就咧在后头粘到一块儿了，可以顺便打个爱之结；他那可怜的脑袋瓜会掉下大半，说不定会掉在床边的便盆里。在药效还没到达的灰暗心底，警铃已经解除了。安妮喜欢他的书，那表示她不是要来杀他的喽？除非保罗错判安妮，否则安妮应该还有更狠的招数没使出来。

房间里的光线看起来不再那么暗了，反而泛着极为纯净而魅惑的魔力。这种光令保罗想到默默伫立于高地湖边，在青雾中隐隐泛光的起重机；想到突立在高地草原嫩草间的云母石，在阳光下泛着彩色玻璃般的光芒；想到小精灵在沾满露水的常春藤新叶间，忙碌地穿进穿出……

噢妈呀，你已经嗑到茫了，保罗心想，然后轻声地咯咯笑起来。

安妮报以微笑，说："好消息是，你的车子不见了。我一直很担心你的车，保罗，我知道得下场这样的暴风雪才能把车解决掉，而且就算下了暴风雪，也未必能成事。春天的大雨把波默罗伊那个鸟人冲走了，不过车子比人重多了，对吧？即使像他那种天杀的烂鸟人，也不会比车子重，不过暴风雪加上一场大雨，就可以把车冲走了。你的车不见了，这就是好消息。"

"谁是……"心底的警钟响起来了。波默罗伊……他知道那名字，却想不起来是怎么知道的。他想起来了，波默罗伊，死掉的安德鲁·波默罗伊，二十三岁，纽约冷流港人，陈尸于格里德野生动物保护区，天晓得死期是啥时候。

"好啦，保罗。"安妮用保罗熟知的阴沉声调说，"你就不必害羞了，我知道你晓得波默罗伊是谁，因为我知道你看过我的剪贴簿了。我其实挺希望你去读的，要不然我干吗把簿子丢在那里？我得掌握——掌握每件事。果然没错，线断了。"

"线？"他虚弱地问。

"是啊，有一次我读到，若想知道有没有人去乱翻你的抽屉，可以用一种办法，就是在每个抽屉粘一条极细的线。如果你回来发现线断了，就会知道有人到处乱翻。你瞧这办法多简单。"

"是啊，安妮。"保罗一直在听，但他最想做的，是离开这层罩着他的光雾。

安妮再次弯腰去看她放在床尾的东西。保罗又听到"咚"，木头撞在某种金属上的声音，接着安妮转回头，再次木然地拨开头发。

"我在簿子上用了那个办法，但我不是用细线，而是用自己的头发。我把头发绑在簿子上三个不同的地方。今早我回来时——当时很早，所以我像小老鼠一样地溜进来，免得吵醒你——三根头发都断了，我就知道你偷看我的簿子了。"她顿一下，笑了笑。对安妮来说，这是一种很撒娇的笑，但保罗却有说不出的恐惧。"我其实并不惊讶，我早知道你偷溜出房间了，那就是我要说的坏消息：我老早就知道了，保罗。"

他应该又气又沮丧吧，原来安妮早就知道了，几乎从一开始就了然于心了……可是保罗只觉得如同置身梦中，浑身飘然，安妮说什么都无所谓了，重要的是黎明将至，光线变得越来越强了。

"可是，"她用回到重点的语气说，"我们刚刚在谈你的车。我有一些雪胎，保罗，我在山上还放了一组车胎的雪链。昨天下午我觉得好多了——我在开怀地大部分时间都跪着祈祷，然后跟以前一样听见了上帝的回复，答案跟往常一样简单。你向上帝祈祷，他将以千倍报偿于你。因此我在雪胎上套上雪链，慢慢开回这里。山路不好开，虽然有雪胎和雪链，我还是可能发生意外。我也知道在蜿蜒的山路上发生意外通常会很严重，但我心里很平静，因为在主的旨意下，我觉得非常安心。"

"那很好，安妮。"保罗的喉头干涩。

她怀疑地狠狠瞪他一眼，又放松下来，笑道："我带了一份礼物给你，保罗。"她声音极柔，保罗还来不及问她是什么礼物，也不确定他会想要，安妮已自顾自地往下说了，"路上结了好多冰啊，我有两次差点翻出去……第二次的时候，车子一路打滑绕圈，而且还往下坡冲！"安妮开心地大笑，说，"后来我陷在雪堆里——大概是午夜的时候——不过优斯迪公共部门的清路人员过来救我脱险了。"

"去他的优斯迪公共部门。"保罗说，声音却含糊得厉害——居阿答喔兹地缸阿不不。

"从公路过来的两英里路是最后一段难开的路段，你知道那是9号公路吧，就是你撞车的那条路。他们也把那段路清得差不多了。我在你出事的地点停下来找你的车。我若看到车子，会知道怎么处理。车子如果还在，警方就会展开调查，而我一定是他们第一个盘问的对象，原因我想你已经知道了。"

我比你更早料到这点，安妮。保罗心想，我三个星期前就想过这个问题了。

"我把你带回来，不只是因为巧合……而更像是上帝在保佑。"

"哪一点像上帝在保佑，安妮？"他勉强问道。

"你撞车的地方，正是波默罗伊那浑蛋的弃尸地点，就是自称艺术家的那个家伙。"她不屑地挥挥掌，挪动双脚，其中一只脚踢到她放在地上的东西，发出木头的撞击声。

"我从艾提斯公园回来时顺路载他一程。我去看陶瓷展，我很喜欢小的陶瓷雕像。"

"我注意到了。"保罗说。他的声音仿佛来自九重天外。柯克船长①，天界有声音传来！他想，忍不住低声咯咯发笑。他心底深处——那个药效无法攻克的地方——试图警告他住口，别再乱笑了。可是有啥关系？反正安妮都知道了，她当然知道——咱们的波卡族蜂神无事

① 柯克船长是美剧《星际迷航》中的主人公。

不晓。"我尤其喜欢那个冰块上的企鹅。"

"谢谢你,保罗……它很可爱对不对?

"波默罗伊想搭便车。他背了个大背包,自称是艺术家。后来我发现他啥也不是,只是个嬉皮兼嗑毒鬼的烂鸟人,过去两个月都在艾提斯公园的餐厅里当洗碗工。我告诉他我在塞温德有房子,他说那真是太巧了,他也正要去塞温德。他说他接了纽约某杂志的工作,要去那边画老旅馆的素描,他的作品会跟杂志正在撰拟中的文章一同刊登。那是一间叫'全景'的知名老旅馆,十年前被管家放火烧毁了,镇上的人都说那管家疯了。算了,反正管家都死了。

"我让波默罗伊住在我家。

"我们是情侣。"

她两眼乌亮地望着保罗,脸色微微发白,保罗心想:波默罗伊看到你,老二如果还翘得起来,一定跟烧掉旅馆的管家一样有病。

"后来我发现他根本没接画旅馆的工作,只是自己想画,并希望能把作品卖掉而已。他连杂志要不要报道旅馆都不确定。我很快就发现了!我弄清楚后,跑去看他的素描本。我觉得我有权利看,毕竟他都吃我的睡我的。结果整个素描本里只有八九张画,而且画得糟透了。"

安妮的脸皱成包子,一副学猪叫的样子。

"连老娘都画得比他强!他刚好进来,看到我在翻他的簿子,便大发雷霆,骂我偷看。我说我不认为看我自己房子里的东西是在偷窥,我说他如果是艺术家,那老娘就是居里夫人了。他开始大笑,他嘲笑我,所以我……我……"

"你就把他杀了。"保罗说,声音听起来缥缈而苍老。

她不安地对着墙壁发笑:"嗯,好像是吧,我记不清了,只记得他死后,我帮他洗澡。"

保罗瞪着安妮,心中恐怖莫名。他想象那个画面——波默罗伊的裸尸像面团似的漂在浴缸里,头歪靠在浴缸边,死不瞑目地瞪着天花板……

"我非杀他不可。"安妮咬牙说,"你大概不知道,警方可以凭着一根纤维,或某人指甲片下的污泥,甚至是尸体头发里的灰尘找到重大的线索！你不懂，但我在医院工作了一辈子，我晓得！真的！我了解法医在干吗！"

她又陷入安妮·威尔克斯特有的狂乱里了，保罗知道自己应该试着说点什么，至少暂时引开她的注意，可是他的嘴巴似乎被粘住了，发挥不出半点作用。

"他们出来抓我了，他们全都是！你以为他们会听我解释吗？你觉得会吗？会吗？！噢，才不会！他们会乱派我不是，说是我想钓他，结果遭他嘲笑，就把他杀了！他们也许会说那类的混账话！"

你知道吗，安妮？你知道吗？我觉得那些混账话很贴近事实。

"这一带的鸟人为了打击我或抹黑我，什么鬼话都说得出口。"

她顿了一下，重重呼气，但还不到喘的地步。她死瞪着保罗，似乎在威胁他别顶嘴，你敢！

接着她似乎稍稍恢复自制了，继续用平静的声音说：

"我……嗯……我把他剩下的东西……都洗了……还有他的衣服。我知道该怎么处理。外头在下雪，是那年的第一场大雪，据说到了第二天早上，足足下了一英尺厚。我把他的衣服放到塑料袋里，尸体用床单包好，等天黑后，一并带到9号公路的洼地上。我从你撞车的地点往下一英里路，深入林子里，然后把所有东西扔在那里。你大概以为我会把他埋起来吧？我没有，因为我知道雪会掩盖住他，如果我把他放在干掉的河床上，融化的春雪会将他冲走。我料得果然没错，只是我没想到他会被冲到那么远的地方。他们在他死后整整一年才发现尸体……而且远在二十七英里外的地方。其实，如果他没冲那么远，或许更好些，因为保护区那边常有人健行赏鸟，这边的森林，游人就少多了。"

她笑了笑。

"你的车现在就是在那儿，保罗——在9号公路和格里德野生动物保护区之间的森林里。车在林子内，从路上看不到。我的吉普车上有聚光灯，光线很强，可是洼地到森林间的那段路，什么东西也没有。我想等水稍退后，再走进去检查看看，但我几乎能确定现在是安全的。也许等两年或五年七年后，才会有猎人发现车子吧。到时车都锈了，花栗鼠也在座椅上筑巢了，你也早写完我的书，回到纽约或洛杉矶，或你想去的地方，而我则在这里安安静静过自己的日子。也许咱们偶尔还通个信哩。"

安妮如梦似幻地笑着，就像看到华丽的空中城堡一样。转瞬间笑容消失了，安妮又回到了正题上。

"所以我就回来啦。我在路上想了很久，既然你的车不见了，那么你真的可以留下来，完成我的书。我本来一直不确定要留你，我没说是因为不想惹你生气。我知道你一生气，东西就写不好。这话听似无情，其实不然，亲爱的。你要知道，一开始我只是爱上了你的创作才华，因为我只拥有你的那一部分。至于你其他部分，我完全没有概念，而且我觉得说不定你本人挺讨人厌的。我又不是笨蛋，我看过一些所谓'名作家'的消息，知道他们常常很惹人厌。你看嘛，菲茨杰拉德、海明威和那个密西西比来的老粗——福克纳之类的家伙——那些人虽然得了普立策奖之类的玩意儿，但还是一票烂醉如泥的鸟人。其他人也一样——不写精彩故事时，还不是吃喝嫖赌嗑药样样来，天知道他们还干了什么事。

"可是你跟他们不同，相处一阵子后，我才了解保罗·谢尔登的另一面，我希望你不介意我这么说，不过我也渐渐爱上他那另一面了。"

"谢谢你，安妮。"他趁精神还有时说道，心里却想：你可能错看我啦，小姐——我的意思是，男人乱来的条件，在你家全没啦。断腿断脚地，如何到酒吧里混啊，安妮小姐？至于嗑药嘛，咱们这儿有波卡族的蜂神帮我注射。

"可是你会愿意留下来吗？"她回到原先的话题上，"我必须问自己这个问题。我虽然很想回避事实，但我知道答案——即使在看见门边的车痕之前，就已经知道了。"她指着门框说。

保罗暗忖：我敢打赌她一开始就知道了。回避现实？回避现实的人不是你，安妮，从来不是你。不过我已经逃避得够久了。

"你记得我第一次离开的时候吗？就是在我们无聊地为纸张的事吵架的那一次？"

"记得，安妮。"

"那是你第一次离开房间，对吧？"

"对。"他不需要否认。

"当然了，你想吃药嘛。我早该想到你会不择手段去取药，可是我脾气一来，就会……你知道的。"她不安地咯咯笑了几声。保罗没跟着应和，连微笑都省了。那回的痛不欲生和播报员添油加醋的呐喊声，他不忍多想。

知道啦，我知道你会怎样，你会全豁出去。保罗心想。

"一开始我还不太确定，噢，我看到客厅小茶儿上有几个小雕像挪动过，可是我还以为是自己弄的——有时我真的忘性很大。我猜也许你从房间出来过，但又觉得不会吧，不可能的，他受伤那么重，何况我又把门锁住了。我甚至检查了钥匙是否还在裙子口袋里。钥匙还在呀，接着我想起你当时确实在轮椅上，说不定……

"当了十年护士，你会知道澄清疑虑的重要。于是我去查看放在楼下浴室的东西——大部分都是我在工作期间带回家的样品。你真该看看医院里有多少药呀，保罗！所以我会不时拿一些……嗯……拿一些多余的药……而且我不是唯一这么做的人。不过我知道绝不能拿有吗啡成分的药物。医院把那种药锁起来了，而且会清点、做记录，如果他们发现护士偷拿——他们是这么说的——就会一直监视到有十足把握，然后突然出手干预！"安妮重重捶着手，"那些护士就被赶走啦，大部分人再也无法戴回护士的白帽了。

"我可没那么笨。我看到那些纸盒，觉得它们跟客厅茶儿上的雕像一样，也被人翻过了。我相当确定其中一个本来放在下面的盒子被搬到上面了，不过我还是没办法百分之百确定。说不定是我在……在想别的事的时候……自己把盒子放上去的。

"两天后，就在我决定不去管它时，我去送下午的药给你。当时你还在午睡，我去转门把，可是门把卡住几秒钟——就像上了锁一样——然后又开了，我听见锁里有个东西在响。后来你开始翻身，所以我跟平时一样喂你药，假装并未起疑。我很能装的，保罗。那天下午，当我扶你上轮椅时，觉得自己就像去大马士革途中的圣保罗一样，豁然醒悟。我的眼睛顿时清亮了，我发现你的气色红润多了，看见你在移动双腿。腿一动就痛，但你确实是在挪动它们，而且你的手臂也变壮了。

"我发现你几乎快康复了。

"那时我才明白,即使外界没有人起疑,我们之间还是有问题。我看着你,发现自己或许并不是唯一擅长保密的人。

"那晚我把你的药换成效力更强的,等确定连手榴弹都轰不醒你后,我到地窖架子上取来工具箱,拆下门上的锁,瞧我找到什么!"

安妮从裙袋里拿出一个小小黑黑的东西,放到保罗发麻的手里。保罗把东西凑到面前认真地看着,看出那是一截弯曲的发夹。

保罗开始咯咯地笑,他实在忍不住。

"有什么好笑的,保罗?"

"你去缴税那天,我又开了一次门,因为轮椅——几乎大得过不了门——留下了刮痕,我想把痕迹擦掉。"

"免得我看见。"

"是啊,不过你早就看见了,不是吗?"

"在我从锁孔里找到自己的发夹后吗?"她自顾自地笑说,"我他妈的还能没看到吗?"

保罗点点头,笑得更张狂,笑得眼泪都流出来了。他所有的努力……所有的担忧……原来全都是白费,这实在太好笑了。

保罗说:"我本来担心发夹会害我出不去……结果没有。我甚至没听到它在里头响,理由很明显,不是吗? 发夹没有作梗,是因为你把它拿出来了。你真会耍人哪,安妮。"

"没错。"她说着淡淡一笑,"我是很会耍人。"

她挪动双脚,床脚再次传出木头撞击声。

22

"你总共出去几次?"

刀子,上帝啊,那刀子。

"两次。不对——等一等,我昨天下午五点左右又出去一次,我去装水罐。"这点倒是真的,他是去装水。可是他略过第三趟出去的理由不提,因为真正的原因藏在床垫下。公主与豌豆,保罗与刀子。"加上去装水的那次,一共出去三次。"

"跟我说实话,保罗。"

"只有三次,我发誓。而且我从来没有逃走,看在上帝的分上,拜托你,要不要我提醒你,我正在写书!"

"不准你乱叫上帝的名字,保罗。"

"你先别乱叫我的名字,我再考虑要不要喊上帝。第一次出去时,我痛得快死了,膝盖以下好像被人泡到地狱里。那个人就是你,安妮。"

"闭嘴,保罗!"

"第二次我只是想弄点吃的,确定身边有多的补给品,免得小姐你又几天不回来。"他不理安妮,自顾往下说,"然后我渴啦,就这么回事,没什么别的意图。"

"你两次都没试图打电话或去看门有没有锁吗?你有那么乖吗?"

"我当然试过打电话,锁当然也看了……就算你的门开着,我在泥泞的雪地里也跑不远。"药效一波凶似一波地涌来,保罗只希望安妮闭上尊口滚开。她下药下得够重,重到他不怕说实话了——他虽然担心迟早要付出代价,但现在他只想睡觉。

"你究竟出去过几次?"

"我跟你说了——"

"几次?"她开始提高嗓门,"说实话!"

"我在说实话啊!三次!"

"到底几次? 妈的!"

尽管体内满载着安妮打的药,保罗还是开始害怕了。

万一她对我动手,至少不会太痛吧……而且她希望我能把书写完……这是她自个儿说的……

"你当我白痴啊。"保罗注意到她的皮肤光亮无比,活像在石头上套了塑料,脸上连个毛孔都看不到。

"安妮,我发誓——"

"噢,骗子也会发誓!骗子最爱发誓!好,你就把我当白痴好了,如果你执意这么做的话,无所谓,随你便。把聪明女人当傻瓜,结果还是让人比下去了。告诉你吧,保罗,我在房里所有地方都绑了线和我自己的头发,我发现很多地方的线都断了。断了,或整根不见……消失了……哼！不单是剪贴簿上的,走廊、我楼上化妆台抽屉……橱子里……到处都断了。"

安妮啊,厨房门上挂了那么多锁,我哪可能逃得出去?保罗很想问,可是安妮没给他机会,只是一味地继续说。

"现在你大言不惭地说只有三次,自以为是先生。哼,让我告诉你,谁才是真正的白痴。"

保罗摇摇晃晃地望着她,心中恐惧已极,不知如何回应。这实在太疯狂……太荒唐了……

我的天啊,保罗想,他突然反应过来,楼上? 她刚才是不是提到楼上?

"安妮,讲点道理好不好,我怎么可能上楼?"

"噢,是的!"她大叫,声音都破了。"噢,当然喽! 几天前我回来时,你已经能自己上轮椅了! 如果你上得了轮椅,就有办法上楼! 你可以爬!"

"才怪! 我腿断成那样,膝盖又碎了。"保罗说。

她又露出那种深沟般无法捉摸的表情;草原下那片不可测的幽暗之境哪。安妮·威尔克斯消失了,站在那儿的是波卡族的蜂神。

"你休想跟我要花样,保罗。"安妮喃喃说。

"安妮,咱们两人至少要有一个脑袋清醒的,而你显然有点糊涂。你想想看——"

"几次?"

"三次。"

"第一次去拿药。"

"对,去拿胶囊。"

"第二次去拿食物。"

"没错。"

"第三次去装水。"

"是的,安妮,我头很昏——"

"你去走廊浴室装的?"

"是啊——"

"一次拿药,一次拿食物,还有一次拿水。"

"是的,我都跟你说过了!"他想吼,声音却嘶哑无力。

她又把手伸进裙袋,拿出切肉刀,刀锋在明亮的晨光中闪灿生光。安妮突然往左一扭,掷出刀子,架势利落优雅,有如飞刀表演。刀子刺入凯旋门照片下的灰泥里,颤抖了一阵。

"我在帮你做术前注射之前,先在你床垫下搜过,我以为会找到胶囊,没想到竟然搜到了刀子,害我差点割伤自己。藏刀子的人该不会是你吧?"

保罗没回答,他的心思旋转起伏,快若失控的云霄飞车。术前注射?她刚刚是不是这么说的?术前?他突然认定,那肥婆打算把墙上的刀拔下来,一刀将他阉掉。

"没有,刀子不是你放的。你一次去拿药,一次拿食物,还有一次取水。这刀子一定是……噢,一定是自己飘到这里,钻进床底下的。是呵,一定是这样的!"安妮尖声嘲笑说。

术前?亲爱的上帝,她刚刚是那么说的吗?

"你去死吧!"安妮吼道,"你给我去死!到底几次?"

"好!好!我承认,我是在拿水时顺便取刀子的!如果你觉得这样算漏说次数,就自己填空好了!你要填五次就五次,要填二十次、五十次或一百次都随你,我统统承认。不管你认为我出去几次,安妮,反正我只出去三次。"

急怒攻心的保罗在昏沉间,暂时将"术前注射"这几个字造成的恐惧抛到脑后。他明知霸道偏执的安妮会拒绝接受摆在眼前的事实,但他还是很想告诉她:天气那么潮湿;胶带粘不住东西;而她的捕鼠器八成也都脱掉了。地窖里积了一大堆水,加上老板娘不在,保罗听见那些老鼠在房里四处游走,整个房子都是它们的天下——而安妮到处乱丢的食物,自然大大地获得它们的青睐。安妮的布线,应该都是老鼠弄断的。但安妮一定会拒绝听他的解释,在她心里,保罗已经快要可以一路跑马拉松回纽约了。

"安妮……安妮,你刚刚说帮我术前注射是什么意思?"

但安妮还在想别的事。"我看有七次。"她轻声说,"至少七次,是七次吗?"

174

"你说七次就七次。你刚刚说术前注射是什么——"

"我看你真是不到黄河心不死,"她说,"你们这种人一定很习惯靠说谎维生,连在现实生活里也改不了。不过没关系,保罗,因为就算你出去七次、七十次或七十次的七倍,原则还是不变。原则是不会变的,我的反应也不会变。"

他在飘呀飘,飘呀飘,慢慢飘走了。保罗闭上眼睛,听见安妮缥缈遥远的声音……那声音像从云端传下来的神谕。女神啊,他心想。

"你有没有读过早期金伯利钻矿的资料,保罗?"

"我还据此写过书哩。"他胡乱掰道,然后大笑。

(术前?术前注射?)

"有时当地工人会偷钻石,他们用叶子包住钻石塞进屁眼里。若能闯关成功,将钻石携出矿坑而没被发现,他们就会逃走。你知道他们若还没越过奥兰基河、潜到波尔,就被英国人逮到,会有什么下场吗?"

"会被杀掉吧。"保罗依然闭着眼睛说。

"噢,才不是! 为了一根断弹簧,而白白丢弃一辆昂贵的车子,岂不太浪费! 英国人抓到他们,会先确定他们还能否继续工作……但同时得确保他们永远无法脱逃。那种手术叫'废功'。保罗,我现在要帮你做的就是这个。这是为了我自身的安全……还有你的。相信我,你得防着自己。记住了,会有点痛,不过一下就过去了,这样想就行了。"

恐惧如载满利刃的狂风般,将药效一扫而尽,保罗一下睁大了眼。安妮已站起来,将被单往下拖,露出他弯曲的腿和光光的脚丫子。

"不,"他说,"不要……安妮……不管你打算做什么,咱们可以商量一下,对吧? 拜托你……"

她弯下身,等站直时,手上已拿着棚子里弄来的斧头,另一手拎着一枝焊枪。斧刃闪闪发光,焊枪上写着班佐公司几个字。她又弯下去,拿起一个黑瓶子和火柴盒。黑瓶子上贴着优碘的标签。

这几样东西、这几个字和名称,保罗一辈子也忘不掉。

"安妮,不要!"他尖叫道,"安妮,我会乖乖待在这儿,连床都不下! 求求你! 噢上帝,拜托别砍我!"

"不会有事的。"说着,安妮又恍惚起来,露出那种困惑茫然的神情。

保罗已经快被恐惧吞噬了,他知道等一切过去,安妮一定不记得自己干过什么好事,就像不记得被她杀害的那些小孩、老人、患者及波默罗伊一样。这个女人虽然一九六六年就取得护士资格了,十分钟前却告诉他说,她才当了十年护士。

她就是用那把斧头砍死波默罗伊的,我知道。

他继续尖叫哀求,可是吐出来的却是一串含糊不清的呓语。他试着翻身避开她,腿却痛极。他想抬腿,腿剧痛;他想将腿缩回来,免得变成标靶,结果膝盖又严重抗议。

"再一分钟就好了,保罗。"安妮打开优碘,在保罗左脚踝上滴了几滴红褐色的药液,"只要再一分钟,然后就结束了。"她将斧刃摆平,粗壮的右手腕肌肉浮凸,保罗可以看见她戴在右手小指上的紫水晶戒指。他闻到医生接诊间里特有的气味,那气味表示你要准备挨针了。

"只有一点点痛而已,保罗,不会太痛的。"她将斧头翻到另一面,保罗看见涂满优碘的斧刃上,原先布着点点锈斑。

"安妮,安妮噢安妮,求求你我求你安妮,我发誓以后一定会乖乖的我会很乖很乖求你给我一次机会噢安妮求你再给我一次表现的机会——"

"有一点痛,然后咱们就可以忘掉这件不愉快的事了,保罗。"

安妮将优碘的瓶子扔到身后,表情呆滞茫然且异常严肃。她的右手沿着斧柄下滑,几乎触到斧头,左手抓住手柄底端,双脚像伐木工人一样张开。

"安妮噢求求你求求你别伤害我!"

她的眼神柔和而飘忽。"别担心,"她说,"我是受过训练的护士。"

斧头呼呼劈下,往保罗·谢尔登左膝盖下方砍去。痛楚铺天盖地席卷而来,深红色的血像印第安人出战时的彩妆,飞溅在安妮的脸上和墙上。他听见斧头在安妮的挥动下,与骨头擦撞有声。保罗不可置信地低头看看自己。床单全染红了,他看到自己的脚趾在蠕动,接着看到安妮再次举起斧头,她的发夹松了,茫然的脸上尽是散发。

尽管疼痛难当,保罗还是极力将腿抽回来,结果发现腿虽然动了,脚掌却没有。刚才一番挣扎,只是将伤口拉大,使它像嘴巴似的张开。

原来，他的脚掌只剩下皮肉与小腿相连。说时迟那时快，安妮的斧头再度朝伤口劈下，将残余的腿部斩断，斧头深深陷入床垫里，砍得弹簧乱绷乱跳。

安妮拔开斧头，丢到一旁，面无表情地看着抽搐的残肢。一会儿后，她拿起火柴点燃，又拿起印着"班佐公司"字样的焊枪，打开气阀，焊枪顿时发出嘶嘶声。血从保罗的伤口大量涌出。安妮小心翼翼地将火柴放到焊枪口，"轰"，一道黄色火焰出现。安妮将火焰调成蓝色。

"没办法缝合了，"她说，"没时间。止血带没效，因为没有主要的止血点，必须

（清洗）

用火烧。"

她弯下身，火焰喷在保罗鲜血淋漓、生鲜活跳的断肢上。保罗哀号惨叫。烟气升腾，闻起来甜甜的。这让保罗想起他和第一任老婆去毛伊岛度蜜月时，人们在一场盛宴中，将串在棍子上烤了一整天、烘得黑熟软烂的全猪从窑里拿出来时的香气。

痛楚在狂叫，保罗也在狂叫。

"快好了。"安妮说，然后关上气阀。断肢附近的床单也着火了。断肢虽然止了血，却跟刚从窑里抬出来的猪一样皮黑肉绽——他老婆艾琳扭开头不忍多看，保罗却看得津津有味，看人们像赛完足球后脱衣服似的，火速将猪皮剥去。

"就快好了——"

她关掉焊枪。保罗的腿包在火焰里，切断的脚掌在底下抖动。安妮弯下腰拿起他的老友——黄色水桶，往火焰上一泼。

保罗一直在尖叫，尖叫。好痛啊！蜂神！好痛！噢，非洲！

安妮定定地望着保罗和焦黑染血的床单，似乎有些惊惶——那表情就像女人刚从收音机上得知，巴基斯坦或土耳其大地震死了上万人一样。

"你不会有事的，保罗。"她说，但声音却突然间透露出惊恐。她的眼神开始涣散地四处乱飘，跟烧书差点失控时一样。安妮突然盯住某个东西，松口气说："我去倒垃圾。"

她拿起保罗的脚掌,掌上的趾头还在抽颤。她走过房间,到达门口时,脚趾已不再抽动。保罗看到脚背上的那道疤,那是他小时踩到瓶子留下的。是在里维尔海滩的事吗？是吧,应该是。保罗记得他哭了,父亲说只是道小伤口,别哭得跟断了脚似的。安妮停在门口,回头看看在淌满血的黑床单上哀号翻腾、脸上血色尽失的保罗。

"现在你被废功了。"她说,"别怪我,都是你自己的错。"

她走了。

保罗随即昏死过去。

23

云好黑,保罗纵身入云,他已不在乎那代表死亡还是昏迷了。他好想死……没有痛苦,拜托呵,没有回忆,无痛,无惧,也无安妮·威尔克斯。

他跃入云中,迷糊间听见自己的尖叫,闻到自己身上的肉焦味。

当他的思绪开始远飘时,保罗心想：女神！我要杀了你！女神！我杀了你！女神！

然后天地一旋,仅剩下一片空无。

第三部　　　　　　　　　　保罗

没用的,刚才那半小时我一直努力想睡去而未果。在这里写作有如吸毒,写作成了我唯一的向往。今天下午我读自己先前写的东西……似乎十分生动逼真,我知道那是因为我用想象力去填补对方所无法了解的细节,这是种虚荣,却有它的魔力……我实在没办法再活下去了,我若活下去,必然会发疯。

《收藏家》作者约翰·福尔斯

1

第三十二章

"噢耶稣垂怜,"伊安呻吟道,然后毅然

行。杰弗里抓住老友的手,脑中像发狂的精神病患一样,咚咚咚
鼓胀不已。蜂群

他们身边嗡嗡飞绕,其中一只停下来了,其他的则

受磁石吸引般,朝空地飞去——杰弗里觉得很恶心,它们

2

保罗抬起打字机晃了晃,一会儿后,一小条铁片掉到扶手间的横板上。保罗拿起来一看。

是字母 t,打字机的 t 断了。

他想:我要跟安妮申诉,我不只是要求她换一台新打字机,我会他妈的命令她给我弄一台来。安妮有钱——我知道她有。说不定藏在棚子下的水果罐里,或塞在她那个开怀地的墙壁中,反正她有钱。而 t,天啊,英文中第二个最常用的字母——!

他哪有胆向安妮索取任何东西,遑论"命令"。以前那个至少还敢开口要求的男人,此时已陷于水深火热。他手中无凭无依,连这本鸟书都算不上筹码。以前那个男人不管痛不痛都敢开口要求,至少他有种去对抗安妮·威尔克斯。

他曾经是那个男人。保罗觉得自己应该感到可耻才对,可是那男人有两大优势:他有两只脚掌……还有两根大拇指。

保罗坐着想了一会儿,重读最后一句话(在脑中把省略的部分填进去),然后又继续往下写。

这样比较好。

最好别要求。

最好别惹她生气。

窗外蜜蜂嗡嗡叫。

今天是夏季的第一天。

3

曾经。

"放开我!"伊安右手握拳,扭头对杰弗里咆哮。他瞠目而视,面色紫青,似乎完全不认识这个拉住他、阻止他见他爱人的朋友杰弗里。当哈瑟奇亚拨开遮掩的灌木丛时,杰弗里发现眼前的景象已经快把伊安逼疯了。伊安已濒临疯狂,再多受一点刺激就会崩溃。万一伊安崩溃,他会将苦儿带走。

"伊安——"

"叫你放开听见没!"伊安奋力抽手,哈瑟奇亚害怕地说,"不绳啦,老板,者样会激怒蜂群,它们会叮——"

伊安充耳不闻,眼神凶恶。他一拳挥中老友杰弗里的颧骨,痛得杰弗里满眼金星。

除此之外,杰弗里还看到哈瑟奇亚开始挥着可能会要人命的戈沙——一种波卡族危急时常用的沙袋,忙小声喝道:"别妄动! 让我来处理!"

哈瑟奇亚不甚情愿地放下袋子,袋子像钟摆般在皮绳下摇晃。

接着杰弗里头一仰,又挨了一拳。这拳击中他的嘴唇,嘴唇和牙齿碰撞,杰弗里感到嘴里渗出一股咸甜暖热的鲜血。在杰弗里的拉扯下,伊安那件被太阳晒得褪色、磨损了十几处的漂亮衬衫,嘶地扯裂了。眼看伊安就快挣脱了,杰弗里在昏沉中想到,那不是三天前的晚上,伊安参加男爵和男爵夫人晚宴时穿的同一件衬衫吗……没错,那晚之后,他们根本没空换衣服,伊安没时间换,他们大家也一样。不过才三天前……可是此刻衬衫看起来好像至少穿了三年,晚宴更像是三百年前的往事。<u>不过才三天前的晚上</u>,他迷迷糊糊地想,接着伊安的拳头急雨般落在他脸上。

"放开我,你他妈的!"伊安一次又一次地对着杰弗里的脸挥拳——

对着这位他平时愿为之两肋插刀的老友。

"你想害死苦儿,好表现你对她的爱吗?"杰弗里静静地问,"如果你想那么做,就先将我敲昏吧,老弟。"

伊安犹豫了一下,他那惊吓过度、疯疯癫癫的脑袋里,终于装进一丝理性了。

"我得去她那儿。"他梦呓般喃喃地说,"我不是故意打你的,杰弗里——我真的很抱歉,亲爱的兄弟,我知道你能谅解——可是我必须……你看她……"他又看了一遍,好像想确定眼前景象的真实性,然后又作势要冲向被绑在丛林空地的柱子上、双手反捆在头上的苦儿身边。空地上只有一棵桉树,苦儿被捆在桉树最低的树枝上,她手腕上闪闪发光的,正是男爵的青钢手铐。波卡族人将海德兹男爵丢进雕像嘴里送死前,显然很喜欢那玩意儿。

这回换哈瑟奇亚抓住伊安了。树丛又是一阵沙沙作响,杰弗里望向空地,一口气突然卡在喉头,好像衣服被刺钩到一样。他觉得自己像双臂紧抱着易爆物而被迫攀登岩山的人。<u>刺一下</u>,杰弗里心想,<u>只要刺一下,苦儿就死定了</u>。

"不绳啦,老板,万万不绳。"哈瑟奇亚按捺住心中的恐惧说,"杜沙老板说够……如苟过去,白蜂就会被吵醒,如苟蜂群醒了,她被叮一次或一千次就都一样啦,蜂群要是醒了,我们统统斯定了,只是她先斯而已,恨恐怖的。"

夹在一黑一白两人之间的伊安终于慢慢放松下来了。他万般不甘地转头看着空地,仿佛不想看,又不得不看。

"那我们该怎么办? 如何才能解救可怜的苦儿?"

<u>不知道</u>三个字都已经到杰弗里嘴边了,他虽然也沮丧到极点,但还是硬将话吞了回去。这不是杰弗里第一次有这种感觉。他虽然也深爱(暗地里)苦儿,但伊安对苦儿的占有欲,使伊安陷入一种诡异的自私心态以及跟女人一样的歇斯底里中,杰弗里绝不能随之起舞。毕竟,在外人眼里,他只是苦儿的朋友而已。

是的,只是她的朋友而已,他酸苦已极地想,接着他的目光又转回空地,回到他朋友身上了。

苦儿身上无一丝半缕,然而即使村里最保守严肃、一星期上三次教堂的女佣,见到苦儿的样子,也不会认为她不正经。她看到苦儿后,或许会尖叫着逃开,但那是出于害怕,而不是因为苦儿衣衫不整。苦儿身上虽无衣物,却非赤身露体。

她身上从脚趾尖到栗色的发顶,爬满了密密麻麻的蜜蜂,像是穿了一袭怪异的修女服。尽管一丝微风都没有,那"衣服"仍在她凹凸有致的胸口和臀部上涌动。同样的,她的脸有如包在回教徒的头巾之中——那张由蜜蜂组成、遮住她嘴鼻下巴的面罩,在她脸上缓缓爬动,只露出一双蓝色眼睛向面罩外张望。蜜蜂来得更多了,棕色硕大、世上最毒最凶恶的非洲巨蜂,在男爵的手铐上来回爬动,然后爬入苦儿的手里。

杰弗里瞪眼看着,自八方飞聚而来的蜜蜂越聚越多了。杰弗里虽然心慌意乱,却看得很清楚,大部分巨蜂都是从西边飞来的,也就是女神石像的方向。

鼓声阵阵,如嗡嗡的蜂鸣催人欲睡,但杰弗里知道那昏睡的感觉有多么骗人。他目睹了男爵夫人的遭遇,幸好伊安没瞧见……催眠的鼓声会突然拔高,化作尖锐的声音,由小渐大地盖过男爵夫人垂死前的惨叫。男爵夫人向来虚荣愚蠢,而且又很危险——她把绑住的毒蛇放走,差点害死大家——然而管她蠢不蠢、笨不笨、危不危险,任何人都不该死得那么凄惨。

伊安的问题在杰弗里心中回荡:我们该怎么办?如何才能解救可怜的苦儿?

哈瑟奇亚说:"现在沙么都不能做啦,老板——可使她没有危险,只要鼓还在响,巨蜂就会继续睡觉,小姐也一样。"

苦儿身上的蜂群厚如滑动的棉被。她的眼睛睁着,却无法看见,似乎变成两个活穴,而活穴中爬满了嗡嗡响的巨蜂。

"如果鼓声停了呢?"杰弗里低声虚弱地问,就在这时,鼓声果真停了。

有一阵　　有　　　一

4

保罗不可置信地看着最后一句,举起打字机——安妮离开房间后,保罗继续把打字机当哑铃用,天知道为什么——再次晃一晃。字键叮叮当当晃成一团,随后又掉下一片金属,落在他的桌板上。

保罗听见安妮的割草机隆隆响着——她在屋前割草,免得雷德蒙那家鸟人在镇里说长道短。

保罗放下打字机后又举起来,以便掏出字键。他就着窗口斜进来的午后阳光检查,然后不可置信地僵在那里。

键端上,沾着淡淡墨色的字母是:

E

e

老打字机一不做二不休,连英文最常用的字母也吐出来了。

保罗看着月历上百花遍地的草原,日期是五月份。不过,保罗自己把日期记在了一张废纸上,根据他的自制月历,现在应该是六月二十一日。

展开那漫长慵懒的夏日时光,他酸楚地想着,把字键朝垃圾桶的方向扔去。

现在该怎么办?保罗自问,不过他当然知道下一步该怎么走。速记,这就是下一步了。

但不是现在。虽然他几秒钟前还振笔疾书,急着想让伊安、杰弗里和活宝哈瑟奇亚遭到波卡族的埋伏,然后被押到石像后的洞穴里,作为结尾高潮,但是他突然累了。纸上的洞轰然合上了。

明天吧。

明天他会用速记写作。

操他妈的速记,去跟你老板抱怨啊,保罗。

他绝不干,因为安妮的天威实在太难测了。

保罗听着割草机一成不变的隆隆声,看到安妮的影子。一想到安妮的反复无常,保罗脑中便又浮现斧头扬起落下的画面,以及那张溅满鲜血、酷若死尸的脸庞。那回忆如此清晰,安妮说过的每个字,他哀号的每句话,斧头从切断的骨头上拔离的尖声,以及墙面的喷血,一切都历历在目。保罗也跟以往一样,习惯地试图封锁这段记忆,却发现为时已晚。

由于《快车》的重要情节转折处,是在托尼不计一切企图甩掉警方,结果差点撞死的这一段(并由此导入结局:死去的格雷警官的搭档,在医院病房里盘问托尼),因此保罗访问过一些车祸受害者。他一再听到同样的话,说话的人虽然各不相同,但最后都指出同一件事:我记得上了车,醒来时就在这儿了,其他就全部不记得了。

那种好事为什么没发生在他身上?

因为作家大小事都记得,保罗,尤其是伤痛。你若把作家的衣服剥光,指着他的伤疤,他就会把小疤痕的由来讲个故事给你。至于那些巨大的创伤,作家更不会轻易遗忘,所以才写得出小说来呀。如果你想当作家,有点小天分固然不错,但最重要的是要有能力记住每道疤痕的典故。

艺术包含强大的记忆。

是谁说的? 托马斯·沙茨①? 威廉·福克纳? 还是辛迪·劳帕②?

最后那个名字令保罗联想到一件事,在此时此景,还挺折磨人的。他记得辛迪·劳帕唱《女孩只想玩乐》时,好像一路在打嗝:呃—爹地,你还是最棒的/可是女孩只想玩—呃—乐/呃—当工作结束/女孩只想玩—呃—乐。

保罗突然很想听首热门摇滚乐,比犯烟瘾时还难捱。倒不必非辛迪·劳帕的曲子不可,任谁的歌都行。天啊,吉他狂人泰德·纳吉的也行。

斧头劈下来。

咻咻有声。

---

① 托马斯·沙茨(Thomas Szasz, 1920—),出生于匈牙利的美国精神病学家,"反精神病学"运动的代表人物,代表作为《精神疾病的神话》。
② 辛迪·劳帕(Cyndi Lauper, 1953—),美国女歌手,MTV时代的超级巨星。

别再想了。

太蠢了。他虽然一直叫自己别想,却知道那记忆像卡在喉里的骨头,难以去除。他是要让骨头留在喉里呢,还是像个大丈夫,奋力将它吐出来?

接着他又想起另一件事。看来保罗·谢尔登先生今天尽是回忆老歌旧片。他想到奥利弗·里德在大卫·柯南伯格①的电影《婴灵》中,扮演一名疯狂又雄辩的科学家。他催着"原生精神病院"(保罗觉得那名字很滑稽)的患者:"尽力去做! 尽全力去做!"

嗯……也许这建议不坏。

我尽力过一次,已经够了。

狗屎。如果只尽力一次就够了,那么他只会落得跟他老爸一样,当个吸尘器推销员。

那么就尽力去做,尽全力去试,保罗。从《苦儿》开始。

不要。

要。

操你妈的。

保罗往后靠,用手掩住双眼,然后开始尽力尝试。

尽他的全力去试。

5

他没死,也没睡着,安妮将他废功后,隔一阵子疼痛便退了。保罗只觉得飘飘然,觉得灵肉分离。思绪像气球一样,飘离了系它的线绳。

靠! 他多想有屁用? 安妮都已经下手了。这段期间,保罗在痛楚和无聊沉闷中度过,偶尔写写他那本穷极无聊的小说,借以排遣。整桩事都是没有意义的。

噢,才不是——这是有主题的,保罗,这主题是贯穿一切的主线,一条真实的轴线,你难道看不出来吗?

苦儿,当然了,贯穿一切的主线就是苦儿。然而无论是真是假,这

---

① 大卫·柯南伯格(David Cronenberg, 1943—   ),加拿大鬼才导演,作品多为恐怖片。

条主线实在蠢得无以复加。

苦儿,Misery,拿这个词当一般名词用时,意思是痛苦,通常指漫长且无意义的痛苦。作为专有名词用时,意指人物和情节,那痛苦就更加漫长而无意义。不过,反正也已经快结束了。过去四个月(或五个月)以来,苦儿贯穿了他的生活,日也苦儿,夜也苦儿,但那样实在太简单,太——

噢,你错了,保罗。苦儿一点也不简单,你的命是靠她救的……因为你毕竟还是变成《一千零一夜》里的山鲁佐德了,不是吗?

保罗再次试图抛开这些念头,却办不到。回忆紧揪住他不放,在他心中肆虐。接着有个始料未及的念头浮上来,为他开启了一个全新的方向。

你一直忽略一点,因为太明显,所以看不清。那就是,你也是自己的山鲁佐德。

他眨眨眼,垂下手,傻傻地望着窗外从不敢奢望还能活着见到的夏景。安妮的影子穿过去又消失了。

真的吗?

我是自己的山鲁佐德? 他又想了一遍。如果是,那他不是蠢得要命吗? 他能活下来,是因为他想完成安妮逼他写的鸟书。他早该死了……却死不了。除非他知道书的结局会如何。

噢,你真他奶奶的疯了。

你确定吗?

不,他不敢再确定了,他对什么都没把握。

只有一件事例外:他知道自己与苦儿唇齿相依,休戚与共。

保罗任心思远飏。

云层啊,他心想,就先从云层开始吧。

6

云层更黑更厚了,却也更平坦。滑落的感觉取代了飘浮。有时思绪会钻进来,有时是身体的痛,有时则隐隐听见安妮的声音,那跟她用烤肉架焚毁稿子、火势差点失控时的声音很像:"喝下去,保罗……你一定得喝!"

滑落?

不对。

不像是在滑落,正确的动词应该是垮下。他记得有次半夜三点电话响——这是他念大学时的事了。睡眼惺忪的四楼舍监用力敲门,叫他起来接那个天杀的电话。是他妈妈打来的,快点赶回家,保罗,你爸爸严重中风,他快垮了。保罗火速赶回家,顾不了老爷车时速一过五十就会发抖,一路将老福特催到七十,可结果仍是徒劳一场。保罗赶到家时,父亲不是垮下,而是已经倒下了。

挨斧头的那晚,他还差多少就垮了?保罗不知道,但在接下来的一周里,他几乎不觉得痛。从这一点,加上安妮惊惶的声音,保罗知道,死亡已经近在咫尺。

他处于半昏迷状态,而且由于药物有抑制呼吸的副作用,他几乎喘不过气来。他又开始打葡萄糖了。令他脱离昏迷状态的是鼓声及嗡嗡响的蜂鸣。

波卡的鼓声。

波卡的巨蜂。

波卡的梦。

颜色缓缓渗透到他无法形容的大地和部落上。

他梦见女神,女神的面容,在茂密的丛林上空飘浮徘徊,阴沉而诡异。黑色的女神,黑色的大陆,一座爬满巨蜂的石雕头像。有一个画面横在这一切之上,渐转清晰(就像一张投射在云上的巨幅幻灯片)。画面里头有一片只长了一棵桉树的空地,在桉树的低矮树枝上,挂着一副老式的蓝钢手铐,上头爬满了蜂。手铐是空的,因为苦儿已经——

——逃走了吗?她逃走了,不是吗?故事是不是应该这样写呢?

本来是要这样写的,但这会儿保罗不确定了。空掉的手铐真的代表苦儿逃走了?还是她被人带走了?带到神像那边?带到波卡族的大宝贝,蜂王那里?

你也是自己的山鲁佐德。

你在为谁讲故事,保罗?你在跟谁讲故事?跟安妮吗?

当然不是。保罗看着纸页上的洞，不是为了去找安妮或讨好她……他写作是为了逃避安妮。

他又开始痛了，而且还发痒。云层开始散开淡去。保罗瞄着房间，房里乱七八糟，安妮更是状如女鬼，然而他还是决定活下去。他心里有一部分跟安妮小时候一样，对章回电影上了瘾，除非他知道结局，否则绝不轻言寻死。

苦儿被伊安和杰弗里救走了吗？

还是被带到女神头里去了？

太可笑了，但这些愚不可及的问题，真的亟待找到答案。

7

安妮不想让保罗回去工作，至少一开始如此。保罗可以从她闪烁的眼神中看出她的恐惧。保罗差点就一命呜呼了，安妮百般细心地照顾他，每隔八小时帮他焦烂的伤口换绷带（一开始她还用那种明知自己不会得到感激的语气告诉他说——虽然她真该因此得到感激——更早之前，她四小时就得帮他换一次）、用酒精棉帮他擦澡——仿佛在赎罪。她说，写作会造成他疼痛。你会恶化的。保罗，相信我，如果事实不是如此，我不会随便说这种话的。至少你知道下一步是什么——我巴不得快点知道接下来的情节。原来安妮趁他垂危时，把他写的稿子全读完了——整整三百多页还没润色过的初稿。最后四十多页的 n 他都没填；安妮填了。她用一种骄傲挑衅的方式把稿子拿给他看，安妮的 n 跟印的一样整齐，跟他的鬼画符简直有天壤之别。

安妮嘴上不说，但保罗相信她帮忙填 n，是一种关怀的表示——你怎么能说我对你残忍，保罗，我不是都帮你把 n 填进去了吗？或者她想赎罪；或是一种迷信的仪式——换了那么多绷带，擦那么多次澡，填了一大堆 n，保罗就会活过来了。波卡女神施咒道，天灵灵地灵灵，把 n 统统填满满，死人亦能复还阳。

刚开始的时候，安妮的态度就是那样……但接下来，非做不可的问题来了。保罗很清楚所有的征兆。安妮说她急着想知道下回如何分解，她绝不是说着玩的。

你继续苟活，是因为想知道接下来的情节，你是不是想说这个？

很疯狂，甚至荒谬得可耻，但保罗觉得就是。

非做不可。

令保罗懊恼的是，他在写苦儿系列时，只要用心，就能找到非做不可的感觉，偏偏一碰到他想写的传世之作，不是灵感枯竭，就是若有若无。作家无法永远知道去哪里寻找灵感，然而福至心灵时，他一定会知道。非做不可让盖革计数器①一路摆到刻度的另一端。即使一夜宿醉，坐在打字机前，喝着浓苦的咖啡，每小时吃一两颗头痛药（保罗知道自己他妈的早该戒烟了，至少早上别抽，可是怎么也铁不下心），离脱稿还好几个月，离出版尚有好几光年，可是当非做不可浮现时，他一定知道。这种感觉总让他有点羞愧，觉得受到操控，但也让他的六亲不认有了凭借。妈的，苦思多日，打字纸上的洞洞就那么小一个，写作方向晦暗，脑子里尽是些无聊的对话，但你除了埋首苦写，别无他法。圣人说，天将降大任于斯人也，必先苦其心智。然后有一天，纸上洞口大开，露出一片广阔天地，像塞西尔·B.戴米尔②的史诗电影一样，和光自天而降，你知道你非做不可，于是斗志昂扬，摩拳擦掌。

非做不可是："甜心，我等十五、二十分钟后再睡，我得瞧瞧这章写得如何。"即使他白天上班都在想上床的事，也知道等他终于上床时，老婆已经睡着了。

非做不可是："我知道该吃饭了——如果他知道又要吃冷冻盒饭，一定会生气——可是我非把结局写出来不可。"

我非知道她能不能活下去不可。

我非知道他抓住杀死他父亲的浑球不可。

我非知道她会不会发现她最好的朋友上了她的老公不可。

非做不可。那感觉跟在三流酒吧里打手枪一样粗鄙，像跟全世界最辣的妓女上床一样绝爽。噢，妈的！那真是坏透了又爽极了，到头来

---

① 一种专门探测电离辐射强度的计数仪器。

② 塞西尔·B·戴米尔（Cecil B. DeMille, 1881—1959），美国著名导演，作品有《十诫》等，奥斯卡的终身成就奖即以他命名。

你根本不在乎过程多么粗糙拙劣,因为就像流行歌里唱的一样——没玩够就别停。

8

你也是自己的山鲁佐德。

当时他说不清,甚至不了解那句话的意思,他实在太痛了。不过他毕竟是知道的,不是吗?

不是你,是工厂里的那些家伙。他们懂。

是的,他潜意识里明白。

割草机的声音更响了,安妮跑进他视线中片刻。她看看保罗,发现他也在看自己,便对他挥挥手,保罗也抬起一只手回敬——那只大拇指还在的手。安妮又跑出视线了,很好。

保罗终于说服安妮,让他恢复工作会帮助他痊愈,而非使病情恶化……那些清晰的画面将他从云里诱出来,百般折磨他。折磨二字实在太贴切了,除非他能将它们写出来,否则永远无法摆脱。

安妮虽然不信——当时没有——却还是让保罗恢复工作了。保罗并未说服安妮,而是因为他非做不可。

一开始保罗只能忍痛工作一会儿——十五分钟。若故事写得正顺,也许写上半小时。即使写作时间极短,还是非常痛苦,他只要稍微换个姿势,腿就极痛,就像快熄的火苗被风一吹又会燃烧起来。保罗写作时,双腿固然痛进骨髓,但这还不是最糟的。最惨的是之后的一两个小时,慢慢复原的腿上就像有蜜蜂在缓缓蠕动一样,令他奇痒难耐。

这回料对的人是保罗,不是安妮。他一直无法真正痊愈——在这种情形下,大概也办不到——但确实改善许多,也恢复了一些力气。保罗发现自己关心的事物变窄了,他认为这是苟活的代价,也就接受了。他能活着,根本就是奇迹。

坐在这部齿牙秃落的打字机前,回顾过去这段只有工作,没有其他事发生的时间,保罗点点头。没错,他是自己的山鲁佐德。就像他振作起来,陷入创作的狂热时,也能变成自己的梦中情人一样。他不需要心理学家帮他点明,写作有点像手淫——你触动的是打字机,而不是自己的肉体,但两者都需要敏捷的头脑、快速的双手和辽远的想象力。

可即使是最平淡的手淫,也涉及某种程度的性吧?因为只要他一复工……嗯,安妮虽不会打扰他,但只要他一写完,就会拿走当天的稿子,表面上是填字母,实际上——保罗现在知道了,就像对性十分敏感的男人,知道哪些约会对象最后会让你尝到甜头,哪些将无疾而终,没法做到"达阵"。她也有她的"非做不可"。

章回电影。再回到这话题上。安妮过去几个月来,天天看章回电影,不再只限于每周六下午,而且带她去看电影的那个保罗,是她豢养的作家,不是她的老哥。

疼痛慢慢在消退,保罗渐能支撑,也更能在打字机前久坐,可是写作速度最后还是无法跟上安妮的要求。

那个让两人残喘到今日的非做不可——这话千真万确,若不是那样,安妮早就杀掉他,也干掉自己了——正是造成他痛失大拇指的原因。那件事既可怕,又好笑。满讽刺的,保罗——这对你有好处。

而且情况说不定会更糟。

例如安妮砍掉的是保罗的小鸡鸡。

"我的鸡鸡可只有一根哪。"说完,保罗对着面带狞笑、令人深恶痛绝的打字机,径自在空旷的房里放声狂笑,直到肚肠绞成一团,心头纠成一气。这期间,他的狂笑数度化为难听的干嚎,惹得大拇指的残根发痛。拇指一痛,保罗终于不再哭了。他呆呆地想,自己离疯狂已不远矣。

不过他已经不在乎了。

9

大拇指被截不久前的某一天——也许不到一个星期吧——安妮拿了两大盘香草冰淇淋、一筒巧克力糖浆、一听鲜奶油和一罐樱桃酒进来,上面漂着殷红如血、状若生化样本的樱桃。

"我想帮咱俩做圣代,保罗。"安妮满心欢喜地说,语气颇为虚假。保罗觉得不妙,他不喜欢安妮的语气,也不喜欢她闪烁不定的眼神。那眼神表示,我肚子里有鬼哟。保罗很忧心,很紧张,觉得安妮把衣服堆在楼梯口、把死猫摆在梯上时，一定就是这副表情。

"谢啦，安妮。"他说，然后看着她倒糖浆，并挤出两大坨鲜奶油。她手法利落，一看就知道经常做甜食。

"不必谢我，这是你该得的，你写得那么辛苦。"

安妮把一份圣代递给他。保罗吃了三口，已经快甜死了，不过他还是继续吃，因为这样比较明智。在这片美丽山景中生存的法则之一是，安妮要你吃，你就乖乖吃。两人默默吃了片刻后，安妮放下手里的汤匙，用手背擦掉下巴上的巧克力糖浆和融冰，开心地说："把剩下的告诉我。"

保罗放下汤匙，"你说什么？"

"把剩下的故事告诉我，我等不及啦，我真的不能再等了。"

他难道不知会发生这种事吗？是啊，如果有人把新的二十卷《火箭侠》电影放到安妮家，你想她会耐着性子，一周只看一卷，或甚至一天只看一卷吗？

保罗看着安妮吃了一半的圣代，有一颗樱桃几乎埋在鲜奶油里，另一颗则漂在巧克力糖浆上。他想起客厅中那些到处乱摆、沾着糖渍的杯盘。

不，安妮不会等，她会在一夕间把二十卷影片全看完，就算看得眼睛发酸，头痛欲裂，也会拼着命看完。

因为安妮爱吃甜食。

"不行。"保罗说。

安妮的脸立刻一垮，却又透着淡淡的释然："哦？为什么不行？"

因为你一大早就跑来搅局，保罗心想，却噤声不语，把话吞回去。

"因为我很不会讲故事。"他岔开话说。

安妮把剩余的圣代分五大匙扫完，保罗看得喉头都快结糖了。安妮放下盘子，愠怒地看着保罗，好像他是批评大作家保罗·谢尔登的恶人。

"如果你不会讲故事，怎么可能写出那么多畅销书，又拥有百万死忠读者？"

"我又没说我不会写故事，老实说我觉得我故事写得挺好。可是说到讲故事,我就没辙了。"

"你只是在找一些天杀的烂借口而已。"她沉着脸,两手在厚厚的裙子上结成两粒油亮的拳头。飓风安妮又吹进房里了,要来的躲不掉,但情况已经不同了。他像以前一样害怕安妮,但安妮已无法再控制他。他似乎已经不在乎能不能活命了,管他是不是非写不可,他只是怕安妮会弄痛他罢了。

"不是借口。"保罗答道,"讲故事跟写故事不同,就像苹果跟橙子是两码事。说故事的人往往不懂得写故事,你若以为写书高手也能说一嘴好故事,那你应该看看那些可怜的小说家在接受电视采访时的结巴样。"

"哼,可是我不想等。"安妮愤愤地说,"我帮你做了好吃的圣代,至少你可以跟我透露一点吧。不必完全照故事讲,可是……男爵有没有把凯洛索普杀掉?"她眼睛发亮地问,"我真的很想知道这件事,还有他会怎么处理尸体? 是不是剁成一块块塞到他老婆那只寸步不离的皮箱里? 我觉得应该是这样吧。"

保罗摇摇头——他没说安妮错了,只表示他不会多透露。

安妮脸色变得更加阴沉,声音却十分轻柔:"你让我很生气——你知道吧,保罗?"

"我当然知道,可是我没办法。"

"我可以逼你,我可以让你有办法说,我可以逼你讲出来。"可是她看起来很挫败,好像知道她动不了保罗。她可以强迫他说点什么,却无法逼他说故事。

"安妮,记得你跟我说过,被妈妈逮到在水槽下玩清洁剂的小孩,对妈妈说什么吗? 妈咪,你好凶! 你现在想说的是不是这个? 保罗,你好凶!"

"你要是再激怒我,我不敢保证会有什么后果。"安妮说,然而保罗觉得风暴已经过去了——安妮对家教规矩之类的观念特别无法抗拒。

"那我只能冒险。"保罗说,"因为我就像那位母亲。我拒绝你,不是因为我凶,或想惹你;我拒绝,是因为希望你喜欢这个故事……如果我按你的意思把结局告诉你,你一定不会喜欢,也不会想再听了。"那么到时我下场会如何,安妮? 他心想,不过没说出口。

"至少告诉我,哈瑟奇亚那个黑鬼是不是真的知道苦儿的父亲在哪里? 这点可以跟我说吧!"

"你是想看小说,还是要我填问卷?"

"你敢讽刺我!"

"那你就别假装听不懂我的话!"他吼回去。安妮吓了一跳,原本阴霾的脸色一扫而空,露出做错事的小女孩会有的怪表情。"你想剖开下金蛋的鹅! 就是这样。可是童话里的农夫终于下手后,只得到一只死鹅和一堆分文不值的内脏。"

"好吧。"她说,"好吧,保罗。你要不要把你的圣代吃完?"

"我吃不下了。"他说。

"我知道我惹你不高兴了,对不起。我想你说得对,我不该问。"她又恢复了冷静。保罗本以为接着她会陷入沮丧或狂怒,可是都没有,两人只是回到原本的例行状态,保罗写作,安妮每天看稿。从那次吵架到他拇指被切,又过了挺长一段时间,保罗已经忘记其中的关联了,直到此刻才又想起。

那时我在抱怨打字机的事情,保罗看着打字机,耳朵里听着隆隆的割草声,心中想着。此时割草声变弱了,保罗知道不是因为安妮走远,而是因为他自己快睡着了。最近他常打盹,就像养老院里的老头一样,坐着坐着就睡着了。

我又不是经常埋怨,总共也才嫌过一次而已,可一次就够了,不是吗? 太够了。那是——是什么时候的事? 在她拿那些腻死人的圣代进来后一星期吗? 差不多是那时候吧。就嫌了那么一回,我说脱落的字键令我抓狂。我根本没要她再去跟那个叫南希的女人买字键完整的旧打字机,我只说那些字键令我抓狂,然后说时迟那时快,保罗的左手拇指一秒前还在,一秒后就不见了。安妮不会是因为听了我抱怨才切我手指的,对吧? 她那么做是因为我拒绝告诉她故事结局,而她只能接受。那是愤怒的表现,因为她了解到一件事。什么事? 那就是筹码不全在她手上,我还是能被动地牵制她。我有王牌。我这个山鲁佐德毕竟不算太差。

　　很夸张，很好笑，却也非常真实。很多人也许会笑，但那是因为他们不了解艺术的影响有多深入人心，连低俗的通俗小说也无例外。家庭主妇配合下午的连续剧安排一日作息，她们若回职场，就优先考虑买录放影机，以便晚上回家接着看。当柯南·道尔安排福尔摩斯在莱辛巴赫瀑布中死掉时，全体维多利亚时期的英国人齐声要求作者让神探复活。他们的抗议跟安妮一模一样——不是出于悲伤，而是因为愤怒。道尔写信告诉母亲打算让神探死掉时，就被削了一顿。她回信痛骂道："杀掉福尔摩斯先生这种大好人？你是白痴吗？你敢！"

　　还有他朋友加里·鲁德曼的例子。加里在博尔德市公共图书馆工作，有天保罗去探他班，发现他的帘子拉上了，地上铺了块黑毯子。保罗担心地用力敲门，直到加里应门为止。请走开。加里说，我今天心情很糟，有人死了，一个对我来说非常重要的人死了。保罗问是谁，加里疲惫地答道：范德瓦克。保罗听到加里从门边退开，他虽然又去敲门，加里却再也不肯应门。结果搞半天，范德瓦克是一位叫尼古拉斯·弗里林的作家创造出来后来又赐他死的侦探。

　　保罗觉得加里的反应太夸张了，一定是装出来的，简单说就是装模作样。他一直这样认为，直至一九八三年，读了《盖普眼中的世界》后才改观。他错在不该睡前读盖普的次子被杆子刺穿死掉的那一段。他在床上翻了好几个小时后才睡着，怎么都甩不掉那场面。他在辗转反侧时不断想着，人怎么会为一个小说人物悲哀难过。因为他真的非常伤心，虽然明知那只是小说。这事让他想到，加里当时为范德瓦克伤心成那样，也许并非作假。这又令他想到另一件事，让他更加肯定：十二岁时某个仲夏日，他看完戈尔丁的《蝇王》后，本想慢慢走去冰箱拿冰柠檬汁，结果却突然调头，冲进浴室，趴到马桶上狂吐……

　　保罗突然想起其他这类疯狂举动的例子：每个月狄更斯的《小杜丽》或《雾都孤儿》的新连载运到时，人们就会聚到巴尔的摩的码头上（有些人因此落水淹死，但众人不因此而改其志）；有位一百零五岁的老妪表示，她一定要活到高尔斯华绥把《福尔赛世家》写完后才死，她也果真撑到听完小说最后一页一小时后才去世；一名年轻的登山家失温住院，情况极不乐观，他的朋友们二十四小时轮流为他读《魔戒》，直到他醒过来。其他还有成千上百个这样的例子。

　　每位"畅销"小说作家应该都有类似经验,热情的读者沉浸在作者创造的虚幻世界里……这些都是山鲁佐德情结活生生的例子,保罗半睡半醒地想着,而安妮的割草机忽近忽远地隐隐传来。他记得收过两封信,建议他盖个像迪斯尼或大冒险之类的苦儿主题乐园,其中一封还附带一份蓝图。这位冠军书迷(在安妮·威尔克斯闯进他生命之前)是佛罗里达印克海滩的桑德派普太太。桑德派普太太名叫弗吉尼亚,她把家中楼上房间改装成苦儿的客厅,还在信中附上苦儿的纺纱车、写字桌(上面还有张写了一半的便条,告诉法韦利先生说,她十一月二十日会出席学校朗诵会——保罗觉得她的字迹跟苦儿很不配,棱角分明,十分中性,不够圆润飘逸)、苦儿的沙发、苦儿的刺绣(让爱引导你;莫刻意去引导爱)等等的拍立得照片。桑德派普太太(弗吉尼亚)在信上说,那些家具都是真品,不是仿制货。保罗虽然不辨真假,却相信她说的是实话。若真是这样,这场昂贵的模仿,一定花了桑德派普太太(弗吉尼亚)不少银子。她还拼命跟保罗保证说,她不是利用他笔下的人物在赚钱,也没有意思往那个方向盘算——老天在上!——可是她希望他能看看照片,然后告诉她哪里弄错了(这位太太相信其中一定有很多错误)。桑德派普太太(弗吉尼亚)希望他能给些意见。保罗看着这些照片,觉得既诡异,又恐怖得真实,就像看到自己想象中的场景。而且他知道从那一刻起,每次只要想到苦儿的客厅和书房,桑德派普太太(弗吉尼亚)的拍立得就会立刻跳进他脑中,用它们可爱却单一的具体形象淹没他的想象。告诉她哪里不对?那不是疯了吗!从现在起,该想这个问题的人换成是他了。他当时回了封短信表示恭喜与感激,却只字不提他对桑德派普太太这个人的一些疑问,例如她到底有多拘谨?结果他又收到一封回信,加上一大沓照片。桑德派普太太(弗吉尼亚)的第一封信有两页亲笔书和七张拍立得,第二封却有十张书信和四十张拍立得。桑德派普太太(弗吉尼亚)在信里絮叨她每件家具在何处寻得、付了多少钱,以及修复的过程。桑德派普太太(弗吉尼亚)告诉他说,她找到一个叫麦奇本的男人,那男人有把老式来复枪,她叫麦奇本在椅子旁边的墙壁上射了个洞。桑德派普太太(弗吉尼亚)坦承,她虽然没有办法百分之百确定枪型是对的,但她知道口径大小没错。寄来的照片大部分是细部近照,要不是她在背后写了注记,那些照片看起来还真像猜谜杂志上的"猜猜这是什么"哩。杂志上会把回形针放大到看起来跟巨塔一样,将啤酒的易开罐拉环拍得像毕加索的雕塑,然后叫你猜是什么。保罗没再回信,但坚贞不移的桑德派普太太(弗吉尼亚)又陆续寄来五封信(前四封又加了不少拍立得),最后才受伤困惑地不再来信。

最后一封的署名只简单签着"桑德派普太太",她已不再邀请(虽然都是顺便提到的)保罗直接喊她"弗吉尼亚"了。

这位女士尽管沉迷,却从未像安妮那般偏执。保罗现在明白了,她们骨子里其实都一样,都犯了山鲁佐德情结,都有着深刻、本能、非做不可的驱动力。

保罗昏晃得更厉害了。他睡着了。

10

最近他跟老人一样,常突然打盹,有时不该睡时也睡着,而且他睡得跟老人一样——也就是说,跟清醒之间只隔了薄薄一层纱。他一直听得见驶动的割草机,但那声音变得更沉、更粗、更吵,像电动切刀一样。

他挑错日子抱怨打字机难用、字键不全。不过话又说回来,只要对安妮说不,任何时机都不对。惩罚也许会往后延,但绝对逃不掉。

如果你那么不爽,老娘只好给你别的东西,让你别再想那个 n。 保罗听见安妮在厨房走动,扔东西,用她特有的奇怪语言叫骂。十分钟后,她拿着针筒、优碘和电动刀进来,保罗立即开始尖叫。在某种程度上来说,他就像巴洛夫[①]的狗一样,巴普洛夫一按铃,狗就开始流口水。当安妮一拿着针筒、优碘和利器走进客房,保罗就开始尖叫。她把刀子的插头插到轮椅边的插座上,不管保罗如何苦苦哀求、哀号、连串

---

① 伊万·巴普洛夫(Ivan Pavlov, 1849—1936),前苏联生理学家,提出了条件反射的概念,一九〇四年获诺贝尔生理学医学奖。

地保证不再犯错。当他试图躲避针筒时,安妮喝令他乖乖坐好别动,否则不上麻药照割。保罗继续闪躲针头,哀声乞求。安妮表示他若真的那么痛苦,干脆把刀子架到喉头上,一刀了断算了。

说完保罗便乖乖坐着,任安妮帮他打针。这回优碘涂在他的左拇指跟刀刃上(安妮打开开关时,刀刃开始在空中快速飞转,深棕色的碘液跟着飞溅开来,她似乎都没注意到),最后血红的液体也跟着喷到了空中。安妮一旦决定采取行动,便会贯彻始终,绝不因对方哀求而有所动摇。尖叫无法软化她;安妮是坚定不移的。

当嗡嗡作响的锯刀陷入他即将被切断的大拇指和食指间时,安妮用那种"妈妈的心比你的肉还痛"的语气,再次跟保罗保证说,她是爱他的。

接着,那天晚上……

你没有做梦,保罗,你在想着你醒时所不敢想的事,所以醒醒吧,看在老天爷的分上,醒来吧!

他无法醒来。

安妮早上才切掉他的大拇指当晚便开开心心地晃进他房里保罗当时吃药吃得迷迷糊糊包上的左手痛得握在胸口安妮拿着蛋糕用她那死没感情的声音大叫"生日快乐"虽然那天不是保罗的生日但蛋糕上却插满蜡烛而且正中央插着他那根像特大号蜡烛的死灰色大拇指上面的指甲已经有点破了因为他词穷时会咬指甲安妮告诉他说如果你答应乖乖的保罗你可以吃一块生日蛋糕但不用吃那根特制蜡烛于是保罗答应乖乖的因为他不想被迫吃特制蜡烛而且最主要是因为安妮人很好安妮超级棒让我们感谢她赐给我们日用的粮食包括我们不必吃的东西女孩只想玩乐或奇奇怪怪的东西求求你别逼我吃我的拇指安妮妈妈安妮女神当安妮在你身边时最好要诚实她知道你是不是睡着了你醒时她会知道如果你不乖或乖乖的她也会知道所以千万别作乱你最好别哭你最好别嘟嘴而且最重要的是你最好别尖叫别尖叫别尖叫别尖叫

他没有尖叫。

保罗身子一抽,浑身发痛地醒来,全然不知自己正紧抿着嘴,将尖叫压在体内。然而拇指遭切除,已经是一个多月前的事了。

保罗只想到不能尖叫，一时没看到驶进车道的是什么，而等他看见时，还以为是自己在幻想。

那是一辆科罗拉多州的警车。

11

继手指被切后，保罗有一段时间极为消沉，除了写作外，最大的成就便是继续数算日期。他已经讲究到病态的地步了，有时只要昏睡五分钟，他就会倒数回去，确定自己没遗漏任何时间。

我快要变得跟她一样病态了，有一回保罗这么想。

他百无聊赖地反驳自己说：那又怎样？

在失去脚掌后，他的写作进行得还挺顺利的——在那段被安妮称之为"康复期"的时间里。不对，挺顺利这种说法太含蓄了，对一个没有香烟、背痛、头痛或以上两者，就会半个字都写不出来的人来说，他的进度简直好得惊人。说好听点，他的表现英勇可佩，但说穿了还是在逃避，因为他实在太痛了。当他终于真的开始康复后，那只"无影脚"上的奇痒，竟比疼痛更加难耐。令他最困扰的是那只无影无形的脚，他不止一次在半夜醒来，用右脚大拇趾去搔另一条腿下四英寸处的空气。

可他还是继续写作。

一直到拇指被切，以及那个奇形怪状的生日蛋糕事件后，字纸篓里才又开始堆积起揉成一团团的废纸。失去一只脚掌时，虽然差点死掉，但他仍继续工作；失去一根拇指，给自己惹了一身腥后，是不是该恰恰相反？

嗯，他发烧了，在床上躺了一个礼拜。但那是小事，他的体温最高才烧到三十八点一度，而且问题也不出在那儿。发烧也许是体力衰弱引起的，而不是因为受到感染。况且发点小烧对安妮来说根本不是问题，她储藏间里多的是退烧药。她喂保罗吃药，保罗好多了……他尽可能地复原，尽管身处如此诡谲之境。可是不知哪里不对劲，保罗似乎流失了某种重要元素，写出来的东西就是不尽如人意。他把问题归咎于n，但他以前没有n还不是照写。老实说，掉个n怎能跟失去脚掌比？何况如今又多丢了一根拇指？

不管原因是什么，有个东西在搅乱他的梦，缩减他在纸上看到的那个洞。曾经一度——他真的可以发誓——那洞巨如林肯隧道，如今却像板子上的小孔。若有人站在人行道，弯身从中窥看一栋大楼的建筑工程，必得伸长脖子极尽目力，才有可能看到东西，而且通常还看不见发生在视线范围外的重点……这没什么好讶异的，因为洞口实在太小了。

从实际来看，断指及发烧后所发生的事相当显而易见。小说的语言又流于繁复累赘与夸大了——虽然还不至于自我嘲讽，但已经渐渐滑往那个方向，保罗却无力回天。小说连贯性的流失，跟地窖里日益猖獗的鼠辈渐成正比：在《苦儿的追寻》中，他整整用了三十页篇幅，才让男爵变成子爵。如今他只能将那部分挖掉重来。

没关系，保罗。在 t 和 e 键先后断掉的开头几天，保罗一再告诉自己，反正这本鸟书快写完了。事情就是这样，写书的过程是酷刑，写完书后他又会没命。当后者开始变得比前者更令人向往后，大概没什么比这更适合阐述他身心灵的恶化状况了。然而小说本身似乎不受任何牵制地持续进行。连贯性中断虽讨人厌，问题却不大。如何取信于读者，才是保罗陷入空前挣扎的地方。"你行吗？"不再是简单好玩的游戏，而是桩令人汗流浃背的苦差事。尽管安妮对他坏事做绝，小说却依然持续不辍。他可以抱怨说，安妮切掉他指头时流掉的半品脱血，把他的一些东西——也许是勇气吧——都冲掉了，但它还是一部结结实实的好作品，是苦儿系列中迄今最棒的一部。小说情节虽然煽情，结构却非常紧凑，精彩好看。如果小说能付梓，而不是单印了安妮·威尔克斯版（第一版，印量一本），应该会卖翻天才对。是的，他想他应该能写完，如果那台浑蛋打字机还没解体的话。

你不是应该很强的吗？保罗有一回举重完后想。他瘦弱的臂膀在发抖，断指痛如刀割，额上沁满薄薄的油汗。你是那个厉害无比，想单挑老警长，让他没脸混下去的年轻枪手吧？不过你已经掉了一个字键，而且我看其他字键——t 啦，e 啦，还有 g 啦，也快不行了……有时歪这边，有时斜那边，有的时候偏高，有的时候又往下掉。搞不好这回老警长会赢哟，我的朋友。也许那老家伙会把你揍到挂……说不定那臭婆娘也知道，所以才切掉我的左拇指。俗话说得好，她也许疯了，却并不笨。

保罗疲惫地看着打字机。

来呀，来呀，你解体呗。我一定会写完。如果她帮我把打字机换掉，我会客气地谢谢她；她若不换，我就他妈的用笔记纸把书写完。

老子绝不会尖叫。

老子绝不尖叫。

老子。

绝不。

12

老子绝不尖叫。

保罗坐在窗边，这下全醒了。他意识到他在安妮车道上看见的警车，跟他以前的左脚掌一样，都是真的。

尖叫！他妈的，叫呀！

他很想叫，可是那律令如此铿然，害他连嘴都张不开。他努力想张嘴，却看见褐色的碘液从电动刀刃上溅开。他拼命要试，却听见骨头上的斧头嘎吱作响，听见安妮用火柴点燃焊枪时，轻轻的"轰"一声。

他想张开嘴，却办不到。

想抬手，也办不到。

一声可怕的呻吟在他紧闭的双唇间游走。保罗的手在打字机两侧胡乱拍着，但他只能做到这样而已。他的命运似乎就在唾手可得的掌握处。之前发生的种种都不及眼前这种动弹不得的境况凄惨，除了他移动左腿，却发现脚掌动都没动的那一刻之外。实际时间或许只有五秒，绝对不会超过十秒，保罗·谢尔登却觉得漫长如年。

救援就在眼前，他只要打破窗户，抛开那婊子铐在他舌上的枷锁，尖叫：救命啊，救命啊，把我从安妮手里救出去！把我从女神手里救走啊！

同时另一个声音也在高喊：我会乖乖的，安妮！我绝不尖叫！我会乖乖的，绝不作怪！我保证不会尖叫，求你别再砍我手脚了！在这之前，他真的明白安妮已将他变成一名懦夫，或将他的生命力摧残殆尽了吗？他知道自己不断受到恫吓，但他了解自己的坚毅自持已被销蚀殆尽了吗?

有件事他很确定:问题出在他本身,而不是那根动弹不得的舌头。就像问题出在他的创作,而不在坏掉的字键、高烧、缺乏连贯性,甚至他的怯懦。事实简单得骇人,简单得令人泄气。他正在逐步迈向死亡,但是慢死并不可怕,可怕的是,他同时也在凋萎,而凋萎使人变笨。

别叫!警察打开巡逻车门走下来调整警帽时,保罗心中惊惶地喊道。那是一名年纪不超过二十二三岁的年轻警察,戴着黑亮如原油的太阳眼镜。警察停下来理平卡其制服裤上的折痕。离他三十码的地方,有个憔悴如老者的男人正苍白着脸,满嘴胡子,瞪着一双蓝眼,从窗户后盯着他看。男人闭嘴呻吟,两手在轮椅横板上无助地哆嗦。

别叫

(快叫呀)

叫出来事情就会结束了叫出来就可以把事情了结

(除非我死否则永远不会结束而且那个孩子根本不是女神的对手)

保罗啊,噢,上帝啊,你死了吗?叫啊,你这个没卵的孬种!靠,你快扯开嗓门叫哇!

保罗的嘴巴轻轻"啵"的一声张开了。他猛将气往肺里吸,然后闭上眼睛。他完全不知道自己会说什么,或究竟会不会喊出声——直到他听见。

"非洲!"保罗狂叫道,颤抖的双手像受惊的鸟一样拍打自己的头侧,仿佛想将快爆开的脑袋按住。"非洲!非洲!救我!救命啊!非洲!"

13

他一下睁开眼,发现警察正瞧着屋子。保罗看不见对方的眼神,因为被太阳眼镜遮住了,不过从那微倾的脑袋瓜看来,对方显然有些困惑。警察往前踏近一步,然后停住。

保罗垂眼看着板子。打字机左边有个沉重的陶制烟灰缸,以前里头也许会堆满按熄的烟头,现在除了无害健康的回形针和打字机用橡皮擦外,啥也没摆。保罗抓起烟灰缸对窗户丢过去,玻璃应声而破,往外碎落,对保罗而言,那是他听过的最美妙的自由之音。高墙倒下啦,他头昏眼花地想,然后尖声大叫:"这里!救命啊!小心那女的!她疯了!"

警察望着他,张大了嘴。他伸手从胸前口袋拿出一张应该是照片的东西看了看,然后进一步走到车道边缘,说了四个字。这四个字是保罗听他说过的唯一一句话,也是任何人听见他这辈子说过的最后四个字。警察话才说完,便发出一连串不成句的模糊声音。

"哦天!"警察叫道,"是你!"

保罗的注意力都在警察身上,等他看到安妮时已晚了一步。看到安妮,保罗吓得全身冰凉。安妮变成女神了,她是个半人半割草机、人"机"参半的异形女神。她的棒球帽掉下来了,脸部扭曲僵硬,口中咆哮不已。她一手举着插在母牛波西坟上的木十字架——保罗不记得是一号还是二号牛了,那牛后来终于不再哞叫了。

波西真的死了。当春天将大地软化,保罗又惊又怕地从窗口看见安妮先去挖墓(几乎花了她一天时间),再把母牛从畜棚后拖出来(她的尸体也烂得差不多了)。安妮将链子绑到车尾的拖车钩上,用链子另一端缠住母牛腰部。保罗在心里打赌,安妮把波西拖到坟墓之前,牛尸必会断成两半。可惜他输了。安妮将波西推进坑里,面无表情地重新填满坟穴,直到天黑过后许久才完工。

保罗看着安妮钉上十字架,然后在春夜初升的月光下,对着坟坑诵读圣经。

此时的安妮将十字架当矛一样地举着,用木条黑污的尖底对准警察的背部。

"在你后面!小心!"保罗明知为时已晚,还是高声大叫。

安妮轻呼一声,将波西的十字架插入警察背上。

"啊!"警察说,然后慢慢走到草地上,背部一拱,内脏挤了出来,表情痛苦如肾结石犯痛或突然胀气的人。警察向保罗所在的窗边走近,背上的十字架也开始往下垂。他死灰的脸上沾着玻璃碎片,两手同时缓缓往肩后伸探,像一个拼命想搔痒却总是抓不着痒处的人。

安妮下了割草机后一直呆呆站着,曲着手指压住自己胸口。此时她突然往前一冲,拔下警察背上的十字架。

警察回头看她，去掏身上的枪，安妮将十字架刺入他腹部。

"啊！"警察喊道，双膝一跪，捧住自己的肚子。警察弯身倒下时，保罗可以看到第一次攻击在他棕色制服衬衫上留下的裂口。

安妮再次拔出十字架——十字架的尖刺已经断了，只剩残缺断裂的木桩——一举插入警察双肩之间的背脊里。她看起来像个在宰杀吸血鬼的女人。前两次也许刺得不够深，伤得不够重，但这一回十字架的棍子至少没入警察背部三英寸深，原本跪着的警察直挺挺地趴地倒下了。

"瞧吧！"安妮大叫，奋力将波西的十字架从他背上拔出来。"你觉得如何啊，你这个烂鸟人？"

"安妮，住手！"保罗大叫。

她抬眼看着保罗，一对黑眼亮如铜钱，脸上发丝纠结交错，嘴角得意地上扬，有如摆脱一切钳制的狂人。接着她收回视线重新看着警察。

"瞧吧！"她大声说着，又将十字架刺入他背里、臀部，接下来是一条大腿，再刺他脖子、胯部。她刺了十几下，每刺一下，便大声狂叫"瞧吧！"十字架裂了。

"瞧吧。"她说，好像在跟人对话一样，说完便从来时的方向走开了。在经过保罗的视线范围时，安妮将染血的十字架扔到一旁，仿佛那玩意儿已不再吸引她了。

14

保罗手抓着轮椅，不确定要去何处，或到了之后打算干什么。也许该到厨房拿把刀吧？他不是想拿刀砍安妮，噢，不是的；安妮只要看一眼他手里的刀，就会回柜子取枪。保罗拿刀不是为了杀她，而是为了自我保护，免得安妮砍他的手腕报复。保罗不知道那是不是自己的用意，但感觉上这点子不错。有机会退场的话，就是现在了。他实在恨透了安妮一生气就拿他开刀。

接着保罗看到一样东西，令他当场僵住。

警察。

那警察还活着。

他抬着头，太阳眼镜掉了。现在保罗能看到他的眼睛，看清他有多么年轻、痛苦与害怕。他脸上血流如注，勉强四肢着地跪起来，向前扑倒，又痛苦万分地爬起来。他开始朝巡逻车爬过去。

他挣扎到房子与车道间的小斜坡上，再次绊倒摔跤在地。他屈着腿，在地上躺了一阵，像翻了面的乌龟般无助。片刻后，他慢慢侧翻过去，又开始痛苦地跪起来。他的制服衬衫和裤子染满了血，小块的血斑慢慢扩散，与其他血斑汇聚，又持续扩大。

警察来到车道上了。

割草机的声音乍响。

"小心！"保罗惊呼，"小心，她来了！"

警察转过头，脸上满是惊惶。他又去掏枪，这次拔出来了，那是把又黑又大、枪管长长、木制枪托的枪。安妮又出现了，她高坐在车座上，驾着割草机火速冲上来。

"射她！"保罗尖叫道。警察没去射安妮·威尔克斯那个烂鸟人，只是笨手笨脚地抓着枪，然后枪就掉了。

他伸手去抢，安妮一个回转，轧过他伸出来的手掌和前臂。鲜血以令人叹为观止的方式从割草机的刀片里喷射而出，穿制服的小伙子惨声呼号。转动的刀片卷到手枪时，发出清脆的叮咚声。安妮转向旁边草坪，一个掉头，眼光在保罗身上停驻了一秒钟。保罗知道那一瞥代表什么意思：她先把警察撂倒，再来跟他算账。

那小伙子又侧身躺着了，看到割草机对他冲过来，他翻过身，狂乱地用脚跟抵住车道上的泥土，挣扎着想将自己推到巡逻车底下，避开安妮。

他离车子还远着咧。安妮猛力加速，割草机便轰轰呼啸着从他头上辗过去了。

保罗正好看到那双惊恐不已的棕色眼睛最后一眼。他看到破碎的卡其制服衬衫挂在臂上，那手臂徒劳地抬起来作保护之势。当那双眼睛消失时，保罗扭开头去。

割草机的引擎声突然变低了，接着是一连串奇怪而快速的绞榨声。

保罗闭着眼，哗啦啦地在轮椅边吐了一地。

15

听见厨房门上传来安妮的钥匙转动声时,保罗才睁开眼。他卧房的门是开的。他看见安妮穿着棕色的旧牛仔靴和牛仔裤从走廊走过来,腰带扣上晃着钥匙环,身上的男人 T 恤血迹斑斑。保罗缩身避开她。他想说:如果你再砍我身上任何东西,安妮,我就去死。你不必再用截肢来恫吓我了,我自己死给你看。不过他半个字也没说,只发得出连自己都不耻的嗒嗒之声。

反正安妮也没给他说话的机会。

"我以后再跟你算账。"她着把门拉上。钥匙在锁孔里转动——保罗觉得应该是那种连汤姆·特怀福德都束手无策的新锁——之后她又迈步沿走廊离去了,靴子跟渐踩渐远。

保罗转开头,愣愣地望着窗外。他只能看见警察的一部分尸体。尸体的头还卷在割草机下,割草机向巡逻车的方向斜倒。那是一台用来维修大型草坪,外观像拖拉机的小割草机。机器不是用来辗压突起的石块、掉落的枝干或警察的头颅的,所以它歪掉了。要不是巡逻车停在那里,而且警察被安妮撞倒前离车子又那么近,割草机一定会翻倒将安妮甩下来。安妮也许不会受伤,但也有可能被摔得很惨。

这恶婆娘的狗运奇佳,保罗郁郁地想。他望着安妮将割草机换到空挡,奋力一推,把车子从警察身上驶开。割草机侧擦到巡逻车车身,刮掉一些漆。

既然警察死了,保罗也敢正眼去瞧了。那警察看起来像被一群顽皮孩子折腾过的大娃娃。保罗除了对这位不知名的年轻人感到无比的心疼外,还掺和着另一种复杂的情愫。保罗仔细一想,发现他竟然在嫉妒。警察若有妻儿,便永远回不到她们身边了。但话又说回来,他一死,便逃开安妮·威尔克斯的魔掌了。

安妮抓住一只血淋淋的手,将警察拖到车道上,穿过打开的畜棚门。出来时,安妮将门沿门轨推到底,然后走回巡逻车边,动作冷静得近乎平和。她发动巡逻车,驶入棚子,再走出来,拉上门,只留一道出入用的小缝。

她走到车道中央，叉着手环顾四处，保罗再次看到安妮那不可思议的平静神情。

割草机底下沾满了血，尤其是刀片还在滴血。车道和新剪的草地上乱撒着卡其衬衫的碎片，到处都是血痕和血斑。警枪躺在地上，金属枪管刮出一道长长鲜亮的刮痕。安妮五月时种的仙人掌上卡着一方白色的纸片。波西那根碎裂的十字架倒在车道上，像为整场灾难做注脚。

安妮离开保罗的视线，朝厨房走来，一边进屋，一边唱道："她将驾着六匹白马前来……她将驾着六匹白马前来，她将驾着六匹白马，她将驾着六匹白马，她将驾着六匹白马前来！"

保罗见到安妮时，她手上拿着一个绿色的大垃圾袋，牛仔裤后口袋还塞了三四个。T恤腋窝处及脖子一带，染着大片的汗渍。安妮转身时，保罗看见她背上印着树影般的汗斑。

装几件衣服要那么多袋子做啥，保罗心想，不过他知道安妮完工之前，还有很多东西要扔进垃圾袋里。

她拾起破碎的制服和十字架，将十字架折成两段放入塑料袋中。然后她跪下来，拿起枪，滚动圆筒，把子弹倒出匣，塞到屁股后的口袋里，手腕再一使劲，熟练至极地将圆筒卡回枪上，再把枪插到牛仔裤腰带上。安妮抽下仙人掌上的纸片，若有所思地看着，放入另一边裤袋。她走到畜棚，将垃圾袋扔进门里，折回屋里。

安妮越过草坪，来到地窖的隔板旁，隔板差不多就在保罗窗口的正下方。安妮发现保罗丢出来的烟灰缸，捡起来，从破掉的窗口客气地递还给他。

"喏，保罗。"

保罗木然地接过来。

"我待会儿再去捡回形针。"她说，好像保罗应该已经考虑到这个问题了。保罗本想趁她弯下身时用厚重的陶制烟灰缸砸她的头，打得她脑袋开花，把她脑子里的病态全释放出来。

接着他想到，若只伤到安妮，而没将她杀死，会有什么后果——可能会发生什么——最后只好抖着手，将烟灰缸摆回原处。

安妮抬头看着他："杀死他的不是我，你知道吧。"

"安妮——"

"是你杀的。如果你肯闭上狗嘴,我只要叫他滚回去就行了。那么他现在应该还活着,而且我也不必去清理那些乱七八糟的东西。"

"是的。"保罗说,"他会离开,那我呢,安妮?"

安妮从隔板里拉出水管,绕到臂上。"我不懂你在说什么。"

"你懂。"保罗非常讶异自己竟然能如此冷静,"他身上有我的照片,照片现在放在你口袋里,对吧?"

"别再发问,我就把实话告诉你。"窗口左边墙上有水龙头,安妮把水管套到上面。

"州警身上有我的照片,表示有人找到我的车子了。我们都知道这事迟早会发生,我只是很诧异这么久后才有人找到。小说里,车子可能凭空消失——我可以让读者相信会这样——在真实生活中却不可能。我们只是一味自欺,不是吗,安妮? 你为了书,而我则为了这条可悲的命。"

"我不知道你在说什么。"安妮扭开水龙头,"我只知道你把烟灰缸扔出窗子,害死了那个可怜的小鬼。你把自己的命运跟那小鬼的遭遇混为一谈了。"她冲着保罗咧嘴笑道,笑容中透着疯狂。保罗看出其中有蹊跷,这令他不寒而栗。那笑容好邪恶——恶魔就躲在她眼神后。

"你这臭婊子。"他说。

"是疯狂的臭婊子吧?"她问,依旧满脸笑容。

"噢,是的,你的确是疯子。"他说。

"咱们总得谈一谈,不是吗? 等我有空,咱们得好好谈谈,不过现在老娘很忙,我想你已经看出来了。"

她拉开水管,打开水龙头,花了近半小时的时间冲掉割草机、车道及草坪边的血迹,喷溅的水汽上不断出现七彩的虹光。

接着她关掉喷嘴,沿水管走回来,一边将水管挂到臂上。天色还很亮,但安妮身后已拖出长长的影子了。现在是六点钟。

安妮将水管从龙头上转下来,打开隔板,将长如绿蛇的塑料水管丢进去。她关上隔板,拉上闩子,往后站开,检查湿漉漉的、像沾着厚重露水的车道和草坪。

安妮坐回割草机上，扭开引擎，将割草机开回去。保罗淡淡一笑，觉得安妮真是好狗运，遇到紧急状况时，反应快捷有如恶魔——但关键在于"有如"这两个字。她在博尔德市露馅后逃脱算是侥幸，现在她又穿帮了。保罗看到安妮冲掉割草机上的血，却漏掉底下的刀片——整排刀片都忘了。也许她以后会想起来，但保罗认为可能性很低。安妮只要当场没注意，以后就不会再记起来了。保罗觉得，心智和割草机极为相似——表面上看起来好端端的，翻过来仔细一看，却变成一台长着利刃的杀人机器。

安妮回到厨房门边，走进屋里。她上了楼，保罗听见她在楼上东翻西找，半天后又慢慢拖着一个听来既柔软又沉重的东西下楼。保罗思索片刻后，推着轮椅来到卧房门边，将耳朵贴到门板上。

安妮沉重的脚步听起来有些空洞，不过还是听得见有个东西轻轻被拖动。保罗立即张皇失措起来，恐惧蹿满了他每寸肌肤。

棚子！她去棚子拿斧头了！她又拿斧头来了！

然而保罗只是一时着慌，很快便甩开那念头。安妮没去棚子；她是要去地窖，把某个东西拖到地窖而已。

保罗听见安妮又走上来了，他把轮椅推到窗边。听到安妮的靴跟往门口踏过来，听到钥匙再次转动门锁，保罗心想，她是来杀我的。这个念头，只在他心中激起一种疲累而如释重负的感觉。

16

门开了，安妮站在门口，若有所思地凝望保罗。她已换上干净的白T恤和棉布裤了。安妮肩上挂了个小卡其布袋，袋子比皮包大，比背包小。

安妮进来时，保罗发现自己竟然能不卑不亢地说："如果你想杀我，要宰要剐随你，不过请别太恶劣，至少下手快些，别再胡乱砍我的手脚了。"

"我没有要杀你，保罗。"安妮顿了顿，"至少得等机会大些才下手。我应该杀你——这点我知道——不过我是疯子，对吧？疯子通常不会为自己争取最大利益，对吧？"

她绕到保罗身后，将他推出房间来到走廊上。保罗听见安妮的袋子在她身侧擦撞。他以前从没见过安妮携带那种袋子。她若是穿裙装进城，会带一个笨重的大皮包，就像老处女去教堂义卖会时带的那种；她若穿长裤，就会跟男人一样，在后臀口袋里塞只皮夹。

橙黄亮丽的阳光从厨房斜射而入，餐桌桌脚像牢房铁条的影子一样，平行地映在油布上。厨房时钟指着六点十五分。虽然安妮的时钟跟她的月历一样不甚可信（厨房里的月历竟然撕到五月哩），但保罗觉得时间应该不会差太多。他听见安妮的田里响起夜间第一道蟋蟀声。保罗心想，我小时候也听过的，那时我一点伤都没有。想到这儿，保罗差点哭了出来。

安妮把保罗推到食品储藏室前。通往地窖的门开着，黄色的灯光从梯子底下照上来，打在储藏室的地板上。从门口可以闻到冬末时，暴雨淹过地窖后留下的气味。

下面有蜘蛛，保罗想，有老鼠。

"不，"他告诉安妮，"我不跟你玩这个。"

安妮不耐烦地看着他。保罗发现，自从将警察干掉后，安妮似乎还算正常。她那充满斗志的表情像是准备赴宴的妇人。

"你得下去。"她说，"唯一的问题是，你是要让人背下去，还是要自个儿滚下去。我给你五秒钟考虑。"

"让人背下去。"保罗立刻答道。

"果然聪明。"安妮转过去，让保罗将手环到她脖子上。"别轻举妄动，别想勒我，保罗。我学过空手道，而且段数很高。我会来个过肩摔，下面虽然是泥地，但非常硬实，你的背会摔断。"

她毫不费力地将保罗背起来。他的腿垂着，上头的夹板已经拆掉了，腿像从畸形人展览的帐篷裂缝中窥见的一样，扭曲而丑恶。保罗包着"盐丘"的左脚比右脚整整短了四英寸，他试过用左脚站立，也确实能站一小段时间，不过之后会痛好几个小时，就像心灵的创痛一样，连止痛剂都治不了。

安妮将保罗背下去。一股浓重腐臭，混着老旧木头、淹水和烂蔬菜的味道扑鼻而来。地窖里有三颗光秃秃的灯泡，裸露的橡木间垂着缠乱的蛛网,石砌的墙壁非常粗糙——看起来像是小孩画出来的。地窖里很阴凉,但并不宜人。

安妮背着保罗走下陡梯,保罗从未像此刻这样贴近她。他只会再跟她有一次近距离接触。这次经验实在不怎么愉快,保罗可以闻到她刚冒出来的汗味。其实保罗很喜欢新鲜的汗水味,那让他联想到工作与劳动等令他尊崇的事物,但这股味道很恶心,就像旧床单上干掉的厚浊精液一样。而且在汗水之下,还有股陈垢味。他猜安妮洗澡就跟撕月历一样有一搭没一搭。他看到安妮有只耳朵堵着深褐色的耳屎,不禁作呕地怀疑她怎么可能听得到任何声音。

保罗在其中一面石墙边看到拖地声的来源了:那是一张床垫。安妮在床垫旁摆了一张坏掉的电视架,上面放着几个罐头和瓶子。安妮走近床垫,转身蹲下。

"下来,保罗。"

他松开手,让自己倒在床垫上。他小心翼翼地看安妮站起来,把手伸到卡其色的小袋子中。

"不要。"一看到闪着深黄色药液的针筒,保罗立刻叫道,"不要。不要。"

17

"噢,天哪。"安妮说,"你一定以为安妮今天心情超烂对不对? 放心吧,保罗。"她把针筒放到电视架上,"这叫东莨菪碱,是含吗啡的药。我有吗啡算你走运,我跟你说过,医院药剂部看得很紧。我留药下来,因为地窖里很潮湿,而且在我回来之前,你的腿可能会非常痛。"

"等一等。"她对保罗眨眨眼,表情隐含了令人不安的弦外之音——像阴谋者彼此间打暗号用的。"你扔了个天杀的烟灰缸,害我忙得跟鬼一样。我去去就回来。"

她跑到楼上,很快又拿着客厅沙发的椅垫和保罗床上的毛毯回来。她把垫子放到保罗背后,让他坐起来,不至于太不舒服。然而即使隔着椅垫,保罗仍能感受到石墙的寒气随时准备刺过来。

坏掉的电视架上有三瓶百事可乐,安妮用钥匙环上的开瓶器打开其中两瓶,递给保罗一瓶。她将手上的瓶子一倾,一口气灌掉半瓶,然后以手遮口,很淑女地打了个暗嗝。

"我们得谈一谈。"她说,"或这么说吧,我得谈一谈,你得听一听。"

"安妮,当时我说你疯了——"

"嘘!那事就别再提了,以后再说。我从没想过要改变你的任何选择——尤其像你这种聪明过人、靠思考维生的人。我所做的,不过就是在你冻死荒郊之前,把你从撞毁的车子里拖出来,用夹板固定你的断腿,给你药帮你减轻疼痛,照顾你,劝你把一本烂书改成你最棒的作品。如果那叫疯狂的话,就把我关到疯人院吧。"

噢,安妮,如果有人能把你关到疯人院就好了,保罗心想。他还来不及阻止自己,便已脱口而出:"而且你他妈的还把我的脚剁掉了!"

她疾如闪电地伸手"啪"一声,将保罗的头扫到另一边。

"不准在我面前说脏话。"安妮说,"你妈没教,我妈可是教过。我没割掉你的命根儿算你走运,我不是没考虑过。"

保罗看着她,胃部翻搅如制冰器。"我知道你想过,安妮。"他轻声说。安妮睁大眼,一时既惊讶又罪恶——那是顽皮安妮会有的表情,不是恶魔安妮。

"听我说,你仔细听我说,保罗。如果天黑之前没有人来找那个警察,咱们就没事了。再一个半小时天就全黑了,如果有人天黑前到——"

她又将手探到卡其袋里,拿出警察的手枪。地窖的灯光映在枪管新亮的锯痕上,那是割草机留下来的。

"如果有人天黑前抵达,咱们就用这个,"安妮说,"先是他,然后是你,再来是我。"

18

安妮说,等天一黑,她就把巡逻车开到开怀地。开怀地的小屋边有片斜坡,车子停在那边很安全,别人看不见。她认为唯一的风险是可能在9号公路上被发现,但风险不高,因为她只会在公路上开四英里。等下了9号公路,入山的道路是人迹罕至的草径,许多草径因牛只极少光顾,也都废弃不用了。安妮说,其中有几条路还围了栅栏,不过她和拉尔夫买下这块地时已取得钥匙,不需征求同意就能去了,因为钥匙是小屋跟道路之间那片土地的地主给的。这就叫敦亲睦邻,安妮告诉保罗。只不过好好一句成语,被她一用就变得像是句挖苦。

"我很想带你一起去,以便看住你,因为我已经知道你这个人完全不能信任。可惜不成,我可以把你丢到警车后座带你去,但我没法子带你下山,那样就只能骑拉尔夫的山地车了。搞不好我会跌倒,摔断我天杀的脖子!"

她开心地大声笑,觉得那是天大的笑话,但保罗没跟着起哄。

"你若真的摔断脖子,安妮,那我会怎么样?"

"你会没事的,保罗。"她诚心地说,"天哪,你实在太会庸人自扰了!"她走到地窖窗边站了一会儿,看着外头,估算还有多久天黑。保罗思潮汹涌地看着她。如果这婆娘从她老公的山地车上摔下来,或冲出那些羊肠小径,他不信自己会没事。其实他认定自己会悲惨地死在地窖里,等他终于挂了后,就会成为鼠辈的盘中餐了,它们这会儿正两眼晶亮地盯着这两位不速之客哩。储藏室门上现在挂了一个克里格锁,门闸上还有根粗如手腕的闩子。地窖窗子也颇能反映安妮的偏执狂(这不奇怪,保罗想,所有房子住过一阵后,都会反映出屋主的性格),约二十英寸长、十四英寸宽的窗子,看起来就像肮脏不堪的枪孔。保罗估算了一下,觉得就算他最瘦时也钻不过去,遑论现在了。若有人来,也许他能打破扇窗大声呼救,免得饿死,不过看来希望不大。

刺痛像毒水般流下他的双腿,保罗的身体迫切需要拿威力,这就是此刻的非做不可,对吧?当然是的。

安妮回来,拿起第三瓶可乐,"我走前会再拿两瓶下来,"她说,"现在我得吃点甜食。你不介意吧?"

"一点也不介意,我的百事可乐就是你的百事可乐。"

安妮扭开瓶盖大口灌着。保罗想:咕噜噜,咕噜噜,让你好想唏哩噜地喊个够。那是谁写的?罗杰·米勒吗?真有意思,谁知道人的脑子何时会想到啥。

太好笑了。

"我会把他抬到他车子上,再把车开到开怀地。我会收拾他所有东西,把车藏在棚子里,再把他埋起来,还有他的……你知道,他的残骸……埋在那边树林里。"

保罗没说话,他一直想着波西的事,一直哀号、一直哀号、一直哀号到不能再叫为止,因为它死了。这证明了另一条铁律:死牛是不会叫的!

"我有一条链子,我打算用它隔住车道。如果警察来了,可能会启人疑窦,可是我宁可他们起疑,也不要他们把车开到屋前听你鸡猫子乱叫。我想过把你的嘴塞住,可是那太危险了,尤其你吃的药又会抑制呼吸。说不定你会吐,而且地窖里太湿,你会鼻塞,万一你鼻塞很严重,又无法用嘴巴呼吸……"

她扭头不再说话,像地窖墙上的石头一样沉默,像第一瓶被她干光的可乐瓶一样空乏。也许你想高喊咕噜噜。安妮今天喊过了吗?没有才怪。噢,同胞们,安妮小姐一路高喊咕噜噜,直到整个院子一片血腥后才罢手。保罗大声笑了,安妮却听若罔闻。

接着,她慢慢回过神。

她看看保罗四周,眨眨眼。

"我要在栅栏那边贴张纸条。"她慢慢集中思绪说,"离这里三十五英里有个叫汽船天堂的小镇,那名字很好笑吧?他们这星期有一场号称世界上最大的跳蚤市场,他们每年都会办,有很多人会跑去卖瓷器。我会在纸条上写,我去汽船天堂的跳蚤市场找瓷器,将在那边过夜。万一事后有人问我住哪儿,以便查证登记,我就说我找不到好瓷器,又溜回来了。只是我半途累了,我会那么说;我会说因为怕开车睡着,所以把车停到路边小睡。本来只想睡一下,结果因为太累,竟睡了一整夜。"

安妮的狡猾令他惊慌。保罗突然了解到,原来安妮跟他干的是同一档事:她在现实生活里玩"你行吗?"。保罗想,也许那正是她不写书的原因,因为她根本没有必要写。

"我会尽快赶回来,因为警察一定会来。"她说,似乎压根不在乎警察的到来。也许安妮并不了解这场游戏已经非常接近尾声了,但保罗很难相信这点。"我想他们今晚不会来,顶多只是巡逻经过而已。但他们迟早要来的。等警方确定他失踪后,就会循着他的路线找人,查出他在哪里逗留过,然后就会跑来了。你觉得呢,保罗?"

"是的。"

"我应该能在警方找上门前回来。如果天一亮我就骑车出发,搞不好中午之前就赶回来了。我应该可以快过他们。如果警方从塞温德出发,抵达前会先在很多地方停留。

"等他们到这儿之前,你应该已经回房间睡得跟猪一样了。我会把你绑起来,或塞住你的嘴巴,保罗。我出去跟警察谈话时,你甚至还能偷看哩,因为我想下次他们会派两个人来,至少两个,你觉得呢?"

保罗表示同意。

安妮满意地点点头。"必要时,我可以应付两个人。"她拍拍卡其袋,"你在偷看时,别忘记那小伙子的枪啊,保罗。别忘了,明后天警察来找我谈话时,枪会在袋子里候着,袋子的拉链不会拉上。你想看警察可以,可是若让他们看见你,保罗——不管是意外让人瞧见,或是因为你给我玩今天那种花样——只要被他们瞧见,我就从袋子掏出枪射击。你已经害死一个小伙子了。"

"放屁。"保罗说,他知道安妮会揍他,但他不在乎。

不过安妮没动粗,只是爱怜地淡然一笑。

"噢,你清楚得很。"她说,"我不会骗自己说你很在乎,我绝不会,但你明白是你害的。我想只要对你有益,你不会在乎多害死两个人……不会只有两个的,保罗,我若必须杀掉两个人,就会一并干掉四个。先杀他们……然后我们。你知道吗?我认为你还是很在乎自己的老命的。"

"我已经无所谓了。"保罗说,"老实告诉你吧,安妮,每过一天,我就越想把这身臭皮囊扔掉。"

安妮大笑。

"这话我以前也听过,可是只要他们把手放到又脏又旧的呼吸器上,就完全变成另一个样了!真的没错!人家一想拿掉呼吸器,他们就又哭又叫,变成一群小可怜了!"

不过你从不曾因此缩手,对吧,安妮?

"反正哪,"她说,"我只希望你知道状况。如果你真不在乎,等他们来就尽管放声叫吧,随你便。"

保罗没接腔。

"他们来时,我就站在车道上,告诉他们确实有州警来过。他是在我准备出门去汽船天堂看瓷器时到的,他把你的照片拿给我看。我会说我没见过你,他们其中一个就会问啦,'这是去年冬天的事,威尔克斯小姐,你怎么有办法那么确定?'我就说,'如果猫王还活着,你在去年冬天看到他,你会记得吗?'他会问,那跟这件事有什么屁关系,我就说,因为保罗·谢尔登是我最喜爱的作家,我经常看到他的照片。我得这么说,保罗,你知道为什么吗?"

他知道。安妮的狡诈一再令他惊诧,他早该习惯了,可是并没有。保罗记得安妮那张拘留所的照片图释,也就是在审讯结束、陪审团回座之间拍的那张。他记得图释的每个字:苦旦苦儿? 女罗刹不为也。安妮冷静读书,等待宣判。

安妮接着说:"警方会把一切记在本子里,然后跟我道谢。我说当时我虽然急着出门,还是请他进来喝咖啡。他们会问我原因,我就说那位警官大概知道我以前有问题,我想让他知道我这边一切都很好。但他不肯来,说得到别的地方去。于是我问他要不要带瓶冰可乐走,因为天气很热。他说好,谢谢,你真好心。"

她喝光第二瓶百事可乐,将空瓶举到她和保罗之间。透过瓶子玻璃望过去,安妮的眼睛简直跟独眼巨人一样硕大,一颗头颅弯折如脑积水患者。

"我会半途停车把瓶子放到两英里外的沟渠里。"她说,"当然了,我会先在上面打上他的指纹。"

她对保罗一笑——干干冷冷的一抹微笑。

"指纹。"她说,"那么他们就会知道,或自以为知道他来过我家了。反正都一样,对吧,保罗?"

保罗的心情跌到谷底。

"他们会循原路去找,但找不到他。他就这么消失了,跟用笛声吹直篮子里的绳子,然后沿绳而上、消失不见的印度修行者一样,咻的一声,不见了!"

"咻。"保罗说。

"我知道他们不久就会回来。他们离开这儿后,毕竟只找到一个瓶子,所以觉得最好还是过来再查一下,反正我是疯子嘛,对吧? 所有报纸都这么写,彻头彻尾的疯子!

"不过一开始他们会相信我的。他们不会真的想进房里搜索,至少一开始不会。他们折回来之前,会先去找别的地方,推想其他的可能。我们可以争取到一些时间,搞不好有一星期哩。"

她正视保罗。

"你得加快写作速度了,保罗。"

19

天黑了,警察没来。安妮也没有闲着,她想在保罗卧房的窗子安装新的玻璃,把掉在草坪上的回形针和碎玻璃捡干净。她说,明天警察来找那只迷失的羔羊时,我们不希望他们看到任何异状吧,保罗?

小姑娘,你只要让他们看看割草机底盘就成了,让他们看看,他们就会看到一堆异状了。

然而无论保罗如何努力想象,都很难想出能导致那种结果的情节。

"你会奇怪我干吗跟你说这些吗,保罗?"安妮上楼修窗子时对他说,"我为什么要详细地将对付办法告诉你?"

"不知道。"保罗苍白着脸答道。

"一来我希望你知道风险在哪儿,想活命的话该怎么做。二来我要让你知道,若不是为了那本书,老娘现在就做了断了。我还是很在意那本书。"她笑了笑,灿烂的笑容里有股异样的渴望。"那真的是苦儿系列中最出色的一本,我很想知道结局。"

"我也是,安妮。"保罗说。

她看着保罗,不可置信:"怎么……难道你不知道吗?"

"我在着手写书时,总是自以为知道结果,但结局一向会有出入。其实这没什么好奇怪的,只要别多想就好了。写书很像在发射洲际飞弹……只是穿射的是时间,而非距离——书中人物推展故事的时间,以及小说家创作的实际时间。想把小说结尾写得和设定之初一样,就像将飞弹射入半个地球外的篮框里。看起来很美,飞弹制造商也拍胸脯保证没问题——而且说谎完全不会脸红——但其间问题总是层出不穷。"

"嗯,"安妮说,"我明白了。"

"看来我的飞弹导航系统很优,因为我通常可以很接近设定的结果。如果飞弹头里装的是高爆炸性物质,能接近目标就可以躲着偷笑了。目前我觉得这本书有两种可能的结局,一个很悲惨,另一个虽然够不上好莱坞标准的喜剧收场,但至少能让人对未来还抱存点希望。"

安妮一脸警戒之色,随即乍然暴怒:"你该不会又想把她杀了吧,保罗?"

他淡淡一笑:"我若杀了她,你想怎样,安妮?杀掉我吗?我一点也不怕。也许我不知道苦儿会有什么结局,但我很清楚自己的结局……还有你的。等我写下全书完后,你会去看,然后换到你写全书完了,不是吗?到时我们两个都会玩完,这个我根本不用猜。无论别人怎么说,现实很难比小说离奇,大部分时候你都能料到结果。"

"可是——"

"我想我知道我会用哪个结局,我差不多有八成把握了。如果是那样的话,我想你会喜欢。可是就算结局跟我想的一样,除非我写出来,否则咱们谁也无法知道确切的细节,对吧?"

"嗯——我想是吧。"

"你记得以前灰狗巴士的广告怎么说吗?'旅程的乐趣只有一半。'"

"不管是哪个结局,反正都快结束了,是不是?"

"是的。"保罗说,"就快结束了。"

20

安妮离开前,又拿了一瓶可乐、一盒饼干、沙丁鱼罐、奶酪……和尿壶给保罗。

"如果你帮我把手稿和笔记本拿来,我可以手写,"保罗说,"这样可以打发时间。"

安妮想了想,然后歉然地摇头道:"我希望能让你写,保罗,可是那样的话我至少得留一盏灯给你。我不能冒这种险。"

想到要一个人留在地窖里,保罗就浑身发抖,但那感觉很快过去了,紧接着他感觉一冷,身上起了阵阵疙瘩。保罗想到躲在洞里和奔窜在石墙上的老鼠,想到地窖变暗后它们四处出没,也许它们会嗅出他的无助。

"别把我丢在黑暗中,安妮,求你别那么做。"

"没办法,如果有人看到地窖里有光,说不定会跑来查看,不管车道有没有拉上铁链,栏杆上有没有贴纸条。如果我给你一根蜡烛,说不定你会拿它来烧房子。你瞧,我很了解你吧?"

保罗从不敢跟安妮提他从房间溜出来的那几次经历,因为安妮一定会震怒。现在他太怕被单独丢在黑漆漆的地窖里,也管不了。"我若想放火烧房子,以前早下手了。"

"此一时彼一时也,"安妮骂道,"很遗憾你不喜欢一个人待在黑暗里,但你没有选择。要怪得怪你自己,你就别再自以为是了。我得走了,如果你需要打针,就自己打到腿上吧。"

她看着保罗。

"或打屁股。"

她往梯边走。

"把窗子遮住!"保罗对她吼道,"用几块布……或……或……把窗子涂黑……或……天啊,安妮,有老鼠! 老鼠啊!"

已经走到第三阶的安妮停下来,用灰暗的眼睛望着他。"我没时间做那些事,"她说,"反正老鼠不会去烦你,搞不好还把你当自己人哩。保罗,说不定它们会收养你。"

安妮仰头大笑,爬上楼,笑得更加猖狂。"啪"的一声,灯熄了,安妮狂笑不止。保罗逼自己别尖叫,别哀求;他已经熬过那种时候了。只是那幢幢的黑影和安妮轰然的笑声实在令人难以承受,保罗尖叫着求安妮别这样对待他,别丢下他,可是安妮兀自笑着。门关上了,她的笑声虽然变闷了,却在门的彼端、灯光敞亮的地方持续着。接着锁咔嗒一声,另一道门合上,安妮的笑声变得更模糊了(却仍依稀可闻)。又一道

222

锁锁住,门闩用力拉上,安妮的笑声渐远,飘到外头。即使安妮已经发动巡逻车,倒车,将车道拉上链子,开车离去,保罗似乎还能听见那笑声,仿佛听见她一路狂笑,没有停歇。

21

炉子阴森地杵在房中央,看上去活像只章鱼。保罗觉得夜里要是够静,他应该能听见客厅时钟的声音。然而近几日晚间夏风狂卷,就像今晚一样,时间变得漫长无尽。风止时,保罗听见房子外有蟋蟀鸣唱……一段时间后,他听见一直令他担惊受怕的鼠群忽走忽停、东奔西窜的窸窣声。

其实他害怕的不是鼠群,不是吗?没错,他害怕的是那位死去的州警。保罗很少被自己生动逼真的想象力吓着,但天可怜见,他的想象力一开始热身,就没完没了。这会儿他的想象力不止热了身,而且还全速冲刺。他明知自己在胡思乱想,却一点办法也没有。理性在黑暗中似乎愚不可及,而逻辑只是梦魇一场。在黑暗中,他无需用脑袋思考。他一直看见那位州警死而复生,状甚凄惨。他坐起来,安妮盖在他身上的干草落在身边,掉到他大腿上。州警的脸被割草机的刀片切得血肉模糊。保罗看到他爬出畜棚,来到车道的闸门,身上的制服碎布条摇曳翻飞。州警的尸体神奇地穿过闸门,在地窖中重新拼凑成形。保罗看着他爬过泥污的地板,耳中听见的细碎声不再是老鼠,而是州警的爬行声。而州警僵死的脑袋里只装了一个念头:是你害死我的,你开口求救,结果害死我。你把烟灰缸丢出来,结果害死我。你这个天杀的浑蛋,是你把我害死的。

保罗感到州警冰冷的手指在他脸上抓搔,吓得他大声尖叫,抽腿猛踢。他疯狂地拍打自己的脸,结果拍掉的不是手指,而是一只大蜘蛛。

经这么一搅和,保罗的腿又痛起来了。他的神经极需药品的安抚,但他也变得没那么恐惧了。他渐渐适应黑暗,看得较清楚了,这点不无补益,虽然可看的东西很有限——火炉、残余的炭堆、桌上的一堆罐头和器具……他的右上方……那形状是什么?架子旁边的那个?他认得那个形状,一个不祥的形状,那玩意儿有三根脚,顶端是圆的,看起来像威尔斯的《星际战争》中的杀人机器，只是体型小多了。保罗困惑地想着，打了一会儿盹，醒来后继续看，然后想到：是了，我应该一眼就认出来的呀，那的确是杀人机器没错。地球上若真有火星人，就是安妮·他妈的·威尔克斯了。那是她的烤肉架，就是她逼我把《快车》烧掉的火葬场。

保罗稍稍挪动身体，结果痛得呻吟起来。他的腿——尤其是他包成一团的左膝——好痛，骨盆也是痛得刺骨。看来他今晚会很难过，因为过去两个月他的骨盆都没什么大碍。

他伸手去摸针筒，刚拿起来又放了回去。安妮说，里面剂量很轻。最好还是留着以后用吧。

保罗听见窸窸窣窣的声音，赶忙向角落瞄去，以为会看见州警向他爬来，带着捣烂的脸跟一只棕色的眼睛。要不是因为你，我现在应该在家里，摸着老婆大腿看电视。

他没看到警察，只看到一抹黑色的影子，那可能是他的幻想，更可能是老鼠。保罗强迫自己放松。唉，今晚势必漫长难熬呵。

22

保罗打了一会儿盹，醒来时整个人向左倾倒，头低垂如暗巷醉鬼。他坐直身体，结果又扯痛了腿。他拿起尿壶，可是连小便都痛。保罗沮丧地发现，他的尿道可能发炎了。他现在很脆弱，对任何东西他妈的脆弱得要命。他把尿壶放到一边，再度拿起针筒。

轻剂量的东莨菪碱，安妮如是说——就算是吧。说不定那婆娘放的是穿肠毒药，是她帮戈尼亚和贝利芬等人打的那种。

保罗苦笑了一下，就算是，真有那么糟吗？答案很简单，靠，一点都不糟！反而很棒。残桩将永远消失，再也没有退潮的时候了，永远也不会有了。

有了这念头，保罗找到左腿脉搏。他这辈子虽然没帮自己打过针，此时却打得有模有样，甚至迫不及待。

23

他没死，也没睡着。疼痛消失了。他半昏半醒，仿佛脱离肉体，如一只系在长线彼端飘荡的气球。

你也是自己的山鲁佐德,他想,然后看看烤肉架,想到火星人用来将伦敦烧成火狱的死亡之光。

他突然想到一首歌,一首迪斯科旋律,好像是一个叫"重踏乐队"的唱的:燃烧吧,宝贝,燃烧吧,把一切烧个精光……

有个东西在闪烁。

有个点子。

把一切烧个精光……

保罗·谢尔登睡着了。

24

保罗醒来时,地窖中满布初晓的光尘,一只大老鼠坐在安妮留给他的盘子上啃着奶酪,细细的鼠尾卷在身上。

保罗大叫一声,扭动身体,腿痛得他再次大叫。老鼠逃窜而去。

安妮留了一些胶囊给他。保罗知道拿威力治不了他的痛,但聊胜于无。

管他痛不痛,反正早上吃药时间到了,对不对,保罗?

他配着可乐咽下两颗药,靠回去,感到肾脏隐隐作痛。看来他的肾脏也出问题了,这下可好了。

火星人,他想,火星人的杀人机器。

他望向烤肉架的方向,以为在晨光中烤肉架的样子应该很明显,不会再引发别的联想,却没想到它看起来依然像极威尔斯笔下那些迈着大步、四处搞破坏的机器。

你想出办法了,对吧——是什么?

那歌又绕回来了,那首重踏乐队的曲子:

燃烧吧,宝贝,燃烧吧,把一切烧个精光!

是吗?一切到底指什么?安妮连根蜡烛都没留给你,你连个屁都点不起来。

劳力工厂里的那些家伙有话传上来了。

你现在啥也不必烧,也不用烧地窖。

各位,你们到底在讲什么? 能不能讲——

接着他想到了,立刻想到了,所有超赞的点子全出笼了,周全稳当且恶毒得无懈可击的点子。

把一切烧个精光……

他看着烤肉架,以为安妮逼他烧稿子的痛苦回忆又会绕回心头。他还是心痛,却不再那么深切了;腰腹的疼痛反而更要人命。安妮昨天是怎么说的? 我所做的,不过就是……劝你把一本烂书改成你最棒的作品……

这话或许有几分吊诡的真实性,也许是他高估《快车》了。

那是你的阿Q心理,他又想,如果你能渡过这一劫,也会用同样的方式,安慰自己左脚其实可有可无——拜托你好不好,省掉剪五片趾甲的麻烦呢。阿Q精神确实有神奇之处。不,保罗,《快车》确实是本出色的作品,而你的脚也没话说,咱们就别再哄自己了。

然而有个更深层的声音,怀疑以上想法并非是在自欺。

不是哄,保罗,你他妈的老实说吧,那是在欺骗自己。编故事就是在欺骗每个人,所以编故事的人绝不能欺骗自己。很好笑,但也是实话。一旦你开始对自己做这种狗屁倒灶的事,干脆封掉打字机,准备去考房屋中介执照算了,因为你已经没得混了。

那什么是事实? 你若坚持要知道的话,事实就是,书评家日益将他归类于"畅销书作家"这件事,对他伤害很大(对他来说,这比砍了他还伤)。他只写出一堆无聊的浪漫小说来打压自己的旷世巨著(还得吹喇叭广为宣传哩!),这跟他以文学作家自居的自我形象并不相符。他真的恨苦儿吗? 真的恨吗? 如果恨的话,为什么他可以轻易潜入苦儿的世界? 不,不只是轻易,而是像一手拿本好书,一手拿着冰凉的啤酒,泡到暖热的澡盆里,轻松愉快地进入她的世界里。也许他只是痛恨苦儿的封面照,夺去了作者照片的光环,害书评家忘记他们面对的是一名年轻的梅勒或契佛[1]——一名重量级的写作高手。结果,他的"严肃小说

---

[1] 此处指的应为诺曼·梅勒(Norman Mailer,1923—2007)和约翰·契佛(John Cheever,1912—1982),两者均获得过普利策奖。

创作"越来越挥洒不开,越来越像在尖叫呐喊:看我呀! 看看这书有多棒! 喂,各位! 这书很有看头! 又文以载道! 这才是我呕心沥血的创作,你们这些猪头! 不准你们把头转开! 你们敢,你们这些天杀的鸟人! 你们敢忽略本人的扛鼎之作! 你们要是敢的话,老子就——

就怎样? 他要怎样? 砍断他们的脚? 锯掉他们的拇指吗?

保罗突然一阵战栗,他得尿尿了。他抓着尿壶,边尿边呻吟,虽然比之前更痛,但还是尿完了。尿完之后,他又呻吟了一阵。

最后,谢天谢地,拿威力终于生效了——一点点而已——保罗开始打盹。

他沉着眼皮,望着烤肉架。

如果她逼你把《苦儿还魂记》烧掉,你会有什么感觉? 他在内心悄悄地问。保罗晃了一下,迷迷糊糊地想,会很伤心。是的,他会非常伤心。这心痛会像安妮挥着斧头砍掉他的脚掌,对他的身体执行编辑权一样,令他痛入骨髓。与之相比,《快车》烧成灰只不过像此刻的肾脏发炎。

他也了解到,问题的症结并不在那儿。

问题的症结在于,书烧掉后,安妮会有什么感觉。

烤肉架旁边有张桌子,上面大概有半打罐子和罐头。

其中有一个罐子里是打火机油。

如果痛苦尖叫的人换做是安妮呢? 你难道不好奇她会叫成啥德性吗? 你难道一点都不好奇吗? 俗话说,君子报仇十年不晚,可是这句俗话发明时,还没有打火机油这种东西啊。

保罗心想:把一切烧个精光。他睡着了,苍白憔悴的脸上露出一抹淡淡的笑意。

25

当天下午三点十五分,安妮回来了,平时乱七八糟的头发被头上的安全帽压平了。安妮很沉默,应该是疲累的关系,而非沮丧。保罗问她一切都还好吗,安妮点点头。

"嗯,我想是吧。摩托车发动时出了点问题,否则我早在一个小时前就到家了。火星塞脏了。你的腿怎么样,保罗? 我背你上楼前要不要再打一针?"

在潮湿的地窖待了近二十个小时后,保罗的腿好像被人用生锈的钉子扎过。他渴望打针,但不想在这儿打,那根本没用。

"我想我还好。"

她背向保罗蹲下来,"好,抓紧,别忘了我警告过你勒我的后果。我很累,开不起玩笑。"

"我的玩笑好像全榨干了。"

"那就好。"

她轻哼一声背起保罗。保罗咬紧牙,将喊痛声硬咽了下去。安妮穿过地板朝楼梯走去。她微微转头,保罗发现她正看着——或许已经看到——桌上散放的罐子。安妮不甚经意地瞄一眼,保罗却觉得那注视好久好久。他确定安妮一定知道打火机油不在桌上了。那罐子塞在他内裤后部。保罗受了这么多个月的折磨后,终于又鼓起勇气偷东西了……如果安妮上楼梯时,手滑到他腿上,摸到的将不只是保罗皮瘦肉干的小屁屁。

幸好安妮不动声色地将眼光从桌上移开了。保罗松了一大口气,连爬上储藏室楼梯时造成的震动都变得不那么难受了。安妮想隐藏心事的时候,脸上绝对看不出端倪,可是保罗觉得——他希望——自己骗过她了。

这回他真的把安妮骗过去了。

26

"安妮,我觉得我还是想打一针。"安妮将他安顿回床上后,保罗表示。

她打量保罗苍白冒汗的脸片刻,点点头离开了房间。

安妮一离开,保罗便将扁罐从内裤里拿出来塞到床垫下。自从刀子事件后,他就没在下头藏过任何东西了。他并不打算把打火机油藏太久,不过今天它都得待在那儿。保罗打算今晚再将它挪到更安全的地方。

安妮回来帮他打了一针,在窗台上放一本速记本和新削的铅笔,并将保罗的轮椅推到床边。

"好了，"她说，"我要去睡一会儿。如果有车来，我会听得到。要是没人来，我可能会睡到明天早上。如果你想起来用手写，轮椅在这边。你的稿子放那儿，在地板上。老实说，我建议你等腿暖和些再开始写。"

"我现在没法写，不过我想今晚大概能写一点。我明白你说现在时间有限是什么意思了。"

"很高兴你听懂了，保罗。你想你还需要多长时间？"

"若在平时，我会说要一个月。不过照我最近工作的情况看，大概两个星期吧。拼命赶的话，五天，或许一周。出来的东西会很粗糙，不过可以写完。"

她叹口气，低头定定望着自己的手。"我知道只剩不到两星期的时间了。"

"我希望你答应我一件事。"

她看着保罗，既不生气也无疑心，只是有些好奇："什么事？"

"在我写完之前，别再读了，或直到我必须……你知道的……"

"停止吗？"

"是的，或直到我必须停止之前。这样你就可以完完整整一口气看到结尾了，那样会很震撼。"

"结局会很棒，对吧？"

"是的。"保罗微笑道，"会非常精彩。"

27

当晚八时许，保罗小心翼翼地爬上轮椅。他侧耳倾听，楼上半点声响也没有。他从弹簧床垫的压动声知道安妮下午四点钟上床睡觉，之后就再没听见什么了。安妮一定非常倦乏。

保罗拿出打火机油，滑动轮椅来到暂时写作的窗边。这里摆着掉了三个字键、笑得贱分分的打字机，还有字纸篓、铅笔、笔记纸、打字纸和一大堆涂涂改改的草稿，有些还会用得到，有些得扔进字纸篓了。

或之前早该扔掉的。

这里有一道通往另一个世界的隐形门，也有保罗层层叠叠的魂魄。

那魂魄像一沓静止的图片,当快速翻动时,会予人移动的错觉。

保罗极为熟练地将轮椅推到纸堆和笔记纸间,再侧耳倾听一次,然后弯身从墙壁下方拔起一片九英寸长的护壁板。这是他在一个月前找到的,从板上的薄灰判断(你也可以在上面绑头发,以确保没人动过,保罗曾这么想),安妮并不知道这边有片松落的板子。板子后窄小的缝隙里尽是灰尘和老鼠屎。

保罗把油罐放到里头,嵌回板子。他好怕板子塞不回去(上帝啊!安妮又他妈的超级明察秋毫),但板子天衣无缝地嵌回去了。

保罗想了一会儿,打开本子,拿起铅笔,找到下笔处。

他毫无间断地写了四个小时——直到安妮削好的三根铅笔全写钝为止——然后回到床边,爬上床,很快便睡着了。

28

第三十七章

杰弗里渐感双臂重如沉铁。他已在"帅哥"麦奇里小屋外的阴影里站了五分钟,那屋子看起来很像顶在马戏团大力士头上的皮箱。

就在他觉得不可能说动麦奇里离开他的小屋时,杰弗里听见了移动声。杰弗里的头扭得更偏,手臂肌肉痛极了。酋长"帅哥"麦奇里是火的监护人,他的小屋里有一百多根火炬,每根火炬上都涂着又厚又黏的树脂。树脂是从当地的矮树上渗出来的,波卡族称之为火油或火血油。就像大部分原始语言一样,波卡族的语汇有时很难解释。总之,不管那玩意儿叫什么,里头的火炬量足以烧掉整座村庄。杰弗里心想,就像盖伊·福克斯①的炸药一样,如果失控的话……

先别攻击啊,杰弗里老板。哈瑟奇亚告诉他说,先让麦奇里第一个出来,因为他是火人。哈瑟奇亚会第二个出来,但你不要等我!要快快打破那个浑蛋的头!

可是真的听见他们出来时,杰弗里的手虽然绷得发痛,却还是不免

---

① 盖伊·福克斯(Guy Fawkes,1570—1606),一六〇五年意图以火药炸毁英国国会大厦的人。

犹豫。假设只有这一次,这一

29

保罗字写到一半,便听见了逼近的引擎声。保罗没料到自己能如此平静——此刻他最强烈的情绪竟是有些不爽,不爽写作正顺时被人打断。安妮的靴子咚咚咚地朝走廊踩来。

"别让人看见。"她严肃地绷着脸说,拉开拉链的卡其袋子挂在她肩上,"别让人看——"

她停下来,看到保罗已经从窗边推开轮椅了。她确定保罗没在窗台上留东西,便点点头。

"是州警。"她说,表情有些紧张,但非常自制,右手随时准备探入肩袋里。"你会乖乖的吗,保罗?"

"会。"保罗说。

她打量保罗的脸。

"我相信你。"安妮最后说,然后转身关门,但没上锁。

车子来到车道上,普利茅斯的四四二大型引擎发出它平顺沉闷的招牌响声。他听见厨房纱门砰地关上,便将轮椅滑到窗口——一个既能躲在阴影中,又能窥见外头的角度。巡逻车开到安妮身边,引擎熄了,驾驶员走下车,几乎就站在年轻州警临终前所站的地点……但他们只有这点相似而已。之前的州警是个乳臭未干的菜鸟,只会问些无关痛痒的问题,无头苍蝇似的调查某个撞了车后挣扎到树林内,或开心地搭别人便车离开车祸现场的笨作家。

这位从巡逻车座下来的警察年约四十,肩膀宽硕如屋梁,脸型方硬,眼睛及嘴角棱线分明而严峻。安妮的个头算大了,但跟这位仁兄一比,简直堪称娇小。

还有另一点不同,安妮宰掉的那名警察只有一个人,而这辆巡逻车的前座上又下来一名矮小斜肩、金发平直的便衣。大卫与巨人歌利亚,保罗心想,默特和杰夫①。天哪。

---

① 一九二〇年代美国漫画人物,一高一矮。

便衣警察小步绕过巡逻车。他的脸看来又苍老又疲倦，一副快睡着的样子——除了他那双淡蓝色的眼睛。他的眼睛警醒着，很快扫视了四周。保罗觉得这家伙挺机灵的。

两人把安妮夹在中间。安妮对他们说了几句话，先抬眼看着歌利亚，然后侧转过去低头回答大卫。保罗猜想，他如果再度打破窗户大声呼救，不知会如何。他觉得这两人应该能制伏安妮。噢，安妮的动作虽快，但那个高个子警察看起来手脚更利落，而且壮得可以徒手拔起一棵树。那个便衣的小碎步也许跟他惺忪的表情一样，只是欺敌的幌子。保罗觉得两人可以制得住安妮……但安妮也能来个出其不意，占得上风。

天气虽然热，便衣警察的外套却扣着扣子。如果安妮先对歌利亚开枪，就很可能在大卫解开外套纽扣拔出枪之前，就把他的脸轰烂了。更有甚者，外套的扣子扣着，表示安妮的看法没错：目前他们还只是在做例行检查。

到目前为止。

他不是我杀的，你知道，是你杀的。如果你肯闭上狗嘴，我会叫他回去，那么现在他就还活着……

他相信吗？不，当然不信，但他还是背负着强烈而沉痛的罪恶感，就像一道锋利的刀口。他要不要保持缄默，免得开口后，让安妮以两成的把握将这两人干掉？

罪恶感来了又去，保罗还是决定不开口。如果他真的是因为出于无私而选择闭嘴，那他真的可以记大功了，可惜事实并非如此。事实很简单：保罗想亲手杀掉安妮。他们只能将你关到牢里，你这恶婆娘，保罗心想，可是老子知道怎样伤害你。

30

他们当然可能觉察出其中有蹊跷，抓恶人毕竟是警察的工作，而且他们将会知道安妮的背景。那样也好……但保罗认为安妮还是极有可能逍遥法外。

保罗该知道的大概都知道了。安妮睡完长觉后就一直在听收音机，州警杜安·库什纳失踪的消息闹得很大。报道说，他在寻找名作家保罗·谢尔登的线索，但库什纳的失踪尚未跟保罗的事联系在一起，至少目前还没有。

春季暴雨将保罗的跑车冲到河床下五英里处。若非刚巧有两架缉毒的国民警卫队直升机经过（意即搜寻山区有没有人偷种毒草），看到科迈罗残存的挡风玻璃反射的阳光，在附近空地降落趋近查看，车体也许会神不知鬼不觉地在森林里多躺一个月或一年。由于车体在冲到此处途中遭受严重碰撞，所以车祸当时的撞毁情形已遭破坏。收音机没提车体内是否还有血迹可供法医鉴定（如果真的会送去做法医鉴定的话），但保罗知道，再详尽的鉴定也找不出什么血迹了，因为他的车整个春季都被湍急的融雪冲刷着。

在科罗拉多，大家的关注点都放在州警库什纳身上，来访的这两位警察便是证明。目前所有疑点都集中在三项非法事件上：私酒、大麻和可卡因。库什纳可能在寻找行踪不明的作家时，意外撞见上述三项非法行动。由于寻获库什纳的希望越来越渺茫，警方便开始怀疑为何当初只派他一个人去。保罗怀疑科罗拉多州政府有没有足够的经费供警察两两成行，但寻找库什纳时，警方显然是两人一组地在此区做地毯式搜查，绝不冒险。

歌利亚这会儿指着房子，安妮耸耸肩，摇摇头。大卫说了几句话，一会儿安妮点点头，让他们走到厨房门口。保罗听见纱门的铰链嘎嘎响，然后他们便进来了。听到外边那么多脚步声挺吓人的，感觉像是一种亵渎。

"他是几点来的？"那一定是歌利亚的声音，他有中西部人的低沉腔调，且嗓子都被香烟熏哑了。

四点钟左右，安妮说。她刚割完草，手上没戴表，天气热得要命，她记得很清楚。

"他逗留了多久，威尔克斯太太？"大卫问。

"不介意的话，请叫我威尔克斯小姐。"

"对不起。"

安妮说她记不得库什纳留了多久，反正不久就是了，也许五分钟吧。

"他拿照片给你看了吗？"

有啊，安妮说，他就是来找那个人的。安妮的镇定自若实在令保罗佩服得五体投地。

"你有没有看过照片上的男人？"

安妮表示当然看过，他是保罗·谢尔登，她一看照片就认出来了。"他的作品我每一本都有，"她说，"我非常喜欢他的书。库什纳警官听了很失望，表示我说的应该是实话。他看起来很沮丧，而且还一副很热的样子。"

"没错，当天天气是很热。"歌利亚说。保罗惊觉他的声音非常近，是在客厅吗？是的，应该在客厅没错。那家伙个子虽大，走路却他妈的跟山猫一样轻巧。安妮回答时，声音也变得更近了。警方进到客厅，安妮跟在后头。她没请他们进来，但他们还是决定自行进去看一遍。

虽然安妮豢养的作家近在三十五英尺外，安妮的声音依旧非常平静。她说她请库什纳进来喝杯冰咖啡，库什纳说没空，于是她问库什纳要不要带瓶冰——

"请别把那个东西打破。"安妮打断自己的话，尖声说，"我很宝贝自己的东西，其中有些非常易碎。"

"对不起，威尔克斯小姐。"说话的是大卫，他的声音低沉且小，听起来很客气，又有点不知所措。若在其他状况，听到警察用那种语气说话，一定会觉得很好笑，但此时非彼时，保罗也笑不出来。他纹丝不动地坐着，听到有个东西被轻轻放下（大概是坐在冰块上的瓷企鹅吧）。他双手紧握轮椅扶手，想象安妮不停拨弄肩上的袋子。保罗等着其中一名警察——也许是歌利亚——问安妮，她袋子里到底放了什么。

那么枪战就会开打了。

"你刚刚说什么？"大卫问。

"我说，我问他天气那么热，要不要从冰箱带一罐可乐走。可乐就冰在冰箱下层，这样可乐会很凉，又不至于结冰。他说太好了。他是个非常客气的孩子。他们怎么会派这么年轻的孩子单独出来，你们知道为什么吗？"

"他是在这儿喝可乐的吗？"大卫不理会安妮的问题。他的声音更近了，看来已经走过客厅。保罗不必闭上眼睛想象，就可以想见他站在那儿，看着通过楼下小浴室、直达客房门口的短廊。保罗坐直身体，喉头脉搏猛跳。

"不是。"安妮一径沉着地说，"他把可乐带走了，他说得赶路。"

"那下面是什么？"歌利亚问。保罗听到歌利亚走出铺着地毯的客厅，来到走廊地板时，靴后跟咚咚踩了两下，声音空空的。

"浴室和一个隔间，有时天气太热，我就睡那儿。想看的话就去看看吧，不过我跟你保证，你们的那位警官没被我绑在床上。"

"当然了，威尔克斯小姐，我相信你没有。"大卫说。没想到众人的脚步谈话又开始朝厨房远移了。"他在这里时，像不像在为某些事兴奋着？"

"完全没有。"安妮说，"他只是看起来很热、很沮丧。"保罗又开始能够呼吸了。

"有没有心事重重？"

"没有。"

"有没有说他下一站要去哪儿？"

警察虽然听不出来，但熟知安妮的保罗则听出了她的迟疑——其中也许有鬼，那诡计或许立即启动，或许延迟待发。没说，安妮终于开口表示，不过他朝西走，所以应该是去史宾路查沿途少数的农家吧。

"谢谢你的合作，威尔克斯小姐。"大卫说，"也许我们还会回来找你。"

"没问题。"安妮说，"随时欢迎，这阵子反正很少人来。"

"我们能去看看你的畜棚吗？"歌利亚突然问。

"可以呀，不过进去时记得打声招呼。"

"跟谁打招呼，女士？"大卫问。

"噢，跟苦儿。"安妮说，"我养的猪。"

31

她站在门口死盯着保罗，眼光动也不动，瞅得保罗脸颊发热，大概是脸红了。两名警察十五分钟前刚走。

"我脸上有怪东西吗?"保罗终于开口问。

"你为什么没叫?"两名警察上车时,对安妮行脱帽礼,但两人都没露出笑容。保罗从窗口斜角刚好看见他们的眼神——警察知道安妮的底细。"我一直以为你会喊叫,那么他们会像雪崩一样扑到我身上。"

"也许会,也许不会。"

"可是你为什么不叫?"

"安妮,你这辈子若一直觉得厄运会降临,迟早总有猜错的时候。"

"别跟我要聪明!"保罗看出她平静的外表下其实极度困惑。他的缄默悖逆了两人的一路生死缠斗;那是一场诚实的安妮,与口是心非、一肚子坏水、天杀的烂鸟人的斗争。

"谁在跟你要聪明? 我跟你说过我会闭嘴,而且也做到了。我想安安静静地把书写完,我想为你把书写完。"

安妮犹疑地看着保罗,想相信又不敢相信……最后她还是相信了。安妮相信是对的,因为保罗说的是实话。

"那就去忙吧。"她轻声说,"快去忙吧,你也瞧见他们看我的样子了。"

32

接下来两天,日子过得跟库什纳出现前一样,让人几乎要怀疑库什纳的事从没发生过。保罗不停地写。他已经不用打字机了,安妮把机器放到凯旋门照片下的壁炉上,没说什么。保罗两天内写满三沓笔记纸,最后只剩下一沓了。等他写完那一沓,就没有纸可用了。安妮帮他削好半打铅笔,保罗把笔写钝后,安妮再削。铅笔越削越短。保罗坐在窗边阳光下,屈着身体写作,有时不自觉地用右脚拇趾搔着以前左脚掌所在的地方,望着纸张发愣。纸上那个写作之洞再次豁然敞开,小说快速而紧凑地朝高潮推进,宛如冲刺的火箭。保罗对于一切细节都了然于心——三组人马在石像额头后的曲径上快步赶向苦儿,两组人想杀她,由伊安、杰弗里和哈瑟奇亚组成的第三组人则极力想救她……与此同时,在雕像底下,波卡族的村庄火海一片,幸存者挤在出口——石像的左耳——等着砍死任何从里头跑出来的人。

大卫和歌利亚来访后的第三天,保罗的心无旁骛虽然没有遭到破坏,却受到粗暴的干扰。那天有一辆车侧漆着 KTKA 字样的奶黄色福特旅行车开到安妮的车道上。旅行车后载满了录影器材。

"噢,天啊!"保罗当场愣住,心中五味杂陈。"搞什么鬼?"

旅行车还没停妥,后车门已经打开,跳下来一个穿运动裤和 T 恤的家伙。他手上握着一个又大又黑、像枪的玩意儿,保罗还以为那是催泪瓦斯枪。接着那家伙将那玩意儿举到肩上,往房子方向扫视,保罗才看清原来是携带式摄影机。一个漂亮的年轻女孩儿从前座下来,甩着吹烫整齐的头发。女孩儿上前跟摄影师会合之前,又停下来,用车外的后视镜检查了一下脸上的妆。

外边世界的景象,此时排山倒海地向与世隔绝好几年的女罗刹翻涌过来。

保罗火速将轮椅往后滑,希望自己没耽误时间。

如果你想确定是怎么回事,看看六点新闻就知道了,他想,然后用两手捂住嘴巴,免得笑出声。

纱门呼地开了又关。

"滚开!"安妮大吼,"滚出我家!"

保罗隐约听到:"威尔克斯太太,我们能否跟您谈儿——"

"你们再不滚,老娘轰烂你们天杀的鸟屁股!"

"威尔克斯太太,我是 KTKA 的格伦娜·罗伯茨——"

"我管你是哪里来的贱货!滚出去,否则老娘让你不得好死!"

"可是——"

呼咻——!

噢安妮噢耶稣上帝安妮把那个笨女人打死了——

他推轮椅回来从窗口往外看,他忍不住啊。保罗全身一松,原来安妮只对着空中开枪,不过已经收到效果了。格伦娜·罗伯茨一头钻进 KTKA 的采访车里。安妮朝摄影师挥动枪支,摄影师决定保住老命比拍女罗刹要紧,立即缩回后座。他还来不及关车门,车子便急急忙忙从车道上退开了。

安妮握着来复枪看他们离去,然后慢慢走回房里。保罗听见她喀的一声将来复枪放到桌上。安妮来到保罗房间,脸色前所未有地苍白憔悴,眼神飘移不定。

"他们回来了。"她喃喃道。

"别紧张。"

"我就知道那些浑蛋迟早会回来,现在他们真的回来了。"

"他们走了,安妮,你把他们赶走了。"

"他们从来没有真的走开过,有人跟他们说那个条子失踪前跑到女罗刹家,所以他们就来了。"

"安妮——"

"你知道他们想要什么吗?"她问。

"当然,我也对付过媒体,他们要的总是同样两件事——让你在镜头面前出糗,好让别人茶余饭后看笑话。可是安妮,你必须——"

"他们要的是这个,"她说着弯起手指朝额上一抓,随后突然奋力往下拉,拉出四道血痕。鲜血滴进她的眉毛,沿颊而下;鼻翼两侧也淌着血。

"安妮,住手!"

"还有这个!"她用左手重重甩自己巴掌,留下五道指印。"还有这个!"换右脸,而且更重,重到连抓痕都溅出血了。

"住手!"保罗大叫。

"他们要的是这个!"她吼回去,将双手放到额前去压伤口,染得手上全是血。她将血红的手掌摊到保罗面前,随即冲出房间。

过了许久,保罗又开始写作了。刚开始很慢,因为安妮狠抓自己的画面一再干扰着他,他本以为写不了,今天还是别写算了。这时他又想到什么,一头栽进纸页上的大洞里了。

像这段日子常有的情况那样,保罗带着如释重负的心情继续写。

33

第二天跑来更多警察,这回是当地的警员。陪他们来的还有一个瘦子,瘦子拿着一只装速记机的箱子。安妮跟他们站在车道上,面无表情地听他们讲话,然后带众人进了厨房。

保罗默默坐着,腿上就放了一本速记本(他昨晚已经把最后一本笔记写完了),听安妮把四天前跟大卫、歌利亚说的那套话重复一遍。保罗想,这群人只是存心来找碴的,保罗觉得很好笑,而且还惊讶地发现自己竟然有点同情安妮·威尔克斯。

担任主发问人的塞温德警员告诉安妮,愿意的话,她可以找律师代言。安妮拒绝,又将自己的说法讲了一遍,保罗完全听不出有违背常理的瑕疵。

一干人在厨房耗了半个小时,最后其中一人问安妮,额头上怎么会有那么恐怖的抓痕。

"我夜里抓的,"她说,"我做噩梦。"

"什么梦?"警员问。

"我梦见经过这么久后,人们又想起了我,又开始跑来我这儿了。"安妮说。

一群人离开后,安妮跑到保罗房间,脸上松垮恍惚,像生了病。

"这里快变成中央车站了。"保罗说。

安妮没笑,只是问:"还要多久?"

保罗迟疑了一下,看着那沓打好的稿子和堆在上头、略显散乱的手稿,然后回头看着安妮。"两天,"他说,"也许三天。"

"下回他们来的时候,就会带搜索票了。"安妮说。不等保罗回答,安妮就走掉了。

34

当天晚上安妮约十二点十五分进来,她说:"你应该一小时前就上床的,保罗。"

他从深陷的故事幻境中惊醒,抬起头来。杰弗里——最后变成本书的大英雄——刚刚与恐怖的蜂后正面交锋。为了救苦儿,他得奋力将蜂后打死。

"没关系,"他说,"我等一下再睡。有时不写下来,转眼就忘了。"他摇摇又酸又痛的手。他食指内侧压住铅笔的地方,长了一大块半水泡半硬茧的厚皮。保罗吃过药了,药会减轻疼痛,但也会让他思路不清。

"你觉得很棒吗?"安妮柔声问,"真的觉得很棒。你已经不再是在为我写书了，是吗？"

"噢，不是的。"保罗颤了一下，差点说溜嘴——这书从来都不是为你写的，安妮，也不是为所有那些在信上签着"你的头号书迷"的人写的。从开始写作的那一分钟起，那些人就全都滚到宇宙另一边去了。我从不为我的前妻们，或我老妈和我老爸写作。作家老在书的前面写致谁又献给谁的，是因为最后连他们也害怕面对自己的自私啊，安妮。

可是对安妮讲这种话，是极蠢的事。

保罗一直写到拂晓时分晨光乍现，才躺回床上睡了四个小时。他做了一些乱七八糟的噩梦，其中一个是，安妮的父亲爬上一道长梯，臂下夹着一个篮子，里面好像放了张新闻剪报。保罗试着喊他，想警告他，但每次张嘴却连半个字也喊不出来，只能说出一段中规中矩的话——虽然每回想尖叫，讲出来的话都不一样，但开场却都相同："有一天，大约是一周之后……"接着安妮·威尔克斯尖叫着杀出来，冲到走廊，伸手欲将她父亲推下楼……只是她的尖叫变成了奇怪的嗡鸣声，她的身体抖动着，在开襟毛衣下蜕变，慢慢变成了一只巨蜂。

35

第二天没有官方人士出现，倒是跑来一堆非官方人士——纯看热闹的群众。其中一辆车上坐满青少年，当他们倒车上车道时，安妮冲出去吼着要他们离开，否则开枪要他们不得好死。

"干，滚吧，女罗刹！"其中一人高声叫着。

"你把他埋在哪里？"车子往后倒，扬起一阵灰尘，另一名青少年高喊说。

第三个人扔了个啤酒瓶。车子在喧闹中开走，保罗看到后车窗贴了一张写着支持塞温德蓝魔的贴纸。

一小时后，安妮沉着脸从他窗前愤愤走过，戴着工作手套，朝畜棚而去。片刻后安妮拿着铁链回来，在链子上缠了倒刺。她把装了刺的铁链拉过车道后，从前胸口袋拿出一些红布条，绑到其中一些环扣上，让链子更加醒目。

"链子没法阻止警察。"最后安妮进屋说，"不过可以把那些小鬼挡开。”

“是的。”

“你的手……好像肿了。”

“是的。”

“我很不想天杀地啰嗦你，保罗，可是……”

“明天。”他说。

“明天？真的吗？”她立刻两眼放光。

“是的，我想明天可以，也许六点左右。”

“保罗，太棒了！我可以现在开始读吗，还是——”

“你最好等等。”

“那我就等。”那温柔醉人的眼神又回到她眼里了，保罗最痛恨安妮那种样子。“我爱你，保罗，你知道的，对不对？”

“是的。”他说，“我知道。”然后又弯身回去写他的小说了。

36

当晚安妮送了消炎药和一桶冰块过来——保罗的尿道炎虽有改善，但非常缓慢。她在桶子旁边放了条叠好的毛巾，然后一言不发地走了。

保罗把铅笔搁到一旁——他得用左手将右手的手指扳直——将右手插到冰桶里，直到它几乎麻木为止。把手拿出来时，肿胀似乎略微消退。他用毛巾包住手，坐着凝视窗外的夜色，等手开始感到麻痒，再把毛巾拿开，伸伸手(刚开始会痛得咬牙，但几次后就伸展开了)，开始写作。

破晓时，他慢慢爬回床上，立刻睡着了。他梦见自己在暴风雪中迷路，然而天上下的不是大雪，而是漫天飞舞、遮挡住去路的纸张，而且每张纸上都打满了字，所有的 n、t、e 都不见了。保罗知道，风雪过后自己若还活着，就得亲手一个个将字母填回去，以解读那些几乎不存在的文字。

37

保罗在十一点左右醒来。安妮一听见他翻身，便端着橙汁、药和一碗热腾腾的鸡汤进来。她兴奋得脸上发光,"今天是个很特别的日子,对不对,保罗?"

"是的。"保罗试着用右手拿汤匙,却拿不起来。他的手又红又肿,肿得皮都发亮了。他试着握拳,却觉得像被铁棒乱刺一般。保罗心想,过去几天像是一场没完没了的签名会。

"噢,你那只可怜的手!"安妮轻呼道,"我去帮你再拿颗药来!我现在就去!"

"不用了,现在正写到紧要关头,我一定得保持清醒。"

"可是你手肿成那样,没办法写呀!"

"是啊,"他同意说,"我的手没法再写了,我要用最初的方式——用那台皇家打字机打。再有八到十页就完工了,只缺几个字母,应该可以撑过去。"

"当初真该帮你弄一台新的打字机。"她万般歉然地说,泪水在眼眶中打转。保罗心想,这种偶发状况最恐怖,因为在这种时候,保罗会看到有教养或内分泌正常,或两者皆有的安妮,应该会是什么模样。"我是笨蛋,要我承认这点很难,但我真的是笨蛋。我不肯换打字机,因为我不想承认被达特莫格那个女人耍了。对不起,保罗,你可怜的手。"

她小心翼翼地抬起保罗的手吻着。

"没关系。"他说,"我们应付得来,我和达德鸭可以应付过来。我很讨厌达德鸭,不过我想他也不喜欢我,所以咱俩算扯平了。"

"你在说谁呀?"

"皇家打字机,我用卡通人物的名字给它取了个绰号。"

"噢……"她又恍惚起来,没动静,仿佛插头拔掉了。保罗耐心等她回神,一边用左手食指和中指笨拙地夹着汤匙喝汤。

安妮终于又回神看着他,像个早晨醒来看到天气晴朗的女人一样,笑得灿烂如花。"汤快喝完啦?我有很特别的东西哟。"

保罗把碗拿给安妮看,除了碗底的几根面条外,全吃光了。"你看我多乖,安妮。"他不带一丝笑容地说。

"你是全世界最乖的宝宝,保罗,你可以得到一整排金色的星星!事实上……等一等!等你看到这个再说!"

她丢下保罗跑掉了。保罗看看月历,看看凯旋门,再抬头看看歪歪斜斜爬满灰泥天花板上的 W,最后,看向对面的打字机和一大堆乱七八糟的手稿。再见了,他胡乱想道。安妮匆匆拿了另一个盘子回来。

盘上有四个碟子:一个摆着柠檬片,第二个是碎蛋,第三个是小片吐司,中央放了一个较大的碟子,上面堆了一大坨

(黏糊糊的)

黏糊糊的鱼子酱。

"我不知道你爱不爱吃这玩意儿。"她害羞地说,"我连自己喜不喜欢都不晓得,因为我从来没吃过。"

保罗开始大笑,笑得他肚子痛、腿痛,连手都在痛。再笑下去,只怕会更痛,因为安妮那疯子总以为别人笑,一定是在笑她。可是保罗还是忍不住,他笑到咳嗽,笑到脸颊涨红、眼角流泪。这娘儿拿斧头砍他的脚,用电刀切断他的拇指,这会儿竟拿一坨多得可以呛死一头野猪的鱼子酱给他吃。更令人惊奇的是,她的脸上并没有出现那道黑色的深沟,反而痴痴地陪他笑起来了。

38

通常鱼子酱这种食物不是令人钟爱,就是叫人痛恨,可是保罗从来没有这两种感觉。他若搭头等舱,空中小姐在他面前摆一盘鱼子酱,他就去吃,吃完便忘记有这档事,等下一次空中小姐又拿鱼子酱给他时才会想起。不过此刻他如狼似虎地吞着,连一粒都不放过,好像生平第一次发现食物的魅力。

安妮一点也不喜欢。她吃了一小口涂在吐司上的鱼子酱,嫌恶地皱着眉放下吐司。保罗依旧胃口大开地继续挖食,短短十五分钟便吞掉了半座鱼子酱山。他打个嗝,掩住嘴,不好意思地看着安妮。安妮开怀大笑。

我会宰掉你的,安妮。保罗心想,然后温柔地对她一笑。我真的会,也许我会跟你同归于尽——事实上很有可能——可是我要先装满一肚子的鱼子酱再上路。事态有可能更糟。

"太好吃了,可是我再也吃不下了。"他说。

"你再吃的话,说不定会吐出来。"安妮说,"那东西很油的。"她微笑道,"还有另一个惊喜,我有一瓶香槟,那个等会儿……等你把书写完再开。那是法国的顶级香槟王,一瓶要七十五块美金呢!卖酒的老板查基·扬德说这是他们店里最棒的香槟。"

"查基·扬德说得没错。"保罗心想,当初他就是喝了香槟王,才把自己送进地狱的。他顿了一下,说:"等我写完后,我还想要一样东西。"

"什么东西?"

"你说过你把我的东西全收走了。"

"没错。"

"嗯……我皮箱里有一包烟,等我写完后,我想抽一根。"

她慢慢敛住笑容:"你知道那种东西对你不好,保罗,烟会致癌。"

"安妮,你的意思是,现在我应该担心癌症这种问题吗?"

她没回答。

"我只想抽一根而已。我每次写完书,一定会抽根烟,这根烟抽起来是最过瘾的,相信我——比吃了一顿大餐后再抽还过瘾,至少以前一向如此。我想这次抽了我大概会头昏想吐吧,可是我希望能跟以前有些联系。你觉得呢,安妮?帮个忙吧,我都帮你了。"

"好吧……可是要在喝香槟前抽完。我才不要在你喷毒气时跟你共饮一瓶七十五块大洋的发泡啤酒。"

"没问题。如果你中午左右把烟送过来,我会把烟放在窗台上,偶尔看一眼。我会把稿子写完,把漏掉的字母填好,然后再抽烟,抽到觉得快挂了才熄烟。抽完我就会喊你。"

"好吧。"她说,"可是我还是不喜欢。虽然抽一根不至于让你得肺癌,但我还是不高兴。你知道为什么吗?保罗?"

"不知道。"

"因为只有坏人才抽烟。"她说着,开始收拾盘子。

39

"伊安老板,她是不是——?"

"嘘——!"伊安立刻回应,哈瑟奇亚便不再多问。杰弗里觉得喉头

244

脉搏急抽。外面传来绳索及工具轻声的碰撞,船帆在冷冽微拂的季风中拍打着,偶尔能听见海鸟的叫声。杰弗里隐约听见后甲板上,一群人荒腔走板地牛吼着水手歌。可是他们这两白一黑三个人,却默默不语地候着,看苦儿能否活过来……或——

伊安嘶哑地呻吟着,哈瑟奇亚抓住他的臂膀,杰弗里则是将原已紧握的手握得更紧。经历过这一切后,上帝真的会残酷到任她死去吗?他曾一度充满信心,乐观而不愤世地否定这种可能。当时,他觉得上帝垂怜是件天经地义的事。

然而他对上帝的看法——就像他对很多事的看法——已经变了,在非洲就变了。杰弗里在非洲时发现上帝不止一个,而是很多个,有些远超乎残酷所能形容——他们疯狂野蛮,也因而改变了一切。残酷毕竟还可以理解,但加上疯狂,就说不过去了。

若他的苦儿不幸去世,杰弗里就准备爬到雕像额上,翻过栏杆往下跳。他一直知道、也接受神祇的冷酷,但他不想活在一个连神都疯狂的世界里。

他悲愁满怀的沉思被哈瑟奇亚粗哑惊骇的喘气声打断了。

“伊安老板!杰弗里老板!你们看她的眼睛!看她的眼睛!”

苦儿颤抖着张开眼皮,露出漂亮细致的蓝眼睛。那双眼睛看看伊安,看看杰弗里,又回到伊安身上。杰弗里看到她眼中充满了疑惑……然后苦儿认出他们了,杰弗里觉得全身的细胞都在欢呼。

“我在哪里?”苦儿问,边打呵欠边伸懒腰。“伊安——杰弗里——我们在海上吗?为什么我那么饿?”

伊安又笑又哭地弯下身抱住苦儿,不断地呼喊她的名字。

苦儿虽然一头雾水,但还是很开心,便也回抱着伊安——既然苦儿平安无事了,杰弗里知道自己将永远收起两人之间的爱,安安心心地一个人过日子去。

天上的诸神或许没疯吧……至少不是所有神明都是疯狂的。

杰弗里摸摸哈瑟奇亚的肩膀:“老弟,咱们该让他们独处了吧,你说呢?”

“是啊,杰弗里老板。”哈瑟奇亚说着,咧嘴一笑,七颗闪亮的金牙全露了出来。

杰弗里偷偷看了苦儿最后一眼。苦儿望着他，蓝色的眼睛熠熠生光，温暖着他，充盈着他，也满足了他。

我爱你，亲爱的，你可听见了？

对方的回答也许只是他心中所想，但杰弗里并不这么认为，因为那回应太清晰、太像苦儿的声音了。

我听见了……我也爱你。

杰弗里关上门，走到后甲板。他没有翻过栏杆跳海，只是点起烟斗，缓缓抽着烟草，凝望着远方地平线上，渐次沉落到霞云后的夕阳——沉落到那片点出非洲海岸所在的霞云后方。

打完后，保罗·谢尔登照例把最后一页纸从打字机中卷出来，拿起笔，写下作者最爱也最恨的几个字：

全书完

40

保罗很不想用肿胀的右手去填那些字母，但还是勉力而为。如果他不能把手变得灵活些，就没办法完成计划了。

填完后，保罗放下笔，盯着自己的作品看了一会儿。那感觉跟平时写完一部书时一样，有种奇异的空虚与失落；每一次成功的创作都是他用这种荒谬感换来的。

事情向来如此，一向就是这样。如同耗时数月、筚路蓝缕地穿越丛林往山顶跋涉，终于抵达山顶后，却发现原来山上有一条公路，而且还夹杂几个加油站和保龄球馆之类的场所。

可是，脱稿真好，淋漓痛快。创作真好，无中生有。保罗明白也欣赏写作这种打造原本并不存在的角色，创造动作与气氛，幻象的壮举。他了解——现在他终于了解了——自己是个玩写作把戏的笨蛋，但他只会这种把戏。就算他从未写出传世之作，至少一直热爱写作。保罗摸着一大沓手稿，淡然地笑了。

他将手从稿纸上移开,探向安妮放在窗台上的那根万宝路。旁边是一个瓷制的烟灰缸,缸底印着一艘游船,船的四周环着一圈字:密苏里州,汉尼拔①纪念品——美国故事讲述者之乡!

烟灰缸中放了一包火柴,可是里头只有一根——安妮只给他一根火柴。不过一根应该够了。

保罗听见安妮在楼上走动,很好,他会有充裕的时间准备,万一安妮在他准备好之前下来,他也有足够的警戒时间。

真正的把戏才要开始呢,安妮。看我办不办得到,咱们来瞧瞧——我到底行不行?

他弯下腰,不顾腿上的疼痛,开始用手指将松掉的护壁板扒开。

41

五分钟后,保罗出声喊安妮,听着她沉重单调的脚步踩上楼梯。保罗原以为自己会很害怕,没想到竟出奇地平静。房里飘满打火机油的臭气,油稳稳地滴在横放于轮椅扶手的板子上。

"保罗,你真的写完了吗?"她从走廊大老远喊道。

保罗看着放在打字机旁边、浸满打火机油的一大沓纸。"是啊,"他回喊道,"我尽力了,安妮。"

"哇!太棒了!天啊,我真是不敢相信!经过这么久的时间!等一下!我去拿香槟!"

"好!"

他听见安妮踏过厨房地板上的油布,知道她每步路会踩在何处。这是我最后一次听这些声音了,保罗心头一凛,原本平静的心情像蛋壳一样被敲破了,蛋里装的是恐惧……以及其他东西,大概是退潮时的非洲海岸吧……

冰箱的门开了又重重摔上。安妮再次穿过厨房。她来了。

保罗没抽烟;那根烟还躺在窗台上。他要的是火柴,那唯一的一根火柴。

---

① 汉尼拔是马克·吐温的家乡。

万一火柴点不着呢?

现在才想到这个问题已经太迟了。

他探向烟灰缸,拿起火柴纸板,撕下那根火柴。安妮从走廊过来了。保罗擦动火柴,果然,火柴没点着。

慢慢来! 慢慢来就点得着!

他又擦一遍,没着。

慢慢来……慢慢来……

他沿着纸板背后那道黑棕色的粗线擦了第三遍,火柴头终于冒出一小团淡黄色的火焰。

42

"希望这瓶——"

安妮刹住脚,倒抽口气,将原先的话一起吞掉。保罗坐在轮椅上,前面围着大沓稿纸和老旧的皇家打字机。他故意将首页转过去,让安妮看清上面的字:

苦儿还魂记
保罗·谢尔登　著

保罗肿胀的手在稿纸上方晃动,他用拇指和食指掐着燃烧的火柴。

安妮站在门口,捧着一瓶用毛巾包好的香槟。她先是大吃一惊,随即回过神来。

"保罗?"她小心翼翼地问,"你在做什么?"

"写完了。"他说,"而且写得很棒,安妮。你说得对,这是苦儿系列最棒的一部,或许也是我所有作品中最好的一部。现在我想在书上玩一点把戏,这把戏很好玩,我是跟你学的。"

"保罗,不要!"安妮尖叫道,声音充满痛苦。她伸出手,香槟掉在地上,像鱼雷一样炸开了,泡沫到处横流。"不行! 不行! 求求你不要——"

"可惜你永远读不到了。"保罗说着冲她一笑。几个月来,这是他第一个发自内心的微笑,笑得灿烂而真诚。"我不想跟你客套了,我必须承认,这本书岂止是好看,简直是精彩绝伦啊,安妮。"

火柴继续烧,热气在他指尖绕动。保罗将火柴一丢。在一个可怕的瞬间,他愣住了,还以为火柴熄了,但淡蓝色的火苗轰的一声燃过首页,往两侧蹿去,舔着纸堆边饱满的燃液,随即化成艳黄的烈焰。

"噢,天啊,不要!"安妮尖叫,"你怎么能烧苦儿! 怎么能是苦儿! 不能是她! 不! 不!"

她的脸上映着火光。"想许愿吗,安妮?"保罗对她咆哮,"想许个愿吗,你这个浑蛋?"

"噢我的天啊保罗你看你做了什么?"她伸出手蹒跚地往前走。纸堆不再只是燃烧,而是吐出熊熊的火焰。打字机的灰色边缘开始变黑,打火机油在底下积聚成滩,淡蓝色的火舌从字键之间冒出来。保罗感到脸颊烫热,皮肤都紧绷起来了。

"不能烧苦儿!"安妮哀号着,"你不可以把苦儿烧掉,你这个天杀的浑蛋,你不能烧苦儿!"

接着她跟保罗预料的一样,一把抓起燃烧的草稿,转身打算冲进浴室,把纸泡到浴缸里。

安妮刚一转身,保罗便抢起打字机举在头上,顾不了火烫的打字机将他肿大的右手烫出水泡。打字机的底盘不断掉出蓝色的小火球,保罗不管;他的动作扯得背部奇痛,他也不理。保罗痛苦但聚精凝神地奋力往前一掷,打字机从手中飞脱而出,正中安妮厚实的背脊。

"啊!"那不是尖叫,而是一声骇人的呻吟。安妮往前一倒,压在一堆燃烧的纸上。

小小的蓝火球像小精灵似的在保罗拿来当书桌用的板子上跳动。保罗大口喘着气,每口气都像热铁一样烫进他的喉咙。他拨开板子站起来,摇摇晃晃地用右脚撑立。

安妮在地上打滚哀号,一道火焰从她左臂和身侧之间蹿起。安妮惨叫呼号,保罗闻到了炸肉和油脂燃烧的味道。

安妮滚过身,挣扎着跪起来。这时大部分稿纸都掉到地上了,不是还在烧,就是嘶嘶有声地泡在香槟酒里。安妮手里还紧握着一部分稿子,那些稿子仍在燃烧。她的开襟毛衣也在烧,保罗看见她前臂上插着一些绿色玻璃碎片,还有一片更大的碎片像印第安人的斧头一样,嵌在她的右脸颊上。

"我要宰了你,你这个满嘴谎言、禽兽不如的东西。"说着安妮向他爬来。她爬了三"步",又倒卧在打字机上了。她挣扎着扭到旁边,保罗纵身扑到她身上。即使隔了安妮这一身肥肉,保罗还是可以感觉到底下尖利的打字机。安妮像猫一样地哭号,像猫一样地扭动,也像猫一样地想从保罗身体下钻爬出来。

四周的火焰慢慢熄了,但保罗还是能感受到热气从身体下那团扭动挣扎的肉团袭上来。他知道安妮的毛衣和胸罩至少还有一部分焦黏在她身上,可他一点也不同情。

安妮奋力想推开保罗,保罗死压住不放,那姿势就像一个意图强暴女子的男人。他的脸几乎贴在安妮的脸上;他的右手四处探索,很清楚要找什么。

"放开我!"

他找到一把滚热的纸。

"放开我!"

保罗一把抓起纸,火焰从他指缝间挤出来。他闻到安妮身上散发出的焦味、肉味、汗味、恨意与狂乱。

"放开我!"她尖声大叫,嘴张大如盆,保罗突然面对着女神深邃如洞的血盆大口。"放开我,你这个天杀的鸟——"。

保罗把笔记纸、打字纸和烧黑的半透明纸一股脑全塞进那个尖叫的大嘴里。他看到安妮怒火熊熊的眼睛突然睁得更大了,里面尽是惊愕、恐惧与痛苦。

"这是你要的书,安妮。"保罗喘道,又抓起一大把纸,这团已经熄了,上面滴着湿酸的酒汁。被压在底下的安妮又挣又扭,保罗左膝上的"盐丘"撞在地上,痛得他呼爹喊娘,可是他还是固守在安妮上方。老子要强暴你,安妮,我要强暴你,因为我只干得出最下流的事,你好好吸老子的书吧,吸老子的书,吸到你他妈的噎死为止。他奋力握拳,将湿掉的纸张揉成团,然后塞进安妮嘴里,把最初那团半焦的纸再往里推。

"这是你要的书,安妮,怎么样,还喜欢吗?是首版哦,是安妮·威尔克斯版哦,你喜欢吗?吞啊,安妮,用力吸,快吃下去,乖乖的,把你的书全吃下去。"

他猛力塞进第三团、第四团,以及还在燃烧的第五团纸;保罗一边用布满水泡的右手掌把火扑熄,一边奋力塞着。

安妮发出奇怪的闷哼,她用力一抽,终于将保罗挣开了。安妮拼命挣扎,趴跪在地,用手去抓烧黑且肿得吓人的喉咙。她的毛衣除了领口还在,已经烧得差不多了。她的腹部和横膈膜上尽是水泡,露在嘴边的那团纸上还滴着香槟汁。

"马呜!马克!马克!"安妮嘎嘎地叫着。她勉强站起来,一边扒抓自己的喉咙。保罗将身体往后蹭,两腿歪在前面,戒慎恐惧地看着安妮。"嗯哼?杜葛?马呜!"

安妮朝他逼近,一步、两步,接着绊到打字机。这回安妮跌倒时,头扭成一个奇怪的角度。保罗看到安妮以疑惑而吓人的表情看着他,仿佛在问:出了什么事,保罗?我刚才不是拿香槟给你吗?

安妮的左边头部撞在打字机角上。她像一袋掉落的砖块,重重击落在地板上,震得房子都跟着摇晃起来了。

43

安妮趴在燃烧的纸堆上。她的身体将火扑熄了,在地板中央堆成一摞冒烟的黑块。散置各处的纸张大多已被香槟弄熄了,但有两三张飘贴在左边墙上,壁纸有些地方也着火了,但还没有真正燃开。

保罗爬到床边,以手肘撑起身体,抓住被单,努力挨到墙边,边爬边用手将地上的瓶子碎片拨开。他的背扭伤了,右手严重灼伤,头痛欲裂,恶心的焦肉味弄得他胃部翻搅。可是他自由了,女神死了,他自由了。

保罗跪在右膝上,笨拙地举起被单(被单让香槟打湿了,上面沾着一道道的黑灰),开始扑打火焰。等他把冒烟的被单丢在墙边时,墙面中央露出一大片熏烟袅袅的秃块。壁纸已经烧掉了,月历纸也热得往上翻卷,但灾情已经止住了。

保罗开始往轮椅爬过去。就在他爬到半途时,安妮睁开了眼睛。

44

保罗目不转睛地瞪着她,不可置信地看着安妮缓缓跪起来。保罗以手撑地,双腿拖在身后,看起来像大力水手的侄子豆豆的成人版。

不……不会吧,你已经死了。

你错了,保罗,你不可能杀死女神,女神是杀不死的。现在我得去清洗一下。

安妮瞪着眼,形骸恐怖。她左边头发里露出一道肉色的伤口,脸上流满鲜血。

"呜!"安妮嘴里塞满纸,开始朝保罗爬过来。她伸长手,屈着指爪,"你呜!"

保罗调过头,开始向门口猛力爬去。他听见安妮紧追在后。当他爬入碎玻璃区时,安妮的手扣住了他的左脚踝,紧抓住他残缺的腿,保罗痛得大叫起来。

"人渣!"安妮发出胜利的呼喊。

保罗扭头看着肩后,安妮的脸色慢慢转成酱紫,而且似乎肿起来了。保罗发现她真的快变成波卡族的石像了。

他猛力抽腿,终于从安妮手里挣脱。除了用来包住残腿的皮套外,安妮什么也没抓着。

保罗继续爬着。他开始哭了,冷汗不住地自脸上滴落。他像是在枪林弹雨中匍匐前进的士兵,用手肘撑住身体拼命往前爬。他听见身后传来膝盖着地的响声,接着另一个膝盖也着地了,之后又是一个膝盖落地。安妮依然紧追不放。她实在太强悍了,保罗就是怕她这点。他烧伤她,打断她的背,在她食道里塞满纸,可是她依然依然依然紧追不放。

"鸟人!"安妮大声尖声,"人渣……鸟人!"

保罗的手肘压到碎玻璃尖,玻璃刺入他手臂,图钉似的插在肉里。保罗不顾一切地往前爬。

安妮的手抓住他的左小腿。

“哇！靠……呜哇……啊！”

保罗又回过头，看见安妮的脸已经转黑了，黑得像颗烂李子，而且双眼出血暴突，抖颤的喉头肿得像内胎，嘴巴歪斜扭曲。保罗发现原来她想笑。

门近在咫尺，保罗伸长手，拼死扣住门柱。

“靠……呜……哇！”

安妮的右手抓住他的右大腿。

咚！一个膝盖。咚！另一个膝盖。

她的影子越来越近了，罩在他的上方。

“不。”保罗呜咽道。他感到安妮在拉扯，而他只能紧抓着门柱，认命地闭上眼睛。

“靠……呜……哇！”

罩上来了。雷鸣，女神的雷鸣。

此时女神的手蜘蛛似的攀上他的背，落在他脖子上。

“靠……呜……烂……鸟人！”

保罗没气了，他抓着门柱，死死抓着，感觉安妮骑到他身上，两手陷入他脖子里。保罗尖叫去死吧你不会死吗你真的都不会死都不会——

“靠……呜——”

对方手一松，保罗感觉自己又可以呼吸了。接着，安妮瘫软在他身上，垮成一堆肉，再次阻断了他的空气。

45

他像个遭雪崩活埋、为自己挖出生路的人一样，拼尽最后一丝力气，从安妮身体底下爬了出来。

保罗爬出门外，以为安妮的手随时会抓住他的脚踝，幸好没有。安妮静静躺着，面部朝下地泡在血水、香槟和绿色的碎玻璃中。她死了吗？应该死了吧。保罗实在不敢相信她死了。

他用力关上门。门上的闩子看来仿佛远在山边，但保罗攀上去，拉上门闩，然后颓然倒在门边。

也不知昏迷了多久，后来保罗被一个低沉细碎的搔刮声弄醒了。

老鼠,他心想,是老——

安妮粗胖的血指自门底下探出来,胡乱地扯着他的衬衫。

保罗尖叫着挣开手指,左腿痛如刀割。他用拳头去捶那些手指。手指没缩回去,只是抽动一下,然后就动也不动了。

让她死吧,求求你啊上帝,让她死吧。

保罗在极度的痛苦中慢慢爬向浴室。爬到半途,他回头看,安妮的手指仍伸在门下。他实在不愿再看,于是调转方向爬回去,把手指推进去。他得鼓足勇气才办得到,因为他真的相信自己只要一摸到手指,就会被抓住。

保罗终于来到浴室了,全身每寸地方都胀痛无比。他爬进浴室,关上门。

上帝啊,万一她把药拿走了呢?

还好没有,那些盒子还凌乱地堆在浴室里,包括放着拿威力样品的那几个。保罗吞下三颗药,爬回门口,靠躺在门上,用身体的重量将门堵住。

保罗睡着了。

46

保罗醒来时天已经黑了。一开始,他不知道自己在哪里——他的卧房怎么会变得这么小? 接着他全想起来了,也开始认定一件奇怪的事:安妮没死,到现在都没死。安妮就站在这扇门外,拿着斧头,等着他爬出去,把他的头砍掉。他的头会像保龄球一样,在她的狂笑声中滚过走廊。

这太离谱了,保罗告诉自己,然后他听见——或自以为听见——细碎的窸窣声,像是浆过的裙子轻轻擦在墙上的声音。

这是你自己编的,是你的想象……好逼真啊。

我没乱想,我听见了。

他没听见。保罗知道。他的手伸过去抓门把,又迟疑地缩回来。是的,他知道自己没听到什么……可是万一他真的听见了呢?

说不定她从窗口跑出去了。

保罗,她已经死啦!

他心里转着一个疯狂的念头：女神永远不会死。

他发现自己正拼命咬着嘴唇，便强迫自己停止。发疯是不是就像这样？是的，他已经濒临疯狂的边缘了，谁比他更有权利发疯？可是如果放弃理智，万一警方明天或后天折回来，发现死在客房里的安妮，同时也在楼下浴室找到一个满嘴冒着白泡，以前当过作家，名叫保罗·谢尔登的家伙，那么安妮岂不就赢了？

没错。保罗，现在你得乖乖的，按计划行事，好吗？

好的。

他又伸手去抓门把……结果又缩回来了。他没办法照原本的计划去做。在他的计划中，把纸点燃、安妮将纸拿起来、用打字机砸她的这几个部分实现了。但是他原想用那台该死的打字机敲安妮的脑袋，而不是去击她的背。接着保罗打算爬到门廊上，放把火把房子烧掉。若按计划，他就得从门廊的窗子爬出去。他大概会摔得很重，不过他已经领教过安妮的锁门方式了，他宁可摔惨，也不想被烧焦，就像施洗者约翰说的一样。

小说里一切都会按计划走，现实生活却他奶奶的相当混乱——当这辈子最重要的会谈正要展开时，你偏偏得去撇条，那你还有什么话好说？生活连个章法都没有。

"混乱透了。"保罗哑声说，"由我这种人来美化现实生活，倒也不算坏事。"他咯咯笑了起来。

香槟酒瓶不在他的计划内，但香槟跟那女人顽强的生命力和他现在痛苦的犹豫比起来，简直无足轻重。

保罗在确定安妮的生死之前，无法放火烧屋，像点燃烽火一样指引别人赶来救援。不是因为担心安妮，即使她还活着，他还是可以毫不犹豫地将她活活烧死。

令他裹足不前的不是安妮，而是那份手稿。那份真正的手稿。他烧掉的只是放了封面页的假稿子，是由空白的纸页夹着废弃的纸凑成的。真正的《苦儿还魂记》一直安藏在床底下，现在也依然在那儿。

除非安妮还活着。如果她还活着，搞不好正在床边读稿。

那你打算怎么办？

在这里等吧,心底有个声音建议他道,就等在这儿,这里既舒服又安全。

可是另一个较勇敢的声音催促他按计划行事,至少得尽力而为。去门廊上,打破窗子,离开这个可怕的屋子,爬到路边,拦一辆车子。以前拦辆车也许很困难,但现在情况不同,安妮的房子已成为众人的参观标的了。

保罗汇聚所有勇气,握住门把转动。门在黑暗中缓缓打开,没错,安妮就在那儿,女神站在阴影中,穿着护士服的白影——

保罗用力挤挤眼睛,再睁开。是有影子,但不是安妮。除了剪报上的照片外,保罗从没见过安妮穿护士服。那只是阴影,阴影和

(多么生动逼真啊!)

幻想。

他慢慢爬到走廊,回头看着客房。门紧闭着,毫无动静。保罗开始朝门廊爬去。

房外阴影幢幢,安妮很可能躲在任何一片黑影里;她可能化身其中,而且还拿了斧头。

保罗继续爬。

那是厚实的沙发,安妮站在沙发后。那是敞开的厨房门,安妮就在门后。地板在他身后嘎嘎地响——当然啦!因为安妮就在他后面!

保罗转过头,心脏咚咚乱跳,太阳穴挤压抽痛。安妮就在后面举着斧头,可是只站了一秒钟,就散成了阴影。保罗来到门廊,听见有车引擎隆隆地向他驶近。淡淡的车前灯打亮了窗口,然后又变了。他听见轮胎滑上泥土地,知道对方看见安妮挂在车道上的链子了。

车门开了又关。

"哇靠!你看!"

保罗加速爬行,他往外看,看到一个剪影往屋子走来,一看便知是州警的身影。

保罗抓住摆放小饰品的茶几,打翻一堆小瓷器。有些跌在地上碎了,保罗用手抓住一个,这点至少跟小说里写的一样。生活里很少发生跟小说中一模一样的情节。

他抓到的，刚巧是那只坐在冰块上的企鹅。

我的遭遇终于得见天日。冰块上如是写道。保罗心想：写得好！谢天谢地！

保罗左手撑地，右手握住企鹅，破掉的水泡里流出脓汁。他手往后扬，像不久前把烟灰缸扔向客房窗口一样地将企鹅掷向门廊窗口。

"在这里！"保罗·谢尔登疯狂地大喊，"这里，在这里，救命啊，我在这里！"

47

这个结局又有另一个跟小说一样的地方了：前来的两位警察，正是那天跑来找安妮查问库什纳行踪的大卫和歌利亚。只不过今晚大卫的外套没扣扣子，枪支亮在外边。大卫姓维克斯，歌利亚叫麦克莱特，两人带了搜索证来。他们听到门廊上的尖叫声，火速杀进屋里，结果却看到一个人不像人、鬼不像鬼的男子。

"我在高中时读过一本书，"第二天早上维克斯跟他老婆说，"好像叫《基督山伯爵》吧，或《古堡藏龙》①之类的。书里有个家伙被隔离囚禁了四十年，这个家伙看起来就是那副德性。"维克斯停了一会儿，想清楚地表达当时的情形和自己内心的冲突——恐惧、同情、难过兼嫌恶；更神的是，情况看起来这般凄惨的人，竟然还活着——却找不到言语来形容。"他看到我们时，就开始哭了。"他说，最后又补充了一句，"他一直叫我大卫，我也不知道为什么。"

"也许你长得跟他认识的人很像吧。"他老婆说。

"有可能。"

48

保罗的皮肤灰沉暗褐，身体瘦若干柴，整个人缩在茶几边，浑身哆嗦。他眼神闪烁地望着他们。

"你是谁——"麦克莱特开口问。

---

① 《古堡藏龙》(*The Prisoner of Zenda*)，作者为英国作家安东尼·霍普。

"女神，"地板上那骨瘦如柴的男人打断他。男人舔舔嘴唇，"你们得提防她。卧室，她就是把我关在卧室，把我当宠物。卧室，她在那里。"

"安妮·威尔克斯吗?"维克斯问，"在那间卧室里吗?"他对着走廊的方向点点头。

"是，是，锁住了，不过有窗子。"

"你是谁——"麦克莱特第二次开口问。

"天啊，你看不出来吗?"维克斯问，"他就是库什纳在找的那个家伙，那位作家呀。我记不起他的名字了，不过就是他。"

"幸好。"枯瘦的男子说。

"你说什么?"维克斯弯身向他，皱着眉问。

"幸好你记不起我的名字。"

"老兄，找你的人可不是我啊。"

"没关系，算了，只是……你们要当心，她应该已经死了，可是要小心，万一她还活着……危险……像响尾蛇。"他费尽吃奶的力气，把变形的腿搬到麦克莱特的手电筒光下。"砍我脚，用斧头。"

两人愣愣看着保罗的脚 N 秒之后，麦克莱特才喃喃说:

"我的妈呀。"

"走吧。"维克斯拔出枪，两人沿着走廊慢慢移向紧闭的卧室门口。

"当心她!"保罗用嘶哑的破嗓子喊道，"小心!"

他们打开门锁进去。保罗靠在墙上，头往后仰，闭着眼睛。他好冷，忍不住发抖。也许他们会尖叫，也许是安妮尖叫，三人可能展开厮杀，子弹飞射。保罗试着为自己做好心理准备。时间过去了，感觉过了好久好久。

最后他听见靴子踩地的声音从走廊方向折回来。他睁开眼，看到了维克斯。

"她死了。"保罗说，"我知道——我心里很清楚——可是我还是很难相——"

维克斯说:"那里到处是血、碎玻璃和烧焦的纸……可是房里一个人也没有。"

保罗·谢尔登看着维克斯，开始放声尖叫。保罗昏倒时，依然尖叫不已。

第四部　　　　　　　　女神

"一个高大黑肤的陌生人将会造访你。"吉卜赛女人告诉苦儿。苦儿吓了一跳,登时了解两件事:这个女子不是吉卜赛人,而且帐篷里也不再只有她们两个。在那疯女人的手掐住她喉咙之前,她已经闻到格温德琳·查斯顿的香水味了。

"事实上,"假吉卜赛人说,"我想她现在已经在这儿了。"

苦儿想尖叫,却连呼吸都办不到。

《苦儿的孩子》

"看起来一向都使那样的啦,伊安老板。"哈瑟奇亚说,"不管你怎么看,她好像都在瞪你咧,我不知道那使不使真的,可是波卡族的人说,就算你走到女神头里,她好像也在看你哩。"

"可她毕竟只是块石头而已。"伊安抗议道。

"是啦,伊安老板,"哈瑟奇亚表示同意,"所以她才会那么有力量啊。"

《苦儿还魂记》

1

呼噜呼呼

呼噜呼呼

嘻哈

即使在昏朦中，这些声响依旧持续不断。

2

我现在得去清洗一下，她说，她就是这样清洗的。

3

自从维克斯和麦克莱特用临时拼凑的担架将保罗从安妮的房子抬走后，这九个月来，他的日子便在皇后区的群医医院和曼哈顿东边的新公寓间往返度过。他的腿被再度打断，左腿从膝盖以下还打着石膏。医生告诉他，下半辈子虽然会成为跛子，但他可以走路，而且最后连走路也不会痛了。他若是不用义肢走路，而是用自己的脚走，反而会跛得更厉害。也就是说，安妮很讽刺地反而帮了他忙。

保罗在这段期间大量酗酒，半个字也没写，而且噩梦连连。

五月的某天下午，当他搭电梯从九楼出来时，心里想的不再是安妮，而是胡乱夹在他腋下的厚包裹——里头有《苦儿还魂记》的两本校样。他的出版商火速编校此书，而且理所当然地打算以小说奇特的写作背景做为全球促销的主题。海斯汀出版社史无前例地决定首印一百万本。"那还只是开始呢。"他的编辑查理·马理尔午饭时告诉他说——保罗就是在午餐时拿到校样的。"这本书会在全球卖翻天，老兄。我们全都应该跪下来感谢上帝，这本书里面的故事，跟这本书背后的故事一样精彩啊。"

保罗不知道他说的是真是假，而且也不在乎。他只想将它抛诸脑后,找到下一本书……可是日复一日,周复一周,月复一月,他仍找不到半点灵感。保罗已经开始怀疑自己还会不会有下一本作品了。

查理求他用非小说的形式写出自己的悲惨遭遇,他说那本书甚至可以卖得比《苦儿还魂记》更好。当保罗出于好奇,漫不经心地问,这类书的平装版版权大概可以卖多少时,查理拨开额前的长发,点了根骆驼牌香烟,说道:"我相信咱们底价可以喊一千万美元,然后公开标售时再狠狠海捞一票。"查理说这话时,眼睛连眨都不眨。保罗过了好一会儿之后,才知道查理是跟他说真的,或相信自己是在说真的。

可是他不可能写那书,他还没有办法写,或许永远也没法写。他的工作是写小说。他可以写查理要的记述,但写了就等于承认自己再也无法写出小说了。

好笑的是,写出来也会变成小说的,他差点把这话告诉查理,在最后一秒又把话收住。更好笑的是,查理根本不会在乎。

一开始会很纪实,过不了多久我就会开始添油加醋……最初只是一点点……之后再加一些……然后越添越多。不是为了美化自己(虽然我可能会),也不是为了去丑化安妮(她反正不能再坏了),而是为了创造书的严谨度。我不想把自己写成小说人物,写作也许是种意淫,但总不能变成自我吞噬吧。

他住在 9E 公寓,离电梯最远的一套,今天走廊看起来足有两英里长。保罗开始咬牙迈着沉重的脚步,两手各撑着一支 T 形拐杖。卡嗒……卡嗒……卡嗒……卡嗒,天啊,他恨死这声音了。

腿好痛,保罗想吃拿威力。有时他觉得回安妮身边有拿威力可吃,也还蛮不错的。医生不准他吃拿威力,他只好以酒精代替。等他回到公寓里,他要先灌两盏司威士忌,再瞪着空白的电脑屏幕。真好玩,保罗·谢尔登的纸镇,价值一万五千美元。

卡嗒……卡嗒……卡嗒……卡嗒……

为能直接把口袋里的钥匙拿出来,而不用先把包着校样的牛皮纸袋或手杖放下来,保罗只得将手杖靠在墙上。这时校样从腋下滑出来,掉在地毯上,将信封袋弄裂了。

"靠!"他咕哝道,接着手杖"哐当"一声倒了,真是雪上加霜。

保罗闭上眼睛,不安地挪移弯曲发疼的腿,等着看自己到底是会生气呢,还是会哭出来。他希望自己能发通脾气。他不想在走廊上哭,不过他很可能会这样。他哭过的。他的腿二十四小时都在痛,他想吃药,不是医院药房给的加强型阿司匹林,他要吃好的药,要吃安妮给的那种药。而且他一直觉得倦怠,他需要创作来振奋自己,而不是那几根破拐杖。创作是从未失效的良药,可是他的灵感全跑光了,游戏时间似乎终于结束了。

结局后,就是这样人去楼空,保罗心想,并打开门拐进公寓,所以从来没有人去写结局后的事,因为太他妈的闷了。安妮在我用纸塞满她的嘴时就死掉了,我当时应该跟着一起死。那一刻,我们真的像章回电影里的人物——没有灰色地带,只有黑与白,好与坏。我是杰弗里,她是波卡族的蜂神。这……我又不是没听过结局,可是结局后的景况实在太可悲了,一地的屎尿,乱七八糟的——

他停下来,突然发现公寓里太暗,而且有股气味。他知道那股味道,混着泥土与蜜粉的死亡气息。

安妮穿着护士服和帽子,白鬼一样地从沙发后跳出来。她手拿斧头,高叫道:该清洗了,保罗! 清洗时间到了!

保罗大叫一声,扭身想逃。安妮笨重地从沙发后跳过来,看起来像只白青蛙。她浆过的制服沙沙作响,斧头第一次挥来,没击中他——保罗原以为如此,直到他摔倒在地、闻到血味为止。他低头看到自己几乎被砍成两半。

"清洗呀!"安妮高喊着,保罗的右手被砍掉了。

"清洗呀!"她又叫道,保罗的左手也不见了。他拱着残断的手腕,朝开着的门爬去,没想到校样竟然还在门边。那是中午在餐厅吃午饭时,查理放在牛皮纸袋里,在白亮的亚麻餐桌布上推给他的校样,当时头顶上的喇叭正播着音乐。

"安妮,你现在可以看了!"他想大叫,可是"安妮"两个字才说完,头颅便已飞落,滚到墙边。保罗最后对人世的一瞥,是他自己倾倒的身躯,以及安妮跨在他身躯上的一双白鞋。

女神,他心想,然后便死了。

4

情节：大纲或摘要。剧情大纲。——《韦氏新版辞典》
作家：写作者，尤其以写作为职业者。——《韦氏新版辞典》
编造：假装或伪装。——《韦氏新版辞典》

5

保罗，你行吗？

6

行，他当然行。"作家构思的情节是，安妮仍然活着，不过作家知道，这只是编造出来的。"

7

保罗真的跟查理·马理尔吃过饭，所有对话也都一样，只是当他回到公寓时，知道是保洁员把窗帘拉上的。虽然他摔倒时，安妮从沙发后跳出来，害他差点失声惊叫，但安妮其实只是一只猫而已，一只他上个月在流浪动物之家抱回来，名叫拉基的斜眼暹罗猫。

根本没有安妮，因为安妮不是女神，只是一个基于私心、伤害保罗的疯女人罢了。当时安妮把喉咙里的纸挖出一大半后，趁保罗药性发作昏睡之际，从窗口翻了出去。她爬到畜棚后便倒地不起了。维克斯和麦克莱特找到她时，她已经断气了。但她不是被勒死的，而是因为头撞到打字机、头骨被敲碎之故。安妮会撞到打字机，是因为自己绊倒。所以说起来，她是被保罗深恶痛绝的那台打字机宰掉的。

安妮对保罗有她的打算，这回不是单靠斧头就能解决的。

警方在母猪苦儿的猪舍外找到安妮，她手上握着电锯。

不过这都是过去式了。安妮·威尔克斯已成了坟中鬼，但她就像苦儿一样在坟里骚动。保罗在他的梦和白日的幻想中，一而再、再而三地将她挖出来。你没有办法杀死女神，也许能借威士忌暂时将她抛开，可是也只能做到这样而已。

保罗走到酒吧旁,看着酒瓶,然后回头看着校样和手杖跌落的地方。他道别般瞄了酒瓶一眼,又拐回那两样东西旁。

8

清洗。

9

半小时后,保罗坐在空白的电脑屏幕前,感觉像个自虐狂。他没喝酒,倒是吃了些阿司匹林,可是那并不能改变待会儿的状况:他会在电脑前呆坐十五分钟或半小时,瞪着在黑暗中闪灭不定的光标;然后他会把电脑关掉,再去喝酒。

只不过……

只不过他在跟查理吃完饭后回家的路上,看到一件很有趣的事,继而想到了一个点子。那不是什么了不起的点子,只是一点灵思罢了。毕竟那只是一件小事。他看到有个小孩推着购物车走在 48 街,就这样而已。但购物车里放了一个笼子,笼子里有一只毛茸茸的动物,一开始保罗还以为是猫,走近一看,竟看到猫儿背上有一道白纹。

"小朋友,"他问,"那是臭鼬吗?"

"是呀。"小孩边答边加速推走购物车。在都市里最好别跟人多谈,尤其是眼袋肿如猫熊、拿着铁拐走路的怪叔叔。小孩绕过街角,跑掉了。

保罗继续走。他想搭出租车,但他每天至少得走一英里路。他痛得要命。为了避免胡思乱想,保罗开始猜想小鬼是打哪儿冒出来的,购物车从何而来,还有最重要的一点,那只臭鼬来自何处。

他听见身后有声音,便将视线从空白的屏幕移开,结果看见安妮穿着牛仔裤和红色法兰绒衬衫从厨房走出来,手里拿着电锯。

保罗闭上眼再睁开,眼前又是空无一物。他突然怒从中来,扭身看着电脑,飞快地打着键盘,形同捶击:

第一章

小鬼听见大楼后有声音,虽然他觉得可能是老鼠,但还是拐过角落去看——现在回家太早了,学校还要一个半小时才放学,而他吃午餐时就翘课出来了。

他看到缩靠在墙边阳光下的不是老鼠,而是一只大黑猫,大猫尾巴之蓬松,是他生平仅见。

10

保罗停下手,心脏突然猛力碰撞起来。

保罗,你行吗?

这是个他不敢回答的问题。他又弯身向着键盘,开始敲字键……但这次下手轻多了。

11

那不是猫。埃迪·戴斯蒙虽然一辈子没离开过纽约,但好歹去过动物园,而且他妈的也看过图片书,不是吗?他知道那个背上长了一大道白纹的东西是什么,虽然他不知道这东西怎么会跑到废弃的东街105号公寓。那是只被丢弃的死臭鼬。

艾迪开始慢慢走近臭鼬,脚在灰泥上磨着。

12

他行,他行了。

保罗怀着感恩与害怕的心情办到了。纸上的洞再次敞开,保罗望着里头的内容,手指打字的速度不知不觉加快,浑然不觉自己疼痛的双腿处在纽约的五十条街外。保罗不知道自己一边写作,泪水一边潸然流下。

一九八四年九月二十三日,缅因州洛威尔/一九八六年十月七日,缅因州班戈:我的遭遇终于得见天日。